KB137986

엄마
오늘
뭐 했어?

공석남 수필집

초판 발행 2017년 4월 24일
지은이 공석남
펴낸이 안창현 **펴낸곳** 코드미디어
북 디자인 Micky Ahn **교정 교열** 백이랑

등록 2001년 3월 7일
등록번호 제 25100-2001-5호
주소 서울시 은평구 갈현로 318-1 1층
전화 02-6326-1402 **팩스** 02-388-1302
전자우편 codmedia@codmedia.com

ISBN 979-11-86104-55-2 03810

정가 12,000원

엄마
오늘
뭐 했어?

공석남 수필집

G O N G S U K N A M

『엄마 오늘 뭐 했어?』를 내놓으며, 반납했던 새벽을 불러봅니다.

그 안에는 일상을 통한 그림들과 제가 살고 있는 수원의 모습들, 여행을 통해 이웃과 나누웠던

이야기들을 엮었습니다. 새하얀 하루를 받은 마음으로 초등학교 시절 하얀 도화지 위에

크레파스로 그림을 그리던 날을 생각했습니다.

한 폭의 풍경화 속에는 제방둑에 미루나무 한 그루와 참새 떼를 그렸습니다.

초가지붕 용마루 위에서 울던 까치 한 마리도 그렸고, 까치는 봄 소리를 몰고 왔고,

미루나무는 새순을 틔우려고 삐죽이 올라옵니다. 저만이 엮는 봄으로 가는 빛이었습니다.

황홀하게 바라본 아침 햇살은 새벽을 넘어온 하루의 시작입니다.

저의 하루는 이렇게 시작해서 노을 진 들녘을 거쳐 아버지, 어머니,

그리고 시댁 가족들의 안부를 물으며 미루나무 가지에 색감을 칠해 갔습니다.

재잘대던 아이들의 소리를 귀여운 작은 참새의 모습으로 그렸고, 기둥처럼 버티어 준

미루나무에 새순이 돋고 너울거린 이파리들과 함께 저희 새벽은 활기를 찾았습니다.

하루하루 열리는 새벽 따라 나무는 성장했고, 참새는 둥지를 틀고 알을 낳았죠.

누구도 나무가 넘어가리라고는 생각지 않았습니다.

넘어지는 미루나무를 보면서 유한의 생명 앞에 하고 싶은 일을 마무리 짓고 싶어,

반납했던 새벽을 불러왔습니다. 저만의 새벽길은 미루었던 그림을 완성하는 시간이었습니다.

그래야 하늘 저쪽에 계신 친정 아버지도, 엄마도, 미루나무도 기뻐할 것 같아서.

부끄럽지만 제가 살아온 이야기 두 번째 수필집 『엄마 오늘 뭐 했어?』를 세상에 내놓습니다.

엄마가 들려주던 태몽처럼 오지항아리의 울림이 되어, 『엄마 오늘 뭐 했어?』가

독자의 읽을거리가 되었으면 좋겠다고 감히 적어봅니다.

이 봄, 저 위해 기도해주신 모든 분께 감사드립니다.

공석남

Contents

1

여행

2

일상

3

책과 나

엄마

오늘

뭐

했어?

01
—

여
행

생각하는 정원에서

　　보고 느끼고 귀로 소리를 듣는 것은 자신에게 주어진 감각기관이다. 그 것을 이용하여 얼마큼 전달 받을 수 있는가 또한 자신의 영역이다. 어느 누가 지시 전달로서 이끌어내는 산물이 아니다. 그러므로 같은 물건을 보고 생각하 는 견해의 차이는 각자 다르다. 각각의 개성에 맞게 조율된 감각기관 덕분이다. 보고 듣고 생각하는 것은 정답이 없다. 어떻게 생각하든 그것은 오르지 자신만 이 가진 오관이 짚어내는 일일 뿐. 한 가지의 물체 앞에서 생각의 차이로 벌어 지는 문제는 다양하다.

　제주시 한경면 저지리에 자리한 '생각하는 정원'은 보는 이로 하여금 많은 생 각을 갖게 한다. 1만여 평에 조성된 넓은 정원, 갖가지 나무들과 분재와 돌들이 산재한 곳이다. 질서 있고 균형 있는 정원은 살아있는 식물의 요람이었다. 야자 수 나무가 즐비하게 서 있는 정원 한 켠이 우리나라이면서도 이국의 풍치를 이 루는 점 역시 눈길을 끌었다. 열대식물들이 사계절 푸르게 살고, 잘 다듬어진 잔 디와 나지막한 오름을 보는 듯한 언덕은 절묘한 조화를 이루고 있었다. 제주의 화산석으로 쌓은 구멍 뚫린 돌담과 돌탑들, 시원한 인공폭포, 그 아래 노니는 잉어들의 유희 역시 볼거리 중의 하나다.

생각하는 정원이 내게 주는 의미는 오랜 시간을 공들여 놓은 나무들과 분재에 있다. 제 모습을 찾기 위해 노력하고 있는 나무들이 가꾸는 이의 손길에 의해 변형되어 가고 있음을 본다. 나무는 원래의 모습에서 작가가 의도하는 방향을 받아들이느라 힘들었을 것이다. 올라가는 줄기를 끌어내리고, 옆으로 뻗는 팔을 아래로 내리고 곧은 몸통을 비비 틀어 본래의 모습을 상상할 수조차 없다. 한마디로 나무는 같은데 그 꼴은 근본을 벗어난 모습이다. 사람과 나무의 교육을 생각한다. 건강하고 잘 자라기를 바라는 부모의 마음으로 학교에 보내어 사람을 만든다. 나무도 사랑을 먹고 정성으로 보듬는 손길에 의해 모습을 바꾸는 것이다.

분재 정원에는 연륜을 지닌 나무가 많다. 천 년을 산다는 주목과 산사나무, 해송, 모과, 배나무, 활짝 핀 매화 등등, 다양한 분재작품들이 관람 길에 도열해 있다. 작은 그릇에서 사는 나무들은 소인국의 세상처럼 앙증스럽다. 그곳에 안주한 나무는 몇십 년은 족히 되었을 것처럼 밑둥이 굵고 의젓해 보였다. 답답함을 벗어버린 해탈의 모습처럼 처연하다. 열매를 맺었던 흔적도 꽃을 피웠을 응어리도 갖고 있다. 끈질긴 인내로 감수한 나무의 근성을 본다. 뻗고 싶음을 참았던 아픔이 옹이처럼 박혀 서서히 더디어짐으로 변모한 그 줄기엔 불뚝하게 살이 붙었다. 길들인 만큼 가치 있는 삶을 보여준 모습들이 어우러진 정원이다.

부스럼 딱지처럼 그 아픔을 끌어안고 살고 있는 분재들, 그 몸통에서 나무의 일생을 본다. 우리는 '어머나!' 혹은 '어쩌면!' 하면서 감탄의 소리를 머금지만, 그 단어 속에서 분재의 아픔을 느끼기보다는 하나의 나무가 주는 매력과 멋에 도취할 뿐이다. '저렇게도 키울 수 있구나, 혹은 잘 키운 분재다.' 하며 기술과 능력에 찬사를 보내지만 나무의 고통에 대해서는 무감각했다. 자연 속에서 아무렇게나 자란 나무의 자유로움을 분재는 갈망할지도 모른다. 억압과 매임을 싫어하는 나무들을 이렇게 가꾸어 놓을 수 있는 것은 사람의 능력이고 기술이 빚은 모험이다.

오늘을 위해 어제를 꿀꺽 삼킨 분재는 하나같이 뻗고 싶은 소망도, 치솟고 싶었던 갈망도, 늘어져 쉬고 싶었던 수많은 시간들도 응축해 버렸다. 풍요한 자신을 발산할 기회를 잃은, 풍성한 시간을 반납한 분재의 삶 앞에서 침묵을 생각한다. 그릇에 걸맞은 삶을 살기 위해 화려한 청춘을 묻어버린 것이다. 오직 그 하나를 건지기 위한 바람으로 주위의 악조건을 몰아내었다. 터지려는 가슴을 조이고 일어서려는 다리를 구부리고 펴려는 팔들을 안으로 삭이면서 이루어낸 분재는 인내력의 조력자이다. 세상에 사는 우리도 어느 면에서는 분재와 같은 그 아픔과 인내를 감수하면서 살아간다. 단지 생각하는 능력이 있기에 어느 누구의 의지대로 따라가지 않음이 다르지 않을까.

수다는 막걸리 잔에서 풀리고
밤은 취기에 빗겨간다

금요일 저녁 드라마를 보다가 받은 전화다. 토요일 시간이 비었으면 아침 일찍 나오라는 통보. 이유도 묻지 말고 그냥 나오란다. 궁금했지만 몸만 오라는 말에 그러마라고 답했다. 어수선한 시국에 어디를 갈 것인지 조금은 궁금한 마음을 안고 그 밤을 설쳤다.

강원도 친구의 시골집으로 달렸다. 싸-아한 아침 공기가 싱그럽다. 휙휙 스쳐가는 밤꽃 향기가 비릿하게 열린 창을 통해 훅 끼쳤다. "그냥 좋다!" 하자 모두들 좋다며 함박꽃처럼 활짝 웃는다. 메르스의 위압감으로 뭉쳤던 가슴이 뻥 뚫리는 기분이라고 한 친구가 말한다. 반갑고 즐거운 웃음보따리를 안고 시골집에 도착했다. 아침은 수다로 채우고 트렁크에 실은 짐을 내린다. 준비 없이 오라 하더니 혼자 준비를 모두 마친 친구였다. 주일마다 들려 청소도 하고 주변을 정돈한 덕에 깨끗했고, 정원에 장미와 그 외 꽃들이 화사하게 맞았다. 작은 과일나무 가지에는 대롱거리는 복숭아와 배가 귀엽다. 한 바퀴 돌면서 시골집의 정취에 흠뻑 빠져들었다.

간단하게 먹자고 하더니 삼겹살을 굽고 텃밭에 무성하게 자란 각종 채소들이

식탁을 가득 채웠다. 보기만 해도 배가 부르다. 막내가 이런 자리에 술이 빠지면 안 된다며 오는 길에 강원도 제일의 막걸리를 사 왔다고 으스댄다. 종이컵에 따라 주는 막걸리지만 제맛을 낼 것이니 안심하고 역기 운동만 하지 말고 쭉쭉하란다. 참으로 묘한 말에 어안이 벙벙하다. 술잔을 들었다 놨다 하는 것을 역기운동이라는 것이다. 또 한바탕 웃는다. 웃음은 만병통치라며 메르스도 물러갈 묘책이 막걸리를 멋지게 마시는 거란다. 별난 억지다.

소리도 안 나는 건배는 번개팅이다. 가끔 이런 자리로 살았음을 확인하잔다. 기분 좋은 얼굴 위에 하늘도 부러워할 웃음이 핀다. 이런 자리, 서로가 마음을 모으고 아무런 이유 달지 않고 그냥 나와 준 이웃들에게 감사하는 마음으로 막걸리 잔을 든다. 조용히 입으로 가져가 입만 대는 날 보며 비웃는 친구는 막걸리가 달다며, "그냥 쭉 마셔!"

해가 저물어도 갈 기미를 보이지 않는다. 그냥 나왔으니 번개처럼 하룻밤 쉬면 어떠냐며 이야기보따리를 풀기 시작한다. 여자 셋이 모이면 접시가 깨진다는 옛말처럼 그냥 재미있다. 원래 여자의 수다는 주제가 없다. 상대방의 말을 받아 즉시 풀어버리는 거다. 돌아서면 모두 남아 있지 않은 것. 이것이 여자들의 수다다. 수다를 잘 떨 수 있는 것도 요령이다. 입만 열면 분위기를 끌어가는 친구를 보면 참 부럽다. 그래서인지 그 친구 주위에는 사람이 모여든다. 이웃들도 저녁 식사 후 어디서든 한자리에 모이면 시간 가는 줄 모르게 끌고 가는 재주다. 수다를 배우려고 할 게 아니라 동참하고 들어주고 이해하란다. 듣다 보면 재미있고 공감이 가는 이야기 소재가 우리들을 꽉 묶어놓는다. 세대에 맞는 소재가 등장하면서 내 생활에 얽힌 이야기도, 세간에 떠도는 이야기, 혹은 카톡을 통하여 배달되는 이야기가 주제가 되어 수다거리가 이어지기도 한다.

한 병 남은 막걸리를 안주 삼아 풀어놓는 수다는 밤을 끌고 간다. 막걸리엔 철학이 있다는 막내의 수다는 정말 일장연설이다. 평상시에 보지 못한 다른 이미지가 풍긴다. 말을 재미있게 한다. 들어도 질리지 않는 말솜씨가 놀랄 만하다. 막내는 청중이 눈빛을 모으고 바라보니 신바람이 난단다. 장단은 쳐야 하고 말은 하라고 입이 있단다. 그랬다. 밥만 먹으라고 입이 달린 것은 아닐 테지만, 듣는 것만으로도 즐겁다. 산골의 밤은 이렇게 깊어간다. 톡 쏘는 맛도 아니고 투명하고 거품도 없는 그저 뿌옇게 젖은 듯한 액체가 묘하게 가슴을 파고든다.

몇 년 전에 왔을 때는 시름시름 하던 마당 끝 소나무 한 그루가 낮에 보니 완전히 자리를 잡았나 보다. 기골이 왕성하다. 우뚝 서 있는 마을의 수문장 같다. 그때는 새로 이사 온 터전이 마음에 안 들어 애타던 모습을 보았다. 잠 안 오던 캄캄한 밤이었다. 보이는 것은 찬 이슬 맞고 떨고 섰는 외로운 소나무 하나, 그건 오래전 시집와서 어머니 보고 싶어 했던 내 눈길을 닮았었다. 창문을 열고 바라보았던 그날이 왜 생각날까. 막걸리 한 모금은 어둑한 그날을 불러왔다.

별이 많다. 까만 하늘도 무색할 만큼 점점 빛나는 별들의 잔치마당이다. 서늘한 냉기가 지면으로 내려와 스민다. 낮에 활짝 피었던 감자꽃이 어둠 속으로 희미한 자리만을 남겼다. 장승처럼 서 있는 소나무도 우리들의 수다를 듣고 웃었을까? 잔잔한 기타 소리가 엷게 고막을 스쳐 간다. 도시에서 느끼지 못한 한가로움이 젖은 밤을 포근히 감싼다. 메르스도 아이들도, 두려움도, 날아가 버린 이 밤이여! 달콤한 막걸리 잔에서 오래전에 맡았던 어머니의 술 빚는 향기에 젖는다.

단양의 느림보 강물 길

웅크렸던 계절을 벗어나면 땅속의 생물들이 기를 펴듯이 그렇게 대문 밖으로 나가고 싶었다. 3월도 하순에 접어들면서 떠나본 걷기 코스로 충북 단양을 찾았다. 단양의 느림보 강물길은 도담삼봉(제44호)과 석문(제45호)을 비롯해 수많은 천연절경을 덤으로 감상할 수 있어 걷고 싶은 길이다. 우리는 도담삼봉 주차장에서 굴다리를 지나 차도를 따라 걸었다. 단양은 느림보 강물길 19.2km를 조성하여 시민들로 하여금 휴식의 공간을 제공했다. 이 길은 단양팔경인 도담삼봉을 끼고 남한강변과 함께하기에 호기심이 일었다. 특색을 갖춘 걷고 싶은 길로 사계절을 어우르며 사람들의 발길을 부르고 있다.

우리는 다랭이 길을 택했다. 이 길은 덕천교에서 도담삼봉 마을까지 4km 거리다. 이 코스에는 조선후기 때 지어진 목조기와집인 조자형 가옥(중요민속문화재 제145호)이 있어 그 시대의 건축 미학을 들여다볼 수 있다. 당일로 잡은 계획이라서 6개로 나누어진 강물 길 전부를 걷기는 어려웠다. 그중에서 다랭이 길과 삼봉 나룻길을 걸었다.

오랜만에 맛보는 시골의 향기를 흠뻑 마셨다. 동네 뒷산 같은 길은 오래전에 걸어봤던 길이었다. 가슴에 남아 아련한 길, 밤알이 툭툭 떨어져 내릴 것 같고, 도토리가 떼구루루 굴러갈 것 같은 숲길이다. 발밑으로 수북수북 밟히는 낙엽의 무딘 소리를 안고 우리는 걸었다. 그 길에서 가을의 풍성함을 만났다. 이미 지나간 계절이지만 옛이야기를 주절거리는 입가로 뽀송한 밤톨의 맛을 음미했다. 봄물이 오른 나뭇가지 위에는 여린 아기 손들이 삐죽삐죽 나오고 있었다. 저렇게 예쁜 시절이 우리에게도 있었다면서 한 번씩 쓰다듬는 손길이다. 다랭이 길에서 가을을 생각할 만큼 푸근한 길이었다.

우뚝우뚝 솟아오른 바위도 그 아래 숨죽인 듯이 생을 이어가는 작은 풀들과 수목들이 함께 어우르는 숲길. 멋대로 가지를 벌린 솔가지들이 올망졸망 솔방울들을 안고 팔을 흔든다. 밟아도 무디지 않은 길 위로 인간의 자취가 뜸했음을 느낀다. 순박함이 서린 길이다. 게다가 남한강 강바람이 한줄기 오롯이 불어 넘치면 푸근한 마음을 담고 올라온 열기를 식혀준다. 어찌 걷기를 주저할 수 있으랴. 푸르게 넘실대며 흐르는 강물, 종일 걸어도 싫지 않다.

덕천리 조자현 가옥에 들어 점심을 먹었다. 충청북도 중요 민속자료로 지정된 곳이다. ㄱ자형 안채와 ㄴ자형 사랑채가 맞물려서 ㅁ자형을 이루는 전형적인 중부 내륙지방의 민가로, 1770년(영조 40)에 조자형趙子衡의 5대조인 조경복이 건축하였다고 전한다. 차츰 사라져가는 민가다. 초가지붕이 사라진 후 지붕개량과 더불어 앞으로 이런 집들은 보기 어려워질 것이다. 시대가 변한다는 것은 주위 환경도 변천의 물결에 흘러간다는 것을 말함이다. 아파트가 들어서면서 편리한 주거 형태로 바뀌었다. 현관만 열고 들어가면 밖과 단절되는 가옥형태는 옛집의 환상을 깡그리 지워버렸다. 이런 실정에서 민가는 민속촌에나 가야 만날지도 모르는 날이 올 것 같다.

다랭이 길에서 이웃이 도란거리던 그 날들을 생각한다. 어려웠던 지난날이었지만 그 안에는 온 가족이 함께 어우르던 따뜻한 안방에 화로를 끼고 군고구마를 먹던 추억이 묻어있다. 달밤에 제삿밥을 돌리며 나눠 먹던 푸근한 정도 숨을 쉰다. 화려한 옷차림도 맛있는 반찬이 그득한 상차림도 아니었지만, 아버지 생신이라고 아침에 집집마다 어르신들을 부르던 발길이 있었다. 이웃이 함께한 아침상이었다. 그 미역국이 유난히 따뜻했던 일이 생각난다. 이런 옛집은 내가 살았던 그날들을 고스란히 간직한 곳이다.

조자현 가옥의 뒤란 담벽에는 장작더미가 쌓여 있다. 그 장작더미에서는 땀에 젖은 아버지 얼굴이 보인다. 도끼날을 휘두르며 굵은 나무토막을 쪼개던 아버지의 모습은 우악스러워 보였지만 한없이 부드러웠다. 중학교에 처음 들어가서 늦게 오는 날이면 아버지는 마중을 나오셨다. 6km이나 되는 시골길에 캄캄하다고 남폿불을 들고 내 이름을 부르실 때면 나는 눈물이 나왔다. 그때 얼마나 아버지가 반가웠는지 모른다. 키가 작아서 가방을 들고 가면 땅에 닿는다고 아버지는 등에 메어주었다. 창피하다고 나는 억지로 무거운 가방을 들고 나갔던 기억도 장작더미 위에서 살포시 일어서는 모습이다. 추억은 정말 문서 없는 유산이다. 고향의 향기가 도는 다랭이 길을 걸으니 영락없이 튀어나오는 바람 잔뜩 든 공처럼 이곳저곳으로 튀어나온다. 시골길의 정경은 이래서 걷고 싶은지도 모른다.

강물길 노선은 여러 갈래가 있었지만 우리가 걸었던 다랭이 길은 정말 정다운 길이었다. 남한강 물줄기의 흐름에 넋 놓고 바라봤고, 강물 길 코스를 제대로 몰라 되돌아오기도 했다. 덕분에 덕천교를 건널 때는 맨발로 시멘트 바닥을 1.5km 정도 걸었다. 그 길은 흙바닥을 맨발로 뛰던 고향길이 되었다. 유년의 꿈을 안고 숲길을 뛰던 그런 기분이었다. 오래도록 단양의 강물길이 가슴에 남을 것이다. 할머니가 되어서도 아이처럼 맨발로 걸어봤던 덕천교에서 길다운 길을 걸었다.

나룻길은 남한강 주변으로 이어지는 물길과 숲이 만나는 길이다. 강을 건너 도담삼봉과 만나는 길목이다. 지난 가을 갈대가 수수밭처럼 물가에 서 있다. 바람결에 갈대는 소리를 낸다. 옛날과 현대가 마주 보며 건너오라 손짓하듯이 사그락사그락 흔드는 길이다. 맑은 물길을 따라 제 그림자를 안은 나룻길 주변은 물그림자로 더욱 아름다웠다.

사람 살기가 좋아지면서 언제부터인가 둘레길 붐이 일었다. 우리가 찾은 단양의 다랭이 길과 나룻길은 우리 땅의 한 귀퉁이를 걸어보는 맛이었다. 고장마다 특색을 갖춘 길은 걷는 이들에게 부담을 주지 않았다. 흘러가는 물길처럼 생각하며 걸었다. 즐기며 느끼며, 걸으며 살아온 날을, 살 날을 둘러보며 생각하는 길이 둘레길이 아닐까.

비 오는 날의 수채화

7월, 무더위를 가르는 비가 내렸다. 빗속을 뚫고 우리는 아산의 영인산을 향해 출발했다. 지나는 길에 공세리 성당에 들렀다. 비가 억수로 쏟아졌는데, 다행스럽게도 영인산 입구에 내리자 소강상태로 접어들었다. 가끔 국지성호우로 쏟아붓기도 했다. 비가 오면 빗속을 걸었다. 도란거리는 소리가 영인산에 메아리가 되어 울렸다. 수목원이라서 산은 갖가지 나무와 숲으로 어우러져 있었다. 도시에서 접하지 못한 색다른 나무들의 너울거림은 옅은 물안개로 감싸 안고 있었다. 나무 이름을 물어가며 걸었다. 혼자가 아니고 우리란 점이 좋았다. 함께하는 걸음마다 나무들은 이름을 달고 우리들의 입을 통하여 하나의 단어가 되었다.

후드득거리는 빗발 속으로 나뭇잎이 흔들리는 숲길이다. 갖가지 꽃들로 장식된 길섶, 시인들의 시비가 군데군데 세워져 심심한 발길을 쉬어가게 했다. 도종환의 「흔들리지 않고 피는 꽃이 어디 있으랴」 정연복의 「꽃에게 배우다」 나태주의 「풀」 반칠환의 「노랑제비꽃」. '제비꽃 하나 피우기 위해 지구가 통째로 화분'이라는 이 구절을 읽으며 절감한다. 맞다. 영인산 전체가 화분이 되어 제비꽃을 키웠고, 내 한목숨 키우기 위해 이 지구가 통째로 화분이 되었음을 확인하며 걸었다. 환경을 가꾸는 일은 지구를 살리는 일이고, 나를 살리는 일이다. 빗발은 후드득 우산을 때려도 음악 소리처럼 들리는 이유는 마음이 평화롭기 때문이다. 시어를 읊조리는 소리 따라 영인산의 나무들은 또 다른 숨소리를 들을 것이다.

　무궁화동산엔 갖가지 색깔의 꽃들이 화려하다. 무궁화나무는 접목이 가능하고 그해 꽃을 피운다. 봄에 접목하면 7월이면 꽃을 볼 수 있다. 성장이 빠르며 쉽게 뿌리를 내린다는 점이 새로운 무궁화꽃을 볼 수 있음이다. 무궁화동산의 많은 꽃들 중에 연보라색에 빨갛게 안에 무늬가 놓여진 것이 무척 예뻤다. 하나보다는 많은 꽃들이 어우러진 모습이 보기 좋았다. 빗물 머금고 피어있는 꽃들. 꽃은 꽃으로 피었을 때가 가장 사랑스럽다. 사람은 언제가 가장 사랑스러울까. 서로 어울리어 이탈하지 않는 참 마음이 아닐까. 기쁠 때, 슬플 때, 함께 보듬는 마음. 무궁화 꽃들이 매달린 나무가 한층 돋보인다. 후줄근하게 비를 맞고 서 있지만 안에서 우러나오는 참마음, 그 마음으로 꽃은 피었다.

　영인산에서 산림박물관 가는 길에 외국인들을 만났다. 그들은 민간인임에도 우산을 쓰지 않았다. 우비도 입지 않았다. 아이들까지 동반한 산행이다. 머리는 젖어서 감은 머리털처럼 가지런하게 착 달라붙었다. 아이들은 웃고 있었다. 유치원생과 초등학생쯤 되어 보였다. 여름비지만 감기에 걸릴 것 같다. 비 오는 날은 유난히 찬비가 되어 몸속으로 흘러가는 느낌이다. 군인도 아닌 아이들이 체력 단련일까. 아니면 정신 훈련을 시키는 걸까. 동양과 서양은 교육방법도 다르다. 언젠가 읽었던 『생각의 지도』가 생각났다. 서양 사람들은 어려서부터 나 위주로 생활이 뿌리 박혀있다. 찬비를 맞으면서 견디어야 하는 그 홀로의 힘. 군말

없이 따라가는 아이들이 대견했다.

　사람이라면 본심은 누구나 가지고 있다. 나이가 들면 쑥스러워 표현하지 못할 뿐이다. 나이에 관계없이 이 본심을 마음껏 누리는 사람이 있다. 누린다기보다는 뽐내는 사람이다. 소중할 수밖에 없는 단 하나의 나를 위해 서슴없이 내주고 사는 사람. 매달 우리는 이 사람을 만난다. 힘도 받고 용기도 얻는다. 맞춤형 인간처럼 장소와 때를 잘 맞추는 사람. 누구든 이렇게 살 수는 없다. 하고 싶어도 입이 얼어서 못하는 사람, '이 나이에 뭘' 하면서 체통을 중시하는 사람, 혹은 용기없어 얼굴만 붉히는 사람, 이런 사람들에게 나보란 듯이 행동으로 보여주는 그 사람. 비 오는 날 빨간 우비에 무지개색 우산을 쓰고 연인산 억새 숲에서 왈츠로 무대를 장식했다. 색다른 연출이었고 다 함께 즐기는 숲속의 향연이었다.

　보통과 다른 7월 여행. 답사회는 하루 한 곳을 가기 위해 떠나지 않는다. 워터파크에서 즐거운 수영복 패션쇼도 기막힌 연출이었다. 장소는 후끈한 스파였지만 모두의 눈과 귀를 놀라게 했다. 공세리 성당에서 비 맞은 느티나무와 그 비를 맞고 계신 예수님께 인사를 하고 돌아섰다. 영인산 수목원에서 보았던 많은 나무들, 숲이 우거진 골짜기마다 생물이 산다. 그 생물을 키우기 위해 지구는 통째로 화분이 되었다. 나 또한 더불어 살아가고 있다. 서로 어울리는 영인산 숲길은 아름다웠고 볼거리가 많았다. 7월, 비와 함께한 시간이었지만 행복했다.

스릴 만점 트레킹

  강원도 인제, 방태산 자락에 위치한 아침가리 계곡이다. 이름도 처음 듣거니와 사람들의 발길도 뜸한 곳이다. 여름 피서지로 찾게 된 아침가리 계곡은 원래 조경동 계곡이라 불렀다. 조경동에서 방동리 갈터로 이어지는 15km 협곡이다. 계곡 산행은 해봤지만 이런 험준한 계곡은 처음이다. 냇물을 건너고 험악한 바위 돌도 밟고, 물속에 드리운 미끄러운 바윗덩이를 밟아야 하는 수월하지 않은 길. 안전 요원까지 동원된 이번 트레킹은 말 그대로 위험했지만, 스릴 만점의 피서를 겸했다. 길은 누군가에게 목적을 향하여 나 있는 것이다.

  상대를 알면 백전백승이란 말이 있듯이 우리는 이번 트레킹에서 내 몸을 다스리는 법을 배웠다. 천천히 걸을 것, 주위를 살필 것, 건강하다고 자신을 믿지 말 것, 함께 어울릴 것 등을 안전 요원은 당부했다. '나잘난' 여사가 되면 별 볼 일 없이 다치고 외톨이가 될 수밖에 없단다. 그의 말을 들으며 우린 깔깔 웃었다. 정상에 올라 계곡을 타고 내려가는 코스이다. 집안에 있어도 몸살을 앓는 요즘 날씨, 끔찍할 것 같지만 생각보다 걸을 만했다. 목적이 있기에 이길 능력이 있었다. 이유 없는 죽음 없다는 말처럼 가야만 하는 길은 어떤 어려움도 내 안에서 받아들일 수 있는 힘이 감사했다. 숲에 둘러싸인 하늘이 빼꼼히 보인다. 정상에 서자 땀으로 젖은 몸과 마음에 활력 같은 산바람이 불었다.

땡볕에 무르익어 열기가 훅훅 온몸을 강타하던 길은 나를 훈련시켰다. 무거운 발길이었지만 정상에는 또 다른 길이 나를 기다리고 있었기 때문이다. 온힘을 쏟았던 시간이 안겨 준 값진 선물로 2016년 여름의 긴 그림자가 후덥지근하게 내려앉는 길. 이왕지사 나선 발길이다. 누굴 믿고 나를 맡길 것인가. 오로지 자신뿐이었다. 용기를 내자고 가방끈을 당차게 얽어매었다. 스틱에 힘을 주면서 한 발 한 발 앞으로 전진했다. 거북이걸음이지만 길을 조금씩 내 앞으로 당겨주었다. 나는 시간을 등에 지고 걸었다. 새롭게 시작되는 길을 향하여.

인간의 점령지가 아닌 곳이 없을 정도로 전국은 하나하나 파헤쳐지고 있는 느낌이었다. 작년까지만 해도 이곳은 별로 알려지지 않았다. 이르는 말에 의하면 전쟁이 터졌을 때도 이 골짜기는 아무도 몰랐다고 한다. 피난처였고 천혜의 자원림으로 우거진 숲이었다. 올해 들어 사람들의 발자취가 빈번해지기 시작했단다. 계곡엔 막바지 피서를 즐기는 사람들로 알려졌음을 확인했다. 시원하고 즐길 만하다는 표현들이 남자들의 거침없는 발길에서 텀벙거렸다. 숲은 고요했고 계곡물은 맑았다. 폭포수가 되어 철철 흘러 넘쳐났다. 비가 자주 왔더라면 난 이곳을 건너갈 수 없을 것처럼 무섭고 두려운 계곡 길이었다.

계곡 산행을 시작하면서 새롭게 깨달은 것은 물의 깊이였다. 훤히 밑바닥이 보였다. 얕을 것 같아서 생각 없이 짚어버리면 텀벙하고 나도 모르게 물속으로 잠겨 들기 때문이다. 물의 깊이는 가늠이 어려웠다. 천연 숲은 방태산의 줄기를 타고 형성된 계곡으로 길고 깊었고, 험했다. 바위는 하얗게 햇살을 받아 바랜 것처럼 보였다. 손을 올려 놓다가 찜질방의 돌처럼 너무 뜨거운 열기에 놀랐다. 계곡 트레킹은 지그재그로 냇물을 건너고 숲길도 걷는다. 안전 요원은 말한다. 운동화가 마르기 전에 계곡으로 가는 것, 다시 나와서 숲길을 걸어가다가 발이 불이 날 때가 되면 옆길로 빠져버리는 멋진 트레킹이라고, 등산에서 맛볼 수 없는 행운의 길임을 자랑스럽게 말했다.

정해진 코스가 없다. 그냥 걷다가 더우면 물속으로 들어가 쉬었다 가는 길. '이런 길도 있구나!' 하면서 우린 물속에서 텀벙거렸다. 갈 길이 짧다면 실컷 앉아서 노닥거려도 좋으련만, 어느 만큼 걸어야 할지 모르는 길을 우린 따라 걸었다. 참으로 시원했다. 계곡의 물은 깊은 곳은 맑으면서도 물빛이 시퍼렇다. 워낙 계곡이 넓고 깊으므로 수영을 하면서 물속을 건너가기도 했다. 땡볕에 익은 바윗덩이를 밟고 숲으로 들어가는 길. 따로 길은 없다. 물속에서 열기를 식히고 나면 운동화가 물어다 준 길은 하얀 돌이 젖으면서 색깔이 변했다. 젖은 돌이 마르기 전에 그 뒤를 따라가야 한다. 이탈해서는 안 되기 때문이다. 힘들고 어려운 트레킹이었지만 숲길은 힘을 실어주었고 냇물은 피곤한 다리를 풀어주었다.

점심도 간식으로 때웠다. 5시가 넘어서 저녁 겸 소머리 국밥을 먹었다. 맛도 안 보고 국에 밥을 말았다. 씹기 전에 그냥 넘어가 버렸다. 이런 입맛에 나는 놀라서 주위를 돌아본다. 모두 웃는다. 함께했기에 즐거웠고 행복했다. 마주 보는 얼굴에서 힘을 얻었고 용기를 주었다. 나도 할 수 있어. 너도 해냈잖아. 통쾌한 웃음소리가 소리없이 가슴을 쳤다. 흐르는 물결에 현기증을 느꼈던 순간, 휘청대는 몸, 손을 잡아주고 끌어주는 회원들이었다. 물밑 바위덩어리에 얹힌 이끼가 미끄러워 주저앉을 뻔했던 순간들이 스쳐 갔다. 달구어진 조약돌 위에 털썩 주저앉아 바닥이 떨어져 나간 운동화를 끈으로 묶어주던 정다운 손길. 잊을 수 없다며 핸드폰 사진을 열심히 찍어 퍼 날라주었던 시간들이 모두의 폰으로 돌아갔다. 많은 길들이 밥숟가락 위에 얹힌다.

대부도 누에섬의 해솔길

　어느 날 전화 한 통이 연결해 준 안산 시티투어였다. 시간이 있으면 가자며 친구는 미리 예약을 했다. 안산의 중앙역에서 시티투어를 기다리면서 우린 서로 보고 그냥 웃었다. 만남이 좋아서 웃고, 함께 여행할 사람이 있어 웃음으로 시작한 투어였다. 하루 두 번 바닷길이 열리는 해솔길이다. 썰물이 만들어 준 자연 덕분에 우린 바다 가운데로 걸어간다. 바다 바람이 제법 시원하다. 바다를 걸어서 건너는 일이다. 방금 들어왔다 빠져버린 바닷물의 잔해물이 도로에는 남아서 질척거렸다. 바닷물의 흔적은 운동화 바닥에 엉겨 붙어 제 모습으로 걸어간다. 앞서가던 친구가 그로 인해 미끄러지면서 '어머나!' 하는 바람에 돌아보고 우린 함께 웃는다. 웃음이 묻어나는 길에 개흙처럼 질퍽한 삶이 쫓아오고 있다.
　발걸음이 닿는 곳마다 갯벌은 게들의 놀이터였다. 작은 구멍 속으로 들락거리는 삶을 이어가는 생물들의 모습이다. 얼마나 잽싸게 도망을 가는지 모른다. 가다가 멈춰 서서 바라만 봐도 알아채는 눈치 빠른 놈이다. 이렇게 빠른 놈들이 왜 그물에 잡힐까. 드넓은 펄에 펼쳐진 작은 집들은 이것들이 지어 놓은 둥지이다. 수없이 많은 놈들이 갯벌에 집을 짓고 새끼를 기르며 살고 있다. 한 다리를 걸치고 망을 보는 놈을 향하여 발을 굴러본다. 삼시간에 몸을 감추어버린다. 우린 마주 보며 까르르 웃었다. 살아있는 것들이 세상에 나와 제 몫으로 살아가는 현장. 집 속으로 감추어버린 게처럼 우리도 재빨리 걸음을 옮긴다. 누에섬이 가까워지기 때문이다.

누에섬으로 가는 길에 오른쪽으로 하얗게 엉겨 붙은 바윗덩이가 두 개 보였다. 마주 오는 분에게 물었다. "혹시 저 바위가 패총이란 거 아닙니까?" 그 아저씨는 우리가 가리키는 쪽을 향하여 눈길을 돌리더니 말한다. "여기 그런 바위도 있습니까?" 어이없이 같이 웃었다. 이 사람도 이방인임에 틀림없다. 몇 발짝 가다가 돌아보고 말한다. "내일 다시 오신다면 제가 공부를 해 갖고 오겠습니다." 마주 보고 웃을 일을 그 사람은 만들었다. 멀어져 가는 발길을 내 눈길은 따라간다. 재치 있는 말속으로 살아 있음에 웃어봤던 소리가 바닷물에 어리어 함께 출렁이었다.

해솔길은 1.2km라고 한다. 바닷물이 시멘트 길 위에서 질퍽거렸다. 친구는 새로 산 아쿠아슈즈가 지저분하다며 발을 들어 올린다. 가만가만 걸었는데도 갯벌의 흙물이 튀어 바지 단에 무늬를 남겼다. 그러자 옆에 있던 한 친구가 말한다. "흔적 없이 다니는 것은 사람이 아니고 귀신이다." 우린 오늘 무엇에 홀린 사람들처럼 정말 깔깔 웃어버렸다. 숨넘어간다는 말도 있듯이 배꼽을 잡고 웃다 보니 풍력발전소의 굵직한 기둥이 앞에 보였다. 바다는 답답한 마음을 풀어주는 공간이다. 더위로 몸살 앓는 우리의 마음 위로 뻥 뚫린 하수구처럼 바람이 한 가닥 휘익 스쳐 갔다. 스쳐 가는 바람따라 짜증스럽던 땀기운도 잠시 묻어갔다. 삶은 느낌으로 다가왔다. 살아 있는 것들은 움직임으로 와 감동을 선물한다. "와! 시원하다." 우리들의 목소리가 바다를 가른다.

해솔길 끝자락에서 만난 누에섬 입구였다. 사람이 살지 않는 무인도이다. 그곳에 전망대가 있다. 올라가는 길은 가파른 언덕이었다. 위를 바라보자 푸른 나무 끝이 하늘의 푸름과 손을 잡고 있다. 바다와 하늘이 똑같이 푸르다. 바닷바람은 끈적거리는 땀을 거두어 가듯이 우리의 걸음을 가볍게 했다. 몇 미터 안 되는 정상에 서서 확 트인 앞을 바라본다. 우리가 해냈다며 친구는 두 손을 들어 올렸다. "역시 투어는 이래서 좋은 것이여." 친구의 어이없는 발언에 사춘기 소녀들처럼 화들짝 웃어버렸다. 파도가 한 차례 우리들의 웃음을 삼키고 바다는 그대로 푸르다. 살았다는 것은 이래서 살맛이 난다. 웃고 떠들며 움직이는 모습은 바닷물이 출렁임과 동일하다. 제 몫을 해내는 살아있는 것들의 동요는 감동을 주고 다시 살 능력을 준다.

전망대로 들어섰다. 별안간 온몸으로 확 끼치는 에어컨 바람은 폭염을 삼킬 만큼 거세게 들어와 안겼다. 둥근 벽을 따라 대부도 어부들 삶의 현장이 그림으로 사진으로 붙어 있었다. 게만 살려고 갯벌에 집을 짓고 사시사철 헤매는 것이 아니다. 전망대 안에는 사람도 살려고 갯벌을 헤매고 바다를 노 젓고 있다. 산다는 것은 이처럼 수월하지 않다. 웃음이 나오지 않는다. 빨간 고무 다라 앞에서 바지락을 까고 앉아 있는 아낙의 손길에 눈을 박는다. 닳아버린 손톱 밑, 갯물에 찌든 손바닥의 손금 사이로 평생의 삶이 서리어 있다. 매일 앉아서 바지락을 깠을 끈질긴 삶의 뿌리는 평퍼짐한 자세가 말한다. 어찌 이 앞에서 웃음이 나오랴.

대부도의 전력은 자체로 생산되는 7개의 풍력발전기 덕분이란다. 그래서인지 전망대뿐 아니라 음식점에도 역시 찬바람이 일었다. 자배기만 한 그릇에 담긴 칼국수 안에는 바다 생물들이 엄청 많이 들어있다. 바지락과 새우들이었다. 하나씩 건져 살을 발라 먹는다. 짭조름한 맛이 입안을 감돈다. 바닷물과 개흙을 먹고 산 조개다. 산 것들은 먹어야 하고 움직여야 하는 것을 대부도의 바지락은 맛으로서 보여준다. 온몸을 바쳐 살았음을 세상에 증명하고 있다. '조개는 맛으로 말했다'. 내 말에 모두는 또 까르르 바다를 출렁이게 했다.

봄을 만나는 지리산 둘레길

토요일 이른 시간 김밥 한 줄을 샀다. 지리산 둘레길을 걷는다는 답사회를 따라가기 위해서다. 봄을 찾아 떠나는 발길이 가볍다. 전북 남원시 주천면 외평마을에서 시작되는 1코스는 남원시 운봉읍 서천리를 잇는 15.7km이다. 지리산 서북 능선을 조망하면서 산언덕을 몇 구비 넘어 마을과 이어지는 코스다. 차에서 내렸을 때 코끝으로 밀려오는 향기는 봄내음이었다.

벌써 햇살은 내려와 대지는 꿈틀거렸다. 바람도 산들거리고 작년 가을 무성했던 억새들이 제방 둑길에서 반갑다는 듯이 마른 고개를 흔든다. 어느 시인의 말대로 입춘이 지나고 흙은 눈을 떠도 자는 척 엎드려 있다는 말, 새싹의 잠을 깨우지 않기 위해서라고, 지난가을 마른 풀들 사이에서 돋아오른 새싹이 잠에서 깨어나길 기다리는 흙의 마음처럼, 우리도 조용히 숲길을 걸었다. 혹시 잠든 풀들의 머리를 밟을까 두렵다는 생각을 하면서.

어릴 때 걸어봤던 길처럼 마구 뛰고 싶었다. 시야가 멀어질수록 좁아지는 둑을 바라보며 아름답다는 생각이 들었다. 그때는 신나게 뛰었는데 몇 발짝도 못 가서 헉헉거리는 나를 보며 친구가 피식 웃었다. "생각은 애들 같구나." 맞다. 애들처럼 달려가고 싶은 들길이었다. 봄 길에는 냇물 흐르는 소리도 제법 청량하다. 경중경중 징검다리를 건너가는 발길에 거울처럼 맑은 물길이 흐른다. 냇물 소리를 들으며 돌고 도는 계절의 순환 길에 발길을 올려놓는다.

둘레길에는 어미 소 대신 농기구들이 바쁘게 움직인다. 논갈이 된 논틀에 고랑마다 물길을 잡아 놓았다. 흥건하진 않지만 물먹은 흙덩어리들은 굳었던 몸을 풀어 놓는다. 농부들의 지혜는 봄물을 담아 놓아 모내기를 준비하기 때문이다. 얕게 고인 흙덩이 밑으로 꼼지락거리는 봄풀들의 몸부림이 보일 듯 풀어진 흙들이 감싸고 있다. 검붉은 흙들이 숨을 쉬는 듯이 입김이 서린다. 햇살은 그 위를 걸으며 흙 속 풀들에게 꿈길을 열어주나 보다.

지리산 자락을 이어 놓은 둘레길에는 바라보기에도 아득한 논과 밭들이 자리를 잡았다. 구수한 흙 내음이 풍겨오는 들판이다. 삼태기처럼 둘레를 치고 들어앉은 마을은 햇살 아래 기와지붕이 돋보였다. 그 안에는 둘레길을 걷는 이들이 쉬어갈 수 있도록 쉼터를 마련하였다. 한 번도 와본 적 없고 아는 사람도 없는 마을이지만, 길손을 위하여 마련된 장소에서 그 고장 사람들의 인심과 사람 냄새를 맡는다. 잘 키워 놓은 비닐하우스 안의 식물들, 새싹을 내미는 농작물과 움트는 나무순에서 두고 온 내 고향의 향기를 맡는다.

지리산 둔덕을 내려오면 논틀과 밭두둑을 만나는 시골 풍경이다. 쟁기질 한 논틀엔 갈아 엎어놓은 흙덩이들만이 고랑을 만들었다. 공간이 다름과 그 공간을 이어주는 길은 삶을 이끄는 이정표다. 마을과 마을을 이어주는 사람살이에 길이란 매체로 이어지는 삶이 이렇게 구불거리는 산길도 되고, 좁은 논둑으로도 이어진다. 평탄한 삶이 주는 평안함과 구불거리는 굴곡진 삶이 주는 고단함도 안고 있다. 잘 조화를 이룬 길처럼 사람들의 삶 역시 그 길 위에서 하나의 성을 향한 발돋움일 것이다.

힘들게 걸어온 길에서 한숨을 돌릴 수 있는 곳, 잠시나마 시야를 넓히고 둘러볼 만한 언덕 아래 '사무락다무락'이라고 쓰인 이정표, 얄궂기도 하고 멋스럽다. 옆으로, 한생을 그곳에 몸담은 장송 한 그루가 마을길의 지킴이처럼 굽어본다. 몸은 비록 휘어지고 곧게 자라진 못했어도 나름 가지를 늘이고 줄기를 내린 빛에 힘이 들어있었다. 사무락다무락이 주는 이미지가 확실하지 않지만, 나름 생각해 보건대 이 말을 자꾸 입속으로 외우다 보면 부딪기고 부딪겨서 이겨내라는 어떤 암시적인 말도 같다. 장송 앞에서 그 말의 의미를 되새겨 본다. 마른 땅에서 몸을 지탱하기 위한 몸부림 속에 애써 얻은 용기처럼 대견함이다. 봄 햇살에 솔잎이 향기롭게 빛을 낸다.

산길을 내려서자 작은 웅덩이에 어느새 개구리 알이 물빛 안에서 몽글몽글 뭉쳐 보였다. 개구리들은 경칩에 나와 알을 낳았을까? 발을 멈추고 들여다보며 한마디씩 한다. 뒷다리가 먼저 나올까. 앞다리가 먼저 나올까. 꼬리도 안 나온 알을 바라보며 저마다 개구리 알에 대해 호기심을 갖고 있다. 봄 길에서 만난 웅덩이에는 많은 개구리 알이 숨을 쉬며 봄을 기다리고 있다. 틀을 벗어나려면 저 알들도 안간힘으로 개구리가 되는 길을 향해 힘을 낼 것이다. 사무락다무락하고 입안에서 혀를 굴린다.

주천에서 운봉에 이르기까지 저마다 사연을 안고 있는 길을 걸어 왔다. 작은 저수지 둑길을 걸어 내려오면서 보기에도 장엄한 묘지의 군락을 만난다. 한두 묘가 아니다. 줄을 맞춰 만들어 놓은 곳은 한 혈족을 이어 모아놓은 곳 같다. 마침 묘지관리를 하는 분이 계셔 여쭈어보았다. 앞의 두 줄은 가묘고 뒤엔 조상들을 모셨다고 했다. 죽은 분들이야 그렇다 치더라도 산 사람의 음택을 미리 만들어 놓은 곳. 덕산 저수지가 발아래에 있고 뒤로는 지리산 자락이 포근하게 안아주는 격이다. 못자리에 서면 지관이라고 하는 못자리 보는 사람이 떠오른다. 물론 그에 대한 공부도 했을 테지만 자신만만하게 못자리에 영험을 말할 수 있을까 궁금했다. 지금도 그런 사람들이 있을까 모르겠다. 왕가나 벼슬아치들이 찾던 명당을. 조상을 잘 모셔야 집안이 흥한다는 옛말이 틀리지 않음을 이곳이 증명을 하고 있지 싶다. 죽은 자와 산 자의 만남이 봄물 드는 길목에 서 있다.

유혹의 도시 송도

　송도 중앙동의 신도시는 멋있다. G타워 33층 전망대는 홍보관이다. 무료로 엘리베이터를 타고 송도의 신도시 전경을 바라볼 수 있다. 외국에 온 느낌이다. 멋진 전망을 공짜로 볼 수 있는 인천 송도는 즐길 거리가 있는 도시이다. 외국은 어딜 가나 공짜는 눈 씻고 봐도 없다. 서해 바닷물을 끌어와 만든 대형수로는 각종 놀이기구를 타며 즐길 수 있는 전원도시이며 경제자유구역이다. 그 주위에 센트럴파크와 한옥마을호텔, 주상복합아파트, 호텔과 전원적인 풍경은 아름답다. 한눈에 바라볼 수 있는 신도시 송도의 유혹이다.

　1994년 개발이 시작된 송도국제도시는 인천경제자유구역 일원으로 송도 앞바다를 매립하여 건설되었으며, 지금도 그 과정이 진행 중이다. 국제 금융과 무역, 지식기반산업, 친환경적인 주거지역으로 특화되어 있으며 2020년 완공을 목표로 하고 있다는 것이다. 항구도시 인천이 만든 혁신적인 관광도시의 모습이었다. 지금도 입을 다물 수 없을 만큼 멋졌다. 우리도 할 수 있다는 것, 이것이 기적을 낳는 것이다. 둘레길과 마을길을 찾아다니다가 도시의 숲에서 우린 유혹 당했다.

도시마다 다른 가치와 풍경의 관광특구가 있다. 서울은 수도이기에 왕궁이 있었던 고궁이 먼저고, 수원은 화성성곽과 정조대왕, 화성행궁의 혜경궁홍씨, 융건릉을 생각한다. 이처럼 각 도시의 특채구역으로 인천은 경제특구로 멋있는 항구도시를 조성하고 있다. 그 안에 쇼핑 공간이 변하고 있다. 볼거리가 많아야 사람이 모이는 것이다. 사계절로 나누어진 테마가 있는 거리풍경은 계절에 따라 주위가 변했다. 지금은 여름이다. 상가 앞에 분수가 있고 손님이 쉴 수 있는 간이 휴식 공간에는 차를 마시고 한담을 나누는 여유가 있다. 이것이 관광도시의 특징이다. 세계를 향해 손을 흔들 만큼의 여유를 인천 송도는 갖가지 매력으로 채우고 있었다.

　금강산도 식후경이라 했다. '송쭈'는 송도의 맛있는 쭈꾸미 집이다. 여행에 맛집이 빠질 수 없다. 프라이팬 가득 든 삼겹살과 낙지복음, 어떻게 먹을까 호기심 가득한 눈으로 바라봤다. 즉석에서 양념된 것을 볶아가면서 먹는 맛. 깻잎에 날김을 얹고 삶은 콩나물 위에 쭈꾸미나 삼겹살을 얹은 후 소스를 발라 싸서 먹는 것이다. 깻잎 한 장에 들어간 양념과 다양한 재료들로 입안이 가득 찬다. 한참을 씹다 보면 고소한 맛과 알싸하고 개운한 맛만 혀에 남는다. 정말 맛있는 송쭈였다. 송도의 맛집은 뿌리치기 어려운 유혹이었다.

　저녁 식사를 마친 후 밖에 나오니 산들거리는 바람이 우릴 맞는다. 밤으로 가는 길에 나란히 수로가 놓인 풀숲 길을 걷는다. 저녁놀은 붉게 하늘가를 맴돌고 동쪽엔 망월로 가는 달이 차올라 송도에 어울리는 또 하나의 풍취를 안겨준다. 투정부리는 아이처럼 집으로 돌아가기 싫어 잔디밭에 앉아 두런거린다. 언제 이런 한가한 시간을 가졌던가 할 만큼 여유롭다. 건물엔 하나둘 불이 들어오고 있다. 우리가 올랐던 G타워 빌딩은 밤을 알리는 불꽃들로 치장하기 시작했다. 수면에 불빛이 어른거린다. 이전에 몰랐던 새로운 세상으로 나는 발길을 옮긴다. 전혀 생각지 못한 유혹이 송도의 하늘과 땅을 물들리는 저녁이다.

유람선은 바다를 가르는 카페리호처럼 서서히 물길을 가르며 움직이고 있다. 많은 사람들이 저녁 한때를 뱃길로 수로를 낸다. 하얀 거품을 내면서 사라지는 뱃전에는 노을빛에 물든 얼굴들이 행복해 보인다. 한때지만 여유로운 시민들의 얼굴에서 참삶의 맛을 본다. 한번 타보고 싶다는 유혹이 눈길에 머문다. 멀어져 가는 그림자 따라 화폭이 움직인다. 뱃길 따라 그려지는 수로엔 나그네를 유혹하는 송도의 풍경이 빌딩 숲에 마음을 앉힌다. 도심 속으로 끌어들인 바닷물이 송도를 흠뻑 적시고 있다.

한옥마을 호텔은 화려하고 우아하다. 들어가 보진 못했지만 곁에서 본 모습은 안을 들여다보고 싶을 만큼 유혹을 불러일으킨다. 올라간 추녀 끝이며 단장된 색상이 주는 이미지는 새아씨의 외씨버선을 떠오르게 한다. 그렇게 상큼하고 날렵하다. 창호지 미닫이문을 열면 우아하게 차린 새아씨가 맞아 줄 것처럼 아늑한 분위기를 자아낸다. 저녁놀과 한옥은 너무 잘 어울린다. 미닫이문의 은은한 문살은 눈 오는 섣달 그믐밤 바느질을 하는 엄마가 계신 안방처럼, 질화로에 인두를 꽂아놓고 골무를 낀 엄마의 손끝으로 만들어내던 설빔 생각. 눈썹이 셀까 봐 잠도 못 자고 바라보던 날의 그림들이 그 문살에 겹쳐 떠오르게 하는 송도 한옥마을 호텔이다. 하룻밤 묵고 싶었다.

유혹은 사람을 부른다. 그리고 호기심을 채우고 눈망울을 굴린다. 다 같은 곳에서 다 같이 둘러보아도 특별한 유혹에 빠지는 사람이 있다. 인천광역시의 송도 신도시를 둘러보면서 여인이 제일 좋아하는 쇼핑의 거리에서 빈 가슴을 채웠다. 신어보고 입어보며 흐뭇한 감정을 감추지 못한다. 물길이 잔잔한 곳에서 혹은 분수가 춤을 추는 길을 따라가는 쇼핑의 거리는 발길을 늦추게 한다. 명품 백도 들어보고 눈길 머무는 옷의 사이즈도 들쳐보는 아이쇼핑은 눈가에 기쁨을 준다. 예쁘다는 표현 속으로 여인의 유혹은 스멀스멀 일어서고 있다.

싱싱한 젊은 모습이 관광도시의 유혹이다. 씽긋 웃음 속으로 번지는 햇살 같은 환한 기운을 다시 한번 쳐다본다. 그리고 발길은 머문다. 미소는 희망으로 가는 길이며 행복을 나누는 서로의 마음이다. 웃으며 목례로 나누는 인사는 돈 안 들이고 힘들이지 않고 손님을 부를 수 있는 힘이다. 화장하지 않은 맨 얼굴에 환한 웃음으로 손님을 맞는 종업원의 상큼한 인사도 송도의 유혹이다. 볼거리 먹을거리 이야깃거리를 담고 있는 신도시로 가는 송도는 발길을 잡는 항구도시다.

1박 2일

　1박 2일 여수여행을 다녀왔다. 첫날은 2012년에 있었던 여수 엑스포 박람회장을 돌았다. 자연적인 것은 산과 바다일 뿐이다. 사람의 손으로 이룩된 건축물들이 즐비한 곳. 그 안에서 벌어지는 광경, 그것들이 주는 매력이 관광객의 발길을 얼마나 잡았을까. 소문만 무성한 곳이 아니라 실제로 돌아온 혜택은 만족했을까 모르겠다. 말은 어마어마한 엑스포라며 볼거리에서부터 그 가치를 자랑하고 선전했던 곳. 수많은 발길이 거쳐 간 여수다. 바다와 육지가 정신이 혼미하도록 떠들고 자랑했던 이곳. 사람의 손길로 다듬어진 우후죽순의 건물들이 눈길을 잡는다. 한번 돌아보는 발길로 창조자의 입장에 돌입할 수는 없다. 다만 이름만 불러가며 지나쳐보는 발길에서 감탄사를 자아낼 뿐이다.

　한려해상국립공원인 오동도에 올랐다. 몇 번인가 이곳을 지나쳐 오기도 했고 다녀간 곳임에 틀림없지만 예전과 같지 않았다. 모두 새로웠다. 나무 테크를 이용한 둘레길인가 하면 해안길을 따라 이어진 관광코스는 새로운 이름을 달고 명소로 탄생했다. 이름 안에는 가진 것을 내보이는 나름의 빛으로 꿈틀거리고 있었다. 우리는 오동도의 제방을 걸으며 바뀐 남해 앞바다의 풍경에 젖어 들었다. 무엇을 느끼고 마음에 담는 것은 각자의 몫이다. 특이함을 맞는 것도 각자가 발견하는 눈길이 주는 기쁨이다. 본 것을 안으로 끌어들여 내 것으로 육화하는 과정도 이름이 주는 매력 중에 하나다. 발길은 계절을 물고 또 다른 시간 속으로 그것들의 이름을 불러가며 묻히고 있었다.

오동도, 섬의 모양이 오동잎을 닮아 지어진 이름이라지만 오동나무보다는 나이를 감안할 수 없는 동백숲이었다. 들리는 말에 의하면 임진왜란 때는 충무공이 '시누대'라 불리는 해장죽을 심어 화살을 만들었다 해서 '죽도'라 불리기도 했다. 해안은 풍화작용으로 인해 갖가지 모양의 바위와 단애들로 이루어진 모습이 눈길을 끌었다. 그 덕에 붙은 이름들이 고우면서도 볼거리로 발길을 부른다. 소라바위, 병풍바위, 지붕바위, 코끼리바위, 오동도의 전설이 내려오는 용궁 등은 나무 데크를 밟고 내려갔다 올라와야 해서 번거롭지만, 호기심이 힘듦을 뒤로하는 길. 푸른 물길이 날개를 펼치며 넘나드는 협로는 한 마리 새가 깃을 찾아오는 느낌이다. 시시각각으로 변하는 물색에 반해 넋 놓고 바라봐야 하는 곳. 너무 아름다워 저도 모르게 바위에 머리를 찧어도 좋을 새 한 마리의 비상을 절벽의 단애에서 맛보는 곳이다.

오동도, 이름도 입에 뭔가 물고 오돌오돌 굴리는 느낌이다. 오동나무가 섬을 이루었다는 그곳에 봉황이 자주 날아든다는 고려말의 전설이 있다. 신돈은 여수의 봉산, 봉계, 구봉산 등에 사는 봉황이 이 섬으로 날아든다는 소문을 불길하게 생각하여 섬 전체의 오동나무를 베어버렸다. 임금이 날까 두려운 권세욕이다. 사람들은 권력이 무엇인지 잡으면 놓을 줄을 모른다. 그러니 애꿎은 오동나무만 그 시절 애닯게 목숨을 잃었다고 전해지는 안타까운 섬. 여수 전망대에서 바라본 오동도는 방파제를 막아 섬을 이어 놓았다. 그곳은 갖가지 이름을 달고 기생하는 동식물과 상징적인 것들이 관광객을 부르는 곳이다.

다음 날은 섬길 유랑을 위해 페리호를 탔다. 날이 꾸물거렸다. 큰 비만 내리지 말았으면 하고 빌었다. 간밤에 너무 잘 먹은 문어 다리가 내 배를 자꾸 꿈틀거리게 했다. 그 힘센 다리의 맛이 날 부른 저녁은 행복했었는데, 새벽녘은 고통의 맛을 톡톡히 보았다. 욕심이 부른 탓이다. 가늘어진 빗줄기만큼이나 걱정의 짐을 모두에게 안겨주면서 금오도로 가는 페리호에 승선했다. 따뜻한 아랫목처럼 포근한 뱃바닥에 찰싹 엎디어 본다. 너무 편안하다. 난 여기서 내리고 싶지 않았다. 그냥 하루종일 눕고 싶은 내 자리를 누군가에게 내어준다는 사실이 조금은 아쉬웠다. 여수 여행에서 회원들은 다른 것은 잊었을지 몰라도 내 이름은 잊지 않았을 것이다. 욕심이 부른 배앓이로 흐느적거리는 내 발길을….

이름만 들어도 아름다운 금오도의 비렁길을 어찌 배앓이로 차 안에 있어야 한단 말인가. 힘을 내고 눈을 크게 뜨고 후드득 차창을 때리는 빗줄기에 몸을 맡긴다. 친구가 건네준 우비를 걸치는데 으스스한 느낌은 들었지만 설마하니 3.5km의 둘레길쯤 못 가랴는 오기로 나왔다. "빗속인데 너 힘들 텐데…" 하며 걱정하는 친구에게 "60년 이상 먹은 것이 있는데 비긴? 걱정하지마." 라고 큰소리로 떨쳐버렸다. 여기까지 왔다 그냥 가면 너무 서운할 것 같아서다. 말은 그렇게 큰소리쳤지만 몸은 영 내 마음대로 가지 않았다. 아마도 나 홀로였다면 그대로 병원으로 직행했을 것이다. 비렁길이 내 몸만 하냐면서, 헛웃음이 나왔다. 몸이 있고 내가 있음을 착각하고 있는 어리석음에 또 한 번 돌아보는 내 이름 속에 든 나 자신을….

황금을 뜻하는 金과 자라 오(鰲) 자를 써서 금오도(金鰲島)라 칭한 섬이다. 그 이유인 즉 천연의 자연 숲에서 자생하던 소나무 덕분이다. 소나무가 많은 이 섬의 내력은 옥녀봉에서 선녀들이 베를 짜고 있었다. 너무 더워서 바닷가에서 목욕을 하며 놀다 하늘로 승천할 시간을 까먹었다는 이야기. 얼마나 산천이 아름답고 놀 거리가 많았으면 제 갈 길도 잊었을까. 이에 가엽게 여겨 하늘도 선녀들을 소나무로 만들어 놓았다는 금오도의 전설이다. 자라같이 생긴 이 섬에 선녀 소나무가 즐비하니 나라도 이를 모를 리가 있을까.

대원군은 이곳의 소나무로 경복궁을 건축하였다. 바닷물과 세상 두려움을 모르고 자란 소나무가 단단하고 나뭇결이 고왔다고 전한다. 하늘이 인정한 환상의 섬이며 바다와 하늘과 소나무가 천혜의 섬을 이룬 이곳 금오도의 장관. 닫는 발길마다 이름표를 달고 일어서는 들꽃들의 애잔함이 바닷바람에 흔들거린다. 가을꽃은 청량하면서도 하늘을 닮아 맑다. 구절초의 서늘한 기운이 돋보이는 언덕으로 흐드러진 꽃들의 잔치는 발길을 묶는다. 제 이름 하나로 그 어느 날일까 모르는 아득한 시간을 먹고 걸어온 길이다. 오로지 한마음으로 비추는 구절초 앞에서 숙연해지는 시간, 시퍼런 파도가 긴 혓바닥을 내밀어 가을비에 떠는 바위를 때린다.

근대와 현대가 어우러진
거리 풍경

거리는 사람과 사람의 소통을 위한 길이다. 소통은 많은 사람들의 발길을 부른다. 발길을 부르기 위해서는 볼거리가 많아야 한다. 특징이 있는 건축물, 눈이 즐거운 여행은 피로하지 않다. 전주의 거리는 볼거리가 많아서 좋았다. 한옥마을을 중심으로 뻗은 전주의 거리는 납작 엎드린 거북이 등과도 같았다. 1층인 상가도 덩달아 엎드려 겸손하고 수수함으로 다가왔다. 우아하고 세련된 미를 떠나 편한 마음으로 다가서는 이웃 같은 느낌이었다. 상가의 물건들은 자연스럽게 손님과 거리를 좁혀 놓았다. 동떨어진 느낌이 아닌 것도 마음에 들었다. 먹을거리, 입을거리, 액세서리 등등. 고층건물 속 쇼윈도 안의 우아함과 멋스러움이 아니다. 자연스럽게 마주하는 부담스럽지 않은 스침이었다.

수원의 남문 시장을 가끔 간다. 거기에 가면 없는 것이 없다. 원하는 것은 모두 있다고 생각한다. 야채에서 과일, 생필품과 옷, 가구까지. 전주의 길거리 풍경이 우리의 남문시장 느낌이다. 지동시장 골목의 먹거리와 수원천을 끼고 있는 채소전의 모습이 정겹다. 전주의 남부시장이나 수원의 남문시장은 사람 사는 냄새가 나서 좋다. 그런데 전주에 젊은 사람이 모이는 비결은 무엇일까. 상인이라면 구체적인 방안이 생각날지도 모른다. 인터넷을 통한 광고효과, 혹은 블로그나 각종 서비스를 통한 관광정보의 유통이 낳은 것은 아닐까.

야시장의 모습은 이색적이었다. 시민기자 워크숍의 컨셉이 훌륭했다고 생각한다. 자유롭게 저녁을 먹고 전주의 남부시장을 돌면서 야시장에 빠져보았다. 손수레를 밀고 들어오는 젊은 층들의 손끝에서 만들어진 각종 물건들은 눈을 현란하게 한다. 취업하기 힘든 젊은이들이 택한 창업이 아닐까. 반짝이는 아이디어, 남부시장의 야시장 골목은 싱싱한 젊은 피와 활기가 넘쳐흘렀다. 사람들이 북적거리는 시장이 부러웠다. 이것저것 먹어도 보고 눈에 들어오는 물건들을 소일거리 삼아 손에 넣기도 했다. 시장구경은 피곤하지도 않았다. 가끔 아파트 앞에 벌어지는 야시장이 생각났다. 그처럼 남부시장의 야시장 골목은 인파로 붐볐고 구경거리로 사람들의 눈길도 바빴다. 2층의 청년몰에는 이른 시간이라서인지 조금은 썰렁한 것 같았지만 밤이 주는 풍경은 느낌만으로도 행복했다. 옥상에는 가건물처럼 상가는 허름했지만 그 안에는 젊은 꿈들이 살아 있었다. 차 한 잔을 마시면서 내가 살던 시댁의 개구리 울음소리가 들리는 냇가를 떠올렸다. 시골스러운 느낌과 영화나 드라마의 뒷골목 풍경이 주는 푸근한 감정에 취했던 저녁이었다. 여름밤 저녁을 먹고 난 후 다시 찾고 싶을 만큼 정감가는 남부시장의 모습이었다.

경기전이 있는 태조로를 걸어가면서 밟는 보도블록도 귀여웠다. 발바닥이 자연 지압이 되는 거리. 한 장의 보도블록이 주는 그 느낌은 편안하면서도 경쾌한 발걸음을 유도한다. 관광도시는 특별해야 한다. 사람을 부르기 때문이다. 그래서 블록 한 장도 그 맛을 느끼게 하는 방법이 아닐까. 똑같지 않은 구별되는 거리가 주는 전주의 멋스럼이다. 붉은 토담벽에 새겨진 그림들을 보며 걷는 길. 기와나 돌을 이용하여 집을 건축하면서 새겨 넣은 자연스러운 벽화였다. 깨어진 기와 조각 하나, 굴러다닐 돌멩이들이 작가의 손길에 의해 전주의 담벽으로 탄생했다. 그 손길은 눈길을 끈다. 상권은 볼거리를 중심으로 일어선다. 호기심을 동반하고 갖고 싶고 먹고 싶은 욕구가 이는 거리에 어울림이 따르게 마련이다.

한복차림의 관광객들이 전주의 거리를 활보하는 장면은 특이했다. 누가 입으라고 강요한 것도 아니란다. 대여점에서 자신이 원하는 것으로 입고 나온 것이다. 한복들은 아름다웠고 독특한 이미지를 창출했다. 대부분 전통적인 한복이 아닌 개량된 평상복이었다. 지루하다 싶은 거리에 영락없이 나타나는 그들. 어우동차림의 아름다운 기생옷, 선비의 넓은 소매와 긴 조끼 같은 덧옷이 바람결에 펄럭일 때는 사극을 연상케 한다. 게다가 왕과 왕비의 우아한 두 남녀의 옷차림도 눈길을 끌었다. 대로 중앙을 활보하는 60년대의 학생복 또한 향수를 불렀다.

화성성곽을 돌다 보면 수문장 차림을 한 남자를 만나게 된다. 그러면 반가워서 사진이라도 함께 찍자고 할 때도 있다. 그처럼 이들도 근대와 현대가 어우러진 도시의 거리풍경이었다. 배고픔도 잊고 지루함도 잊는 시간이다. 마침 전주 대사습놀이대회가 행해지는 곳곳마다 연습장면에 눈길은 머문다. 다리 위에서 대금연습을 하는 여인의 자태는 그림 같았다. 대금산조다. 신을 불러내는 혼령의 소리처럼 넋을 놓고 끝날 때까지 지켜보았다. 그러다가 일행을 잃었다. 정말 신나게 박수로 응원을 보내고는 서둘러 자리를 떴다. 발은 땅을 짚어가면서도 귓전에 머무는 대금산조 가락에 취해서 흥겨웠다. 이 멋에 거리를 걷는다. 전주의 거리 풍경은 걸으며 볼 수 있는 예술의 현장이었다. 연습에 열중하는 학생들의 모습과 놀이 나온 젊은이들이 그 물결에 휩싸여 보기 좋았다. 거리 공연의 묘미였다. 담벼락에 등을 붙이고 앉아 북소리 장단에 피리를 불던 남학생의 진지한 모습에서 가슴을 쓸어내리기도 했다. 〈서편제〉의 한 장면을 보는 것처럼 어느 순간 숨이 멎을 것 같은 그 소리의 울림 속으로 빠져들어 가는 전주 거리는 정말 멋졌다.

한 곳 잊을 수 없는 곳이 있다. 성심여중고 앞의 베테랑 칼국수 집이다. 기다림을 필요로 하지 않는다. 앉으면 선불을 내고 칼국수는 곧바로 대령되었다. 그맛 또한 일품이다. 들깨가 수북하게 올려진 칼국수 대접을 보는 순간 식욕이 일었다. 맛있다. 국수발은 특이하진 않았지만 국물은 입맛을 끄는 묘한 맛을 지니고 있었다. 더군다나 오돌오돌 씹히는 깍두기는 최상의 맛이었다.

전주의 거리는 살아있다. 사라진 교복이 등장하는 거리, 이몽룡과 성춘향이 되어보고 어우동으로 변신해 활보하는 움직이는 거리였다. 승광재에서 〈비들기집〉을 부르는 황손 이석 씨의 모습도 전주 볼거리 중 하나다. 경기전慶基殿은 왕조가 일어난 경사스러운 터라는 의미이다. 이곳에 심어진 나무들은 그 시대를 안고 오늘까지 지켜봤다. 떠들썩한 동네 전주에서 1박 2일은 볼거리가 많아서 풍요로웠다.

우리의 수원도 이처럼 볼거리 많은 곳이다. 2016년 수원화성의 해를 맞아 많은 사람들이 찾을 수 있는 거리를 조성할 필요성을 느꼈다.

내 몸의 날개

나는 가끔 공중을 비행하는 나비나 새들을 보면서 날개가 있어 참 좋겠다는 생각을 한다. 나도 날개가 있다면 훌훌 날고 싶다는 욕망으로 두 팔을 흔들어 보던 산길이 보인다. 내게 없는 것을 꿈꾸며 갖고 싶고, 하고 싶은 것은 생각하는 사람이기에 마땅하다. 그것은 사람이 가지는 또 하나의 희망의 연결고리이다. 그런 내게 날개를 달 수 있는 기회가 왔다. 육안으로 보이는 날개다. 물론 곤충이나 새처럼 생겨난 날개는 아니다. 나에게 하늘 공간을 비행한다는 것은 작은 욕구를 채우는 신비한 체험이다.

총무의 권유로 시작된 우리들의 비행은 생각보다 수월하게 진행되었다. 우리는 십여 분의 비행수업을 들었고, 바람의 방향을 타는 일이라 자연적인 바람의 순환을 기다렸다. 처음이란 두려움과 해보지 않은 일에 대한 공포로 몸을 떨면서도 누구하나 안 한다고 뒤로 빠지지 않았다. 나이가 많다고 나는 못해 하면서 물러날 줄 알았던 왕언니도 용기를 내었다. 그리고 그 언니는 가장 먼저 5백여 미터나 되는 정상에 올라서는 것이었다. 무게와 관련이 있는 패러글라이딩은 비중을 맞춰야 함으로 그 언니는 동등한 남자 교관과 함께 용기롭게 첫 스타로 출발했다. 가볍게 미끄러지듯이 공중을 날아가는 언니를 보며 신기한 듯 우리는 그 끝에 눈길을 주고 있었다.

경기도 용인시 모현면의 정광산 정상에서 장비를 갖추고 첫 비행을 시작했다. 하나, 둘, 셋 소리와 함께 뛰어가며 발을 굴렀다 싶었는데, 몸은 벌써 날아가고 있었다. 생각했던 것보다 편안하다. 교관이 등 뒤에서 어떠냐고 묻는다. 말로는 형언키 어려운 뿌듯함이 풍선처럼 가슴을 부풀리는 시간이다. 시야엔 저물어가는 태양이 붉게 서쪽 하늘을 물들이며 나를 향해 돌진하는 것처럼 보인다. 나는 좀 더 가까이 다가가고 싶은 아이들처럼 그쪽으로 눈길을 주었다. 그리고 발을 한 번 흔들어도 보았다. 내 몸이 환상이 아닌 하늘을 붕붕 떠가는 모양을 신기해하며 주위를 바라본다. 나도 날개를 달았다고 크게 소리쳤다. 어디까지 내 목소리가 날아갈지 모르지만, 그 순간만은 비행기의 조종사도 나비의 날개도 부럽지 않았다.

나는 교관의 지시와 동작 속으로 빨려들어 가며 갖가지 묘기 안에서 비행의 기쁨과 멋을 느꼈다. 옆으로 날아가고, 한 바퀴 돌기도 한다. 거꾸로 돌 때 떨어지는 줄 알았는데 어느새 제자리였다. 참으로 신기한 체험이었다. 무엇을 얻는다기보다 체험을 통해서 잠시나마 날개를 달고 하늘을 날 수 있었다는 것은 나를 시험하는 또 하나의 무대였다. 내가 얼마나 공중에서 버티어내는가를 스스로 느낄 수 있는 순간이었다. 평화가 깃드는 저녁노을처럼 나는 스스로 물들어가고 있었다. 내 눈높이에서 볼 수 없는 풍경들이 조용하게 멀어졌다 가까워지면서 내가 처한 위치에 절로 취한 시간이었다. 아주 작은 발밑 세상을 내려다보면서 이만큼의 높이가 주는 황홀감에 취해보았다.

저무는 노을이 레포츠로 즐기는 이들의 시야에 한 발짝씩 다가간다. 그 모습을 나는 디카에 담는다. 십 분의 비행을 끝낸 후 담담한 표정으로 저 산을 날아 내려온 용기에 장한 마음이 들었다. 정상에서 처음 패러글라이딩을 탔을 때, 겁 먹었던 표정 뒤에 다시 바라보는 산 정상은 내 눈높이를 맞추고 있는 듯했다. 저 산은 아마도 내가 다가오도록 조금씩 가까워진 느낌이랄까. 시작은 두려웠 지만 용기는 기쁨을 주었다.

고소공포증이 있어 비행기도 탈 수 없는 이웃이 있다. 한 번쯤 시도해봄은 어 떨까. 시작은 용기를 주고 희망을 선물한다. 나도 할 수 있다는 탁월한 선택이 준 느낌은 예상보다 담담했다. 하기 전의 두려움에서 끝난 후의 내가 우뚝 서 는 느낌 너무 좋았다. 뒤로 물러서기 없기를 앞세운 왕언니처럼 뭐든 나보란 듯 이 선두에서 용기롭게 출발하는 정신은 삶에 대한 애착이다. 살았기에 감사한 마음으로 신이 주신 담력을 시험하는 무대이기 때문이다. 인간으로서 할 수 있 는 일을 해냈다는 뿌듯함이 주는 매력이다. 남도 했고 나도 했기에 그렇게 감탄 하고 자랑할 만한 일은 아니다. 누구나 할 수 있기에 레포츠는 존재한다. 두려움 을 없애고 나이 들면서 위축되는 자신을 세운 또 하나의 지표에 불과하다. 하면 된다. 나도 할 수 있다. 겁먹지 말고 당당하게 덤벼보는 태도는 살았다는 인간의 승리라고.

일어서라. 그리고 실행하라. 나의 십 분 비행을 이야기하며 이 말을 하고 싶 다. 내가 하는 일이 대단하지는 않지만, 어느 날 한 편의 수필을 완성하고 날개 를 단 것처럼 기쁠 때가 있었다. 메모해 놓은 것은 낱말일 뿐 글은 아니다. 아무 리 좋은 생각과 멋진 아이디어가 머릿속에 저장되었다 해도, 글로 완성하지 않 으면 무용지물이다. 한 편의 수필을 완성하는 일은 나에게 주어진 책임이 아니 라 하고 싶은 욕구가 빚은 꿈의 날개이기 때문이다. 나는 이렇게 글을 쓸 수 있는 시간이 행복하다. 즐김을 누릴 수 있기까지는 하루아침 누가 만들어 준 것이 아니기에 더욱 소중하다. 오늘을 향유享有하는 삶은 즐김이며 날개를 다는 일이다.

여행지에서 느끼는 기분은 그 순간의 기쁨이기에 웬만하면 나는 거부하지 않는다. 많은 경험이 모이고 그 바탕으로 체력도 기르고 담력도 담고 온다. 그랜드 캐니언에서 45분간의 비행은 우리나라 서울에서 부산까지의 거리였다. 위에서 내려다 본 우람한 골짜기와 콜로라도 강의 물줄기가 파란 크레파스로 칠한 것처럼 선명했다. 그 황무지에서 강줄기를 타고 유랑민인 인디언들의 삶의 길들이 가르마처럼 보였다. 그들은 그 길을 따라 생활의 발판으로 삼았고 인디언의 역사를 이어왔다. 헬리콥터를 탔기에 그들이 살아왔던 숲과 길들이 역사의 흔적처럼 나있음을 보았다. 아마도 인디언들이 교육의 날개를 달았다면 그들의 삶이 지금처럼 무너져 내리지는 않았을 것이다.

날개를 생각하면 라이트 형제가 개발한 비행기로 시작한다. 미국의 라이트 형제가 가솔린 기관을 이용하여 만든 플라이오호가 사상 최초로 12초의 동력비행에 성공하면서, 오늘날의 비행기의 모체로 하늘을 난 것이라 한다. 여하튼 꿈을 가진 사람들 덕분에 비행기와 행글라이더를 타 보았다. 생각만으로 접는 것보다는 행동이 중요한 요즘이다. 맛을 보는 일은 행동이며 감각은 기능을 체험하는 일이다. 내 몸에 날개를 다는 일은 나만이 할 수 있고 즐길 수 있는 신비한 체험이다.

울렁울렁 울릉도

강릉항에서 3시간 30여 분 뱃길을 달려 울릉도의 도동항에 도착했다. 각종 탈것들에서 언제나 신기함과 더불어 감사함 속에서 여행이 주는 기쁨을 누린다. 육중한 배가 바닷물을 가르며 자동차가 육로를 달리듯이 바닷길을 달려와 줌에 고맙다. 이래서 삶은 언제나 알고 느끼면서도 새롭게 만나는 것과 같은 감동 속에서 행복이란 단어를 품는다. 여행이 주는 느낌은 함께 누려도 모두 같은 것은 아니다. 허나 지방의 특색과 어울려 맛보는 음식 맛처럼 공유할 때도 있다. 떠남에서 얻는 향기는 바닷바람에 안겨오는 신선한 파도의 출렁거림이다.

내수전 마을에서 여정을 풀고 3박 4일의 여행길에 오른다. 처음 내수전이란 말을 들었을 때 마을 이름이라기보다는 뭔가를 암시하는 단어인 줄 알았다. 개척자인 김내수의 이름을 따서 지은 내수전은 바다를 안고 있는 작은 마을이다. 항구도 있고 산허리를 감싸 안은 해맞이 동산도 있다. 울릉도에는 울타리가 없는 것이 특색이다. 현관을 열면 밖과 마주한다. 한 발만 내디뎌도 바다가 다가서고, 창문만 열어도 푸른 물결이 춤을 춘다. 언덕 위에 하얀 집은 아니지만, 굽은 길을 달려와 차를 세우면 뜰에 꽃들이 반겨주는 곳, 머리 하얀 할머니가 문을 열며 실웃음을 웃는 곳이다. 우리에게 방을 내주고 숙식을 제공한 주노숙 씨의 집. 그녀의 얼굴을 보면서 이번 여행이 즐거울 것 같다. 여행은 이제 시작인데 우리의 가슴을 뛰게 한다.

해변이 아름답기로 이름난 해안 트레킹은 도동항에서 저동항까지 3km에 이르는 해변길이다. 둘레길은 청정바다와 먼저 만난다. 바다 위에 수직으로 뻗은 암벽 등 독특한 모양을 한 그림 같은 풍광에 젖어 들며 걷는다. 조붓하고 아름다운 길을 따라 오르락내리락 하다 보면 산길과 다른 독특한 멋을 느낀다. 자연을 그대로 이어 놓은 굽은 길, 굴속 길을 걸어보는 것도 좋다. 암벽을 상대로 이어진 길은 바다의 생물과 먼저 만난다. 너울거리며 춤추는 미역과의 바다 식물들이 물과 어울려 살아간다. 파도에 휩쓸리며 부라질을 하는 그것들의 삶의 현장이다. 청정하기가 거울 속 같다. 내 삶이 이렇게 맑은 바다 속 같다면? 부질없는 생각을 하면서 돌아본 둘레길에는 한 가닥 맑은 줄기가 흐려진 내 속을 타고 조금씩 전이되는 느낌이다. 오래도록 붙잡아 앉히고 싶다는 생각으로 푸른 둘레길을 걷는다.

울릉도에서 아침을 맞는다. 붉은 덩어리가 유리창을 통해서 비쳐지는 아침은 말 그대로 놀라게 한다. 모두 카메라를 들고 밖으로 나갔다. 바다 끝에서 빨간 덩어리가 조심스럽게 몸을 드러내기 시작했다. 조금씩 눈에 보이지 않을 정도로 바다를 헤치고 밖으로 솟구치는 모양은, 열광적인 자신만의 의욕을 드러내기 위한 찬란한 몸부림이었다. 세상을 밝힐 하나의 빛으로서 첫날을 올리는 장면. 누가 일출의 장관만큼 아름다울 수 있으랴. 그만큼 큰 포부를 갖고 있으랴. 세상을 영광스럽게 만든 그분만의 힘이다. 이제 우리는 이 하루를 선물로 받았다. 바다를 통해서 해가 솟아오르듯이, 우리들의 일상이 어제와 다르게 울렁이는 가슴으로 맞는다.

일정에 등산은 없었지만 울릉도에서 가장 높은 성인봉(984m)을 오르게 된다. 자신만만한 가이드는 성인봉을 다녀와 독도로 가는 여정을 넣었다. 눈이 녹아 흐른 질척한 길과 음지에 쌓인 눈길을 헤치면서 천천히 걷는다. 중간중간 새봄을 맞아 돋아난 예쁜 들꽃들의 얼굴도 마주대하는 신기함. 몸을 움츠리는 여린 것들의 모습도 디카에 담는다. 시작할 때는 햇살이 좋았는데 올라가면서 함박눈이 펑펑 쏟아진다. 바람을 만난 눈보라는 등산화도 준비치 못한 나를 힘들게 한다. 미끄러운 길을 조심스럽게 올라가느라 발가락에 힘을 주었더니 쥐가난다. 엉거주춤 올라가 돌무더기 위에 세워진 표지석 앞에, 인증샷을 남기는 얼굴들이 함박 눈꽃보다 더 예쁜 꽃으로 피었다. 하산길에 친구와 나는 수없이 넘어지고 엎어지면서 얻은 시퍼런 멍울이 일주일도 더 갔다. 성인봉의 돌무더기위에 나를 세운 멍울은 울릉도를 내 다리에 새겼다.

파도가 조용한 날이다. 독도를 만나러 간다. 사진으로만 보았던 섬이다. 하얀갈매기 분비물로 얼룩진 커다란 바위섬. 왜 친근감이 갈까. 갈매기의 놀이터만같은데, 우린 이 섬을 보고 싶어 했다. 막상 섬에 발을 디디자 바다에 솟아난 하나의 바위덩이에 불과하다는 생각이 든다. 황량한 바람만 사정없이 분다. 머리칼은 날려 얼굴을 가린다. 아무것도 바람 앞에서는 볼 수 없다. 소금기 절은 비릿한 내음이 코끝에 몰린다. 물길은 시퍼렇게 몰려든다. 이것이 내가 본 독도다. 겉모습이고 속은 나도 모른다. 다만 어느 땐가 홀연히 바다에 솟아올라온 바위라는 사실만이 실증하듯이 내 앞에 서 있다. 독도는 내 땅이라며 이웃과 언쟁을한다. 모두 말없이 묻어둔 독도는 침묵하며 싸늘한 바닷바람만 맞고 홀로 서 있다. 고독한 섬 독도. 너도나도 섬 임자 되려 하니 외롭진 않을까.

나리분지는 성인봉의 칼테라 화구가 삼각형상으로 함몰하여, 분화구에서 화산재가 쌓여 평원을 이룬 곳이다. 울릉도에서 가장 넓은 평지를 이룬다. 이곳에 개척민이 터를 잡고 지은 가옥형태로 남서향으로 난 정면 5칸, 측면 1칸의 일자집이 너와집이다. 방이 3개에 주방이 있고 창고가 딸려 있고 우데기라고 하는 복도가 있어 밖으로 나가지 않고도 생활을 할 수 있다. 다만 화장실만 고깔 모양으로 밖에 있다. 일자집이지만 필요한 것은 다 있는 주거형태가 요즘의 아파트 구조와 일치한다. 그리 높지 않은 천장은 서까래가 보이고 그 위에 얹어놓은 너와들이 흘깃거리듯이 방을 훔쳐본다. 참으로 얄궂다는 생각이 들었다. 보일 듯 말 듯한 하늘도 방 안에 누우면 보일 듯하다. 너와는 소나무, 전나무를 도끼로 쪼갠 다음 그 널빤지를 겹쳐서 얼기설기 얹어놓고 돌을 얹어놓은 것이다. 울릉도 주거형태의 한 맥을 보았다.

울릉도에서 잊을 수 없는 추억은 꽁치 덮밥이다. 싱싱한 꽁치의 살로 야채를 넣어 만든 덮밥인데, 생각보다 칼칼했으며 생선 비린내가 나지 않았다. 주노숙 씨의 남편이 우리를 위해 준비한 특별메뉴다. 그의 성의에 감사하며 맛있는 저녁을 먹었다. 꽁치 덮밥 앞에서 생각해 보니 남편이 만든 음식은 무엇이 있을까 머릿속을 헤집어보았다. 감기몸살로 몸져누워있을 때 어떻게 하면 되느냐며 밥솥을 들고 있던 그의 얼굴이 보인다. 한 번도 안 해본 밥하는 일이 쉬운 줄 알았다고 했던 그 죽을 만들고 해죽이 웃던 그날 저녁의 밥사발이 나를 웃게 했다.

어디나 사람 사는 곳은 사람의 냄새로 가득하다. '남이 나를 위해 어떻게 해주기를 바라지 말고, 내가 먼저 남을 위해 무엇을 해 줄 것인가 생각하라.' 는 말이 떠오른다. 향기를 내는 사람을 우린 만났다. 비록 짧은 시간이었지만 최선을 다

한 운전기사 겸 울릉도의 관광가이드에게 감사를 표한다. 울릉도 곳곳을 누비고 다녔다. 어디든 자신이 알고 있는 곳, 관광지와 먹을거리 등도 마다 않고 태우고 누볐다. 이처럼 열성을 다한 사람이다. 우리 눈에 비친 그녀는 진정으로 울릉도를 사랑한 여인이었다. 그러했기에 처음 만난 우리에게 자신의 집에 묵게 하면서 울릉도의 전부를 보여주려고 노력했다. 함께 식사를 준비하고 한 상에서 같이 밥을 먹었다. 행복한 울릉도의 여행이 끝나면서 서운함으로 말끝을 흐리는 우리가 되었다. 뱃머리에서 다음을 약속하는 우리에게 양손을 흔들며 울먹거리는 그녀의 말소리가 바닷물에 잠겼다 솟아오른다.

남해의 그 섬 진도

'사람들 사이에 섬이 있다/ 그 섬에 가고 싶다' 두 행으로 종결을 짓는 정현종 시인의 섬을 생각하면서 우리는 한 달 전부터 계획을 짜고 오늘 새벽 짐을 꾸렸다. 진도를 향해 달리는 들판이 아직은 어둡지만 아마도 그곳에는 푸른 들과 바다가 우리를 맞아 줄 것이다. 그 섬이 있는 곳으로 달리는 차안에서 우리는 한 아름의 봄을 안는다.

우리나라에서 제주도 거제도 다음으로 큰 섬이다. 진도는 온화한 해양성기후로 1월 평균기온은 1.7℃, 8월 평균기온은 26.4℃이며, 해마다 태풍의 피해가 심한 곳이다. 그러므로 밭에는 따뜻한 날씨로 인하여 대파가 실하게 잎을 위로 뻗었고, 가을에 파종한 배추가 겨울을 나고도 얼지 않는다. 대륙에 비해 작고 삼면이 바다인 우리나라이지만 경기도와는 기후부터 다르다. 또한 산림이 수려하기로 이름난 상록수림이 있고, 유서 깊은 쌍계사를 옆으로 운림산방이 있다.

기후가 온화하기에 상록수림엔 갖가지 나무들이 자생하고 하늘이 보이지 않을 정도의 숲이다. 동백나무, 후박나무, 참가시나무, 감탕나무, 종가시나무, 생달나무 등등. 수없이 많은 수목으로 울창한 곳이다. 봄의 느낌을 깊게 맛있게 들여

마신다. 달콤하다는 표현보다 숲에서는 나무들의 숨소리가 먼저 들렸다. 환희의 미소와 아울러 그 숨소리는 기지개를 켜는 푸근한 느낌이 들었다. 잘 잤냐고 안부를 묻는 소리일까. 봄이 왔다고 웅크리고 있던 가지들이 내는 소리에 더없이 귀한 이야기들을 주어 담는다.

진돗개의 섬이고 검은 머리 파뿌리 될 때까지 잘 살라고 하던 옛날 주례사의 말이 떠오른 파밭이 많은 곳이다. 차에서 내리면 눈 시린 파 향기로 파밭이 먼저 들어온다. 굵직한 밑동이 탐스럽고 겨울을 난 겉잎이 늘어져 있는 파밭을 작품처럼 디카에 담는다. 진도민의 생활이 되어주고 젖줄이 되는 파밭, 다랭이 황토밭에도 흙속에 흰 파뿌리가 슬며시 흙을 비집고 나올 것 같다. 가을 동치미 국물에 듬뿍 집어넣었던 대파의 알싸한 기운이 몸을 감도는데, 진돗개는 낯설다고 컹컹 짖는다. 이름 값을 한다.

진도에서 제일 유명한 것은 바닷길이다. 일명 '신비의 바닷길'로 불리는데, 조수간만의 차로 바닷물이 빠져나가면서 마치 바다가 갈라지는 것처럼 보인다. 바닷길은 길이가 2.8km, 폭 10~40m이다. 지형적 요인과 함께 달과 태양의 위치가 1년 중 지구에 가장 강한 인력을 미칠 때 일어나는 현상이라 한다. '한국판 모세의 기적'이라고 프랑스 신문에 소개된 뒤 세계적인 화제가 되기도 하였다. 바닷길 축제에 왔더라면 진도의 장관을 볼 수 있었을 것을 하는 아쉬움이 한 가닥 여운을 남긴다.

운림산방은 소치(1808~1893)가 고향인 진도 첨찰산 아래 쌍계사 남쪽에 자리를 잡고 화실을 만들며 여생을 보냈던 곳이다. 소치의 전시관을 둘러보면서 그림을 그리며 산 그의 생애가 숲처럼 향기로움을 느꼈다. 그의 손길마다 그림들은 삶을 딛고 힘을 내게 한다. 운림산방은 소치가 50세에 지은 집이다. 천 리를 여행하라는 추사의 가르침을 받아 붓 한 자루 들고 산하를 유람한 후 지은 집. 그곳에는 소치 허련의 집안이 5대째 화가의 길을 닦으며 이룩한 예술의 정혼이 뭉쳐 있는 곳이다.

발길을 접도로 옮긴다. 일명 남망산으로 불리는 웰빙 등산로다. 요즘은 어디에나 둘레길이 생겨 굳이 등산을 하지 않더라도 작은 둔덕과 언덕들을 오르내리며 그 지방의 면모를 관망할 수 있다. 진도의 해변과 어우러진 둘레길에서 만난 풍광은 육지에서 볼 수 없었던 갯내음과 바다가 주는 광활함을 함께 맛볼 수 있다. 바닷바람이 거세서인지 잎이 두터운 나무들이 많고 늘 푸른 잎들이 무성하다. 사람이나 식물이나 자연환경을 무시하고는 살 수 없다. 나무가 살기 위해 잎을 두껍게 하여 바람을 막듯이, 주어진 환경 따라 변해가는 것이 사람만이 아닌 듯하다. 길섶으로 떨어진 동백의 선명함을 주워들고 모자 위에 꽂는 친구 얼굴에 봄이 왔다.

우리들은 숙소에 짐을 풀고 텃밭에 잔재된 배추 몇 포기를 뽑아 해변에서 어렵게 산 석화로 부침개를 만들었다. 얼마나 맛있던지 프라이팬에서 떨어지기 무섭게 호호 불면서 입맛을 다셨다. 바로 이 맛이야! 유통기한이 없는 이 맛, 내가 농사짓지 않으면 먹을 수 없고, 굴을 캐는 할머니의 손을 들여다보면서 얻어온 싱싱한 참맛이다. 눈을 실실 감으며 꿀꺽 삼키며 입속으로 들이민다. 뭉클한 굴 맛이랑 아작거리는 배추 줄기가 씹히는 맛은 먹어보지 않으면 모른다. 그 맛 속으로 굴을 캐던 할머니의 구부정한 모습이 아롱거린다.

해변에서 인생의 전부를 살다시피 한 허리 굽은 노파의 흰머리가 파뿌리를 보는 듯했다. 털벙거지 사이로 삐죽이 나온 짧은 머리카락이 마음 짜안하게 가슴을 비집는다. 몇 해 전 유명을 달리한 어머님의 그 머리카락과 동일해서이다.

그 연세에 누구를 위하여 거친 바닷바람을 맞으며 힘들게 굴을 캐고 팔고 할까. 남은 삶을 연명하기 위한 도구일지도 모른다는 생각에 더욱 마음이 무거워지는 시간이었다.

저녁식사를 마친 후 온돌방에서는 삼삼오오 마주 앉아 그동안의 정담을 나누는 시간이다. 봉고차를 타고 다니느라 편히 다리 한 번 뻗어보지 못한 곤함을 드러누워 풀고 있다. 가장 편한 자세로 아무런 구애나 편협이 없는 너무나 좋은 휴식이다. 섬이 주는 진정한 맛은 1박 2일이 주는 묘한 휴식에 먼저 취해 보는 시간이다. 두둑한 배를 따뜻한 방바닥에 찰싹 붙이고 스스로 섬에 갇힌 섬을 찾아 간다. 누구나 섬을 의식한다. 외로움과 고독함 그리고 지루함 속에 연결된 끊임없이 이어지는 같은 일과 속에서 섬이 아닌 섬을 만들고 있다. 여행은 휴식을 통하여 섬을 개방하는 날이다. 혼자가 아니라 마음 맞는 이웃과 더불어 그 섬을 방문하여 함께 나누고 웅크린 섬을 열어보는 시간이기도 하다. 웃고 떠들다 보면 어느새 섬은 바람과 구름 사이로 희미해진다.

휴가는 감사하는 시간

　　충북 소백산자락의 남천계곡으로 가족이 함께 휴가를 다녀왔다. 한더위에 몰려 찾아간 곳이다. 물에 발을 담그던 순간 고추잠자리 떼의 비행에 들어간 계곡은 아름다웠다. 집에서는 매미의 기승이 더위만큼이나 치열했었다. 산자락을 끼고 있으며 평지보다는 사방이 병풍처럼 둘러 친 푸른 숲과 시원한 물. 보고만 있어도 좋다는 소리가 연실 입밖으로 튀어나왔다. 계곡은 큰 바위들로 형성되어 아무리 휘젓고 돌아다녀도 그대로 맑은 물이다. 좀 큰 아이들이 잠자리도 잡고 물총놀이로 맘껏 즐기는 모습은 계곡에서만 볼 수 있는 평화였다. 흐르는 물을 한 곳으로 막아 고무보트나 어린이용 튜브를 띄워 함께 즐길 수 있다. 세 살짜리 쌍둥이 손자들이 천진스러운 모습으로 하루 종일 놀자고 한다. 조막만한 돌덩이 하나를 들고도 신기해서 물에 던지며 튀어 오르는 모습에 까르르 까르르 웃는다.

　　여름이 준 평화 앞에 감사한다. 잠시지만 있는 동안 즐길 수 있어 좋고 아이들이 건강하게 잘 놀아줌이 또한 기쁘다. 사계절의 풍성한 축복이고, 나라와 국민이 있음을 새삼 감사하는 올해로 광복 70년이 준 행복이다. 감히 꿈도 꾸지 못했을 그 암흑 같은 날들을 상상해 볼 때, 자유는 국민의 삶이며 희망이다. 마음 놓고 평화를 누릴 자격이 있는 것에 감사한다. 통일은 불원하지만 여름이라고 피서지를 찾을 수 있는 여유가 고맙다. 지구상에서 작다고는 해도 더위를 피해 다닐 수 있는 우리나라 좋지 않은가.

살았음에 감사하는 시간이다. 가족이 함께하는 것도, 쌍둥이네 가족과 2박3일 묵을 수 있다는 사실도 기쁘고 행복하다. 마음 놓고 쉴 수 있는 피서지에서 낯선 풍경과 사람들을 만남으로서 얻는 흐뭇함도 있다. 둘째 아들과의 인연으로 이곳을 안내해준 분은 우리가 필요한 것을 조달해 주었고 이곳의 과일이라며 복숭아를 한아름 담아 와 여름 저녁이 행복했다. 나누는 기쁨과 관계로 이어지는 끈끈한 정은 작은 소주잔에서 조용히 타오르고 있다.

가족은 따뜻하다. 쌍둥이네 가족을 보면 여섯 살짜리 누나가 작은 다스림의 사회를 이끄는 왕국의 출발이다. 우리는 흔히 습관을 일러 이런 말을 한다. '집에서 새는 바가지는 들에 가도 샌다.' 물론 나쁜 버릇일 때 사용하는 속담이다. 그런데 쌍둥이네 아이들을 보면서 언뜻 그 말이 생각난 것은 집에서도 누나가 동생들을 그렇게 해주었기에 자연스럽게 아이들이 말을 듣는 것으로 미루어 생각한다. 너무 기특하고 대견한 행동을 보며 가족 사랑이 주는 따뜻한 반응에 감사한다.

아침을 먹고 난 후 치카를 한다고 떠들기에 어미나 아비가 시키는 줄 알고 지켜보고 있었다. 그런데 여섯 살 누나가 아이들 칫솔에 치약을 바른 후 거실로 들고 나왔다. "주환이부터 이리와." 하고는 제 무릎에 머리를 뉘였다. 자연스럽게 칫솔질을 하는 것이 아닌가. 그보다 누워있는 아이는 아무렇지도 않게 그 행동을 당연한 듯이 받고 있었다. 대견하다는 표현 이상 할 말을 잊고 서 있었다.

그렇게 두 아이의 이를 닦인 후 화장실로 가더니 양치를 시키는 누나의 모습 또한 기찼다. 이 모습을 지켜보면서 "이 없으면 잇몸으로 산다더니 어쩜 이리도 착하게 잘하니?" 나도 모르게 터져나온 반응이다. 알아서 할 나이는 아닌데 누나가 시키는 대로 아무 말 없이 따라하는 아이들 역시 그 누나에 그 동생들이구나 생각했다.

맞벌이 부부가 주는 아이들의 반응은 이처럼 분위기를 잘 알아차리며 부모 마음 알아주는 아이들이 한없이 기특하다. 물론 다른 것도 이런 식으로 잘 하리란 것은 믿을 수 없다. 어쩌다 하나쯤 제 부모의 입장을 고려해 덜어주려는 마음이 곱기만 해서 마음이 따뜻했고 안쓰럽다는 생각도 들었다. 한번도 일손을 거들어주지 못하고 있는 것이 미안했는데 이처럼 알아서 사는 쌍둥이네 가족에게 고맙다는 말 이외 할 말을 잃었다.

근처에 있는 양백산자락을 오르는 길은 꼬부랑길이다. 자동차가 곡예를 하듯 굽어지면 안에 있는 사람들은 이리저리 몸이 쏠린다. "아!" 소리를 지르면서도 신비한 길에서 맛보는 특이한 체험에 아이들도 신이 나서 한몫 거든다. 올라가면서 칡넝쿨의 무성함에 정신없이 바라보았다. 오르고 내리는 차들이 잠깐 길을 비켜주면서 바라본 칡꽃은 꼬부랑 길 따라 얽혀져 나무를 타고 길을 쫓아 줄기를 뻗었다. 무성한 줄기 속으로 보라색 수를 놓은 포도송이처럼 줄기차게 피었다. 70년이 지난 지금 우리의 성장이 이 꽃처럼 탐스럽고 무성하지 않을까 하는 생각으로 벅차다. 옹골지게 피어 달린 칡꽃과 넝쿨에서 이방원의 「하여가」가 생각나기도 한 시간이다. '이런들 어떠하리 저런들 어떠하리/ 만수산 드렁칡이 얽혀 산들 어떠하리/ 우리도 이같이 얽혀져 백 년까지 누리고저'

양백산 정상에서 바라본 단양시내는 아늑하다. 내를 끼고 도시를 이룬 평범한 것 같지만 독특한 단양의 멋을 안고 있다. 이곳 사람들은 이 산을 신령스럽게 우리 역사의 뿌리를 찾아주는 보금자리로 생각한다. 양백산은 소백산과 태백산의 혈맥에서 뻗어 남쪽 끝자락의 혈맥을 이룬 태백 최고의 양기를 머금은 곳이다. 금수산 대성산의 태백 기운과 소백의 기운이 합기合氣하는 혈맥이다. 또한 검룡소의 물과 태백산 줄기를 따라온 금수산 매포천이 도람에서 만난다. 그리고 그 물은 다시 소백산 국망봉에서 발원한 금계천물과 고수대교 아래서 +자로 합수하는 조화의 땅이란다. 그래서 남천계곡의 물도 맑고 차다는 것이다. 이 물의 흐름에 발을 담그며 더위를 피해 갈 수 있는 우리 산천이 고맙다. 어디나 똑같지 않은 지방, 기온과 습도, 생산물과 사람들의 만남 또한 이채롭다. 이래서 집을 나오면 즐겁고 신기하기에 감사할 수밖에 없다.

산수가 수려하고 맑다. 활공장이 있어 시원하게 날개를 펴며 한줄기 뻗어가는 기백으로 활공을 제기하는 패러글라이딩을 즐기는 사람들이 있다. 날개를 펼치며 허공을 가르는 기백이 푸르다. 도시를 형성한 곳에는 어디든 물이 있고 도시를 옹호하고 둘러싸는 산이 있다. 양백산이 있어 단양이 활개를 펼치고 도약의 계기로 용트림함을 보여주고 있는 듯하다. 수원의 이름난 광교산이 버티고 있듯이 말없지만 자기 몫을 다하는 산수의 융숭 깊은 맛을 느낀 시간이었다.

가을 빛 따라간 대전

  국도를 따라 내려가 만난 곳이 대전이다. 안개가 시야를 가린 아침은 답답하다. 차창이 보이고 싶은 산천을 감추고 낮게 웅크렸다. 한꺼번에 보여주고 싶어 막이 열리길 기다리는 무대와 다름없다. 늦가을의 하루는 부끄러움을 안고 있는 수줍은 새아씨처럼 말이 없다. 달리는 바퀴만이 우리들의 마음을 아는지 쌩쌩 귀청을 울린다. 가을빛이 완연한 산천을 보고 싶은 눈동자는 초조하게 하늘이 열리길 기다린다.

  첫 발길이 계족산으로 향했다. 도심에 있는 산은 쉽게 시민들과 만날 수 있어 좋다. 게다가 한옆은 황톳길이었다. 자연히 발길이 끌려갔다. 계족산의 황톳길은 개인이 조성하여 시민을 위해 헌납하였다는 사실도 주목할만하다. 우리가 걷는 길은 오래전부터 나 있었다. 황톳길을 맨발로 성큼성큼 걸어가는 친구가 발바닥이 붉게 물든 발을 들어 보이며 말했다. 발이 시리지 않다고 길 한옆으로 깔아 만든 황톳길. 길섶에는 그 사람의 사업을 설명하고 업적을 기리는 사진들이 나열되어 있었다. 좋은 길을 조성하여 시민의 건강을 비는 그 마음이 고왔다. 젖은 안개는 나무에 얹혔다가 바람에 의해 부수수 이따금 비가 되어 내렸다.

계족산 정상은 431m, 지형이 닭발과 비슷하게 생겼기에 붙은 이름이다. 산이 펼쳐내는 넓은 분지는 중부지방과 영남지방을 잇는 길목으로 옛부터 전략적으로 중시되던 곳이었다. 산성은 역사적인 가치를 드러내고 우릴 맞는다. 증축 중인 산성은 정면은 평면으로 쌓았고 좌우는 피라미드형으로 조성하였다. 이 산성은 옛 신라가 쌓았다고 전해진다. 길이 1천2백m, 높이 7m의 규모로 일부 성벽은 복원되었고, 산성은 작지만 고려 이후 멀어져간 상무정신의 총화이면서 세계적인 유적이라 했다. 돌 하나하나에 정성과 땀이 서린 산물이었다. 안개 먹어 물기서린 검은 돌에서, 그 시기의 살았던 사람들의 정성스러운 손길을 생각했다. 산성은 우리에게 지난 과거의 사실을 증명하는 표적이었다. 대전 시내가 한눈에 들어올 산성은 안개에 묻혀버려 헛헛하였다.

역사의 흔적이 시사하는 산성이다. 우리의 발길이 이곳을 걸었다는 것으로 그 옛날의 자취를 더듬는 답사의 이미지를 살렸다. 의미 없는 곳은 없다. 발길은 역사를 창출한다. 걸음 자국마다 시간이 지나온 흔적이 기록으로 남는다. 오래전부터 터줏대감처럼 지고 온 계족산성의 내력은 세상이 다 아는 사실이다. 늦가을 빛으로 산은 퇴색되어 가고 있다. 잎이 떨어져 쌓인 지나온 계절의 향기를 우린 밟는다. 바스락 소리를 내기도 하고 이슬에 젖어 죽은 듯 엎드린 길. 가지에 남은 잎들은 써늘한 바람결에 간당거렸다. 안개비가 후드득 떨어지지만 개의치 않는 우리와 닮았다. 무심한 듯이 먼저 간 사람들이 밟아 놓은 길을 걸었다. 하루라는 시간을 주신 분께 감사하면서.

우리는 계획에 따라 발길을 옮긴다. 답사회원의 실제나이가 꽤 높다. 하지만 모두 산성에 올랐다. 개중 몇몇은 다리가 불편하여 지름길을 에돌아서 올라왔다. 회원의 자격증을 줄 만한 발상이었다. 가만히 죽치고 앉아 내려오길 기다리는 축보다 엄연히 함께했다는 것으로 자격은 충분했다. 이런 것이야말로 동아리의 위대한 힘이다. 다 함께 묻어갈 수 있는 길을 조성하는 일은 계족산의 황톳길보다 더한 값어치를 안고 있다. 동참한다는 사실은 동아리 회원으로서의 의무를 이행했다는 증거가 되기 때문이다. 안개로 시야는 답답했지만 우리 마음에 햇살처럼 비춘 한줄기 서광은 청아한 가을빛이었다.

두 번째 발길이 향한 곳은 도심 속의 인공 한밭수목원이다. 대전시민들의 휴식과 문화공간이다. 양쪽으로 뻗어있는 메타세콰이어 가로수가 붉게 가을빛으로 공원길을 열었다. 동원과 서원으로 나누어진 공원은 늦가을 썰렁함 속에서도 제 빛을 내는 낙엽과 만났다. 꽃보다는 열매로 공원의 가을은 곱다. 빨갛게 익어 길쭉하게 매달린 산수유, 첫 봄 노란 꽃이 가을을 닮아 무르익었다. 날 세운 측백나무 이파리들, 사철 푸름에 더욱더 늠름하다. 옹기종기 달라붙은 가을 열매들, 엄마 품에 안긴 것처럼 마른 가지 잡고 있는 것들이 이 가을 사랑스럽다. 만추라더니 늦가을은 이처럼 푸근하면서도 더 채워주고 싶은 넉넉함이 묻어난다. 계절을 건너가는 길은 변화의 과정 속으로 한 살이를 마무리한다. 무던히 참고 기다린 가을의 기도, 가을빛이다.

'가을에는/ 기도하게 하소서/ 낙엽이 지는 때를 기다려 내게 주신/ 겸허한 모국어로 나를 채우소서// 가을에는/ 사랑하게 하소서/ 오직 한 사람을 택하게 하소서/ 가장 아름다운 열매를 위하여 이 비옥한/ 시간을 가꾸게 하소서' 김현승 시인의 「가을의 기도」를 읊조려 보았다.

발길 닿는 곳마다 시가 아닌 곳이 없다. 이래서 가을은 하늘이 주신 최고의 선물을 받는 계절이다. 자연이 주는 너른 마당에 멍석을 펴고 울멍줄멍 붙어 앉아 한밭을 수놓았다. 단풍잎을 들어 보이는 순수한 여인의 얼굴, 때 묻지 않은 웃음

67

을 통하여 우린 유년의 그날로 돌아갔다. 소꿉놀이하던 앙증맞은 손가락들, 한 아름 주어 손바닥으로 안아 하늘에 날린다. 꽃삔을 꽂아주고, '나 잡아봐라'하며 돌고 돌던 마당가가 눈앞에 선했다. 세월이 가긴 갔나 보다. 자주 튀어나오는 유년의 추억 속으로 빠지는 것을 보면. 함박꽃처럼 피어나던 늦가을 공원 속의 천진난만한 웃음소리가 메아리 되어 안긴다.

안성의 서운산에서

　　서운산은 경기도 안성과 충북 진천을 경계로 이르는 산이다. 고산준령도 절이 없으면 명산 축에 들지 못한다는 말이 있을 만큼 우리나라 산에는 사찰이 많다. 해발 600m를 넘지 못하지만, 일찍이 명산 소리를 들어온 것은 역시 이 품속에 청룡사와 석남사가 화룡정점畵龍點睛으로 앉아있기 때문이다. 청룡사는 고려 공민왕 때 나옹화상이 지금의 이름으로 크게 중창했다고 전한다. 조선 중기에는 억울하게 죽은 영창대군의 넋을 보듬어 안았고, 조선말에는 갈 곳 없는 남사당패들을 품어주었다. 사적비가 있는 개울 건너 오른쪽 골짜기가 바로 그들이 숨어 살던 불당골이다. 그들은 불당골에 머물며 절의 허드렛일을 거들고 밥을 얻어먹었다고 한다. 청룡사 안뜰이 햇살에 영롱하다.

　청룡사 경내에 들어서면 늙은 층층나무 한 그루가 마른 가지만을 흔들고 서 있다. 보기 드문 층층나무인데다 나이가 많이 들었는지 가지만 앙상하니 허리 굽은 노인을 보는 듯하다. 층층나무는 탑을 연상케 하는 나무이다. 줄기 중간 중간에 나뭇가지가 층층이 뻗어져 나간 모습이 탑을 많이 닮았다. 너무 늙기도 하였거니와 아직은 잎이 나오지 않아 젊은 날의 모습을 찾아볼 길 없음이 조금은

69

안타까웠다. 층층나무 껍질에서 묵을수록 붉은빛이 돈다는 이야기를 들었다. 그러다가 밝은 회색으로 변해간다는 것이다. 오래되긴 한 것 같다. 회색 빛깔로 퇴색을 이룬 껍질이 세로로 불규칙하게 갈라져 있고 불룩한 옹이에 나이를 짊어지고 있었다. 거친 피부며 불거져 나온 옹이는 살아온 길을 보여주었다. 삶이 주는 제빛으로 새싹을 내밀 그날을 바라보고 있는 나무다. 물줄기를 뿜어 올려 가지마다 힘을 실어줄 층층나무의 든든한 힘이 가상하다.

대웅전의 소박한 자태는 자연 그대로의 모습이었다. 아무렇게나 휘어지고 뒤틀린 소나무 기둥과 빛바래진 단청에서 세월 무상함을 견디어 낸 사람의 인내를 바라보게 하였다. 세월을 탓하지 않고 주어진 삶의 터널을 원망치 않았던 우리 어머니의 삶처럼 처연하다. 청춘을 홀로 애오라지 자식들의 앞날을 바라봤던 그 숭고한 인덕. 언제부터인가 풍파에 씻기고 잘려나가 허물어져 가는 자신의 몸을 감당하기 어려워 남몰래 소리라도 내었을 성싶다. 기둥 가운데로 받쳐놓은 버팀목도 옛것을 보전하기엔 역부족인 듯하다. 그렇게 서로 사각이 보듬어 안은 대웅전의 기둥은 하나같이 여위고 헐어 있었다. 빛깔도 윤택을 잃은 지 오래고 골이 난 기둥은 작은 벌레 구멍 등으로 옛 조선의 원찰의 의미를 잃고 있었다. 늙는다는 것은 물건이나 사람이나 매한가지인 듯하다.

청룡사에서 산내암자인 은적암까지는 등산로를 따라 한 시간 거리다. 멀리 서운산의 부드러운 능선이 보였다가 사라지는 경사 길과 편한 마을길처럼 부담 없는 길을 걷곤 한다. 능선 위에는 잎 떨군 참나무들이 거대한 목책처럼 울타리를 만들었다. 봄으로 가는 길목에서 시작을 알리는 암호처럼 색감이 묻어날 나뭇가지가 물이 올랐다. 시간이 감에 따라 나무는 자연스럽게 제 모습을 드러낼 것이다. 따뜻한 기온이 올라오면 서운산 야트막한 기슭과 둔덕에는 참나무들의 우렁찬 소리로 메워질 게다. 아마도 그때쯤이면 나무들은 청룡사의 옛 종소리를 들을지도 모른다.

서운산은 노령의 산이라 가파른 급경사도 없고, 험한 암봉도 없는 평범한 산이다. 은적암을 지나 정상에 이르는 숲길은 안성시민들이 가장 많이 모여드는 등산 코스란다. 찾아오는 사람들이 많으면 많을수록 환경은 상처를 받기 마련이다. 이 구간의 숲은 소나무와 갈참나무와 같이 키가 큰 교목喬木과 진달래, 찔레, 앵두나무 등의 키가 작은 나무들인 관목灌木, 그 중간에 분포된 아교목亞喬木들이 주류를 이룬다. 이러한 초본들이 한데 어울려 서운산의 산세를 이루고 있다. 숲의 역사를 말해주는 늙은 갈참나무가 한 그루 넘어져 있다. 한 생을 뜬 눈으로 서운산을 지켜온 갈참나무, 죽어 꺾여서야 비로소 육신을 지상에 뉘었다. 나무 속은 언제부터인가 부식된 것인지 터널처럼 텅 비었다. 나무도 열반涅槃을하면 저렇게 속을 비우는가 보다.

은적암隱迹庵은 이름이 주는 느낌과는 달리 이 골짜기에서 가장 따뜻하고 바람이 쉬어가기 좋은 곳에 자리를 잡았다. 정상으로 오르는 등산객들의 중간 기착지이다. 이곳은 왕건이 쉬어갔다고도 하고 나옹, 하남 등의 큰 스님들이 참선한 정진 도량으로 소원성취를 이루는 암자였다고 한다. 또한 맑고 차가운 감로수가 끊이지 않고 흘러 병을 가진 이들이 찾아와 병을 회복하였다는 이야기도 전해진다. 우리는 예쁜 나무바가지로 물을 받아 마셨다. 물맛이 달콤했다. 청룡사에서 올라오느라 힘이 들었는가 보다. 끈적한 이마에 물수건을 대고 하늘을 바라본다. 얼마나 쾌청한 하늘이었는지 이제서 본 것처럼 새삼스럽게 수선을 떨었다. 그 바람에 모두 고갤 젖히고 올려 본다. 은적암에서 본 하늘은 먼 옛이야기처럼 맑고 고왔다.

산은 비록 높지 않았지만 서운산이 품어 안은 것은 그 어떤 준산에 못지않았다. 입구의 청룡사를 비롯하여 은적암과 산을 향한 길들이 마을의 골목길을 걷고 있는 감을 느꼈다. 그만큼 정답고 길들은 눈에 선하고 발길에 익숙한 곳이었다. 어디에나 앉으면 옛이야기가 주절주절 달고 나올 듯한 정취가 묻어났다. 천천히 걸으며 우린 청룡사 기둥의 자연스러움도 이야기했고, 고찰에서 풍기는 옛 정취에 나이 들어감을 느꼈다. 역시 늙는다는 것은 안타깝지만 연륜과 부덕을 쌓으며 흔적으로 남기는 역사의 기본임을 본다. 은적암의 감로수로 젊어질 수 있다면 배가 부르도록 마셔도 좋으리라.

행복은 짓는 것

6시 반은 새벽이다. 이른 시각 버스를 타기 위해 집에서 나오자면 적어도 5시부터 수선을 떨어야 시간에 맞출 수 있다. 거리가 먼 친구는 5시 50분, 약속장소에서 기다리고 있다고 전화가 왔다. 이토록 새벽을 반납한 여인들의 나들이다. 이런 나들이에 목적이 없다면 허무하기 짝이 없다. 물론 경비행기를 탄다는 사전의 계획은 있다. 공동의 목표다. 누구나 아는 일이고 함께할 일정이다. 여행도 나만이 해야 하는, 나만이 신이 나는 목적이 있어야 돌아올 때까지 기분이 좋다. 그것은 행복으로 연결되는 끈이다. 나를 즐겁게 하는 일인 동시에 행복을 짓는 일이다. 특별한 것이 아니며 멀리 있지도 않다. 그것은 나를 신나게 한다.

우리의 첫 코스는 담양군 금성면 석현리 경비행기 체험장. 너른 풀밭이 이착륙을 시도하는 활주로이며, 조종사와 손님만이 탈 수 있는 작은 비행기가 있다. 모형비행기 같다는 생각이 들었다. 조종사로부터 잠깐의 주의 사항을 듣고 우린 한 사람씩 비행기에 올랐다. 고소공포증으로 미리 포기한 분들도 15분의 비행을 마치고 돌아와 하늘에서 본 담양을 설명하자, 19명 모두 신나게 하늘을 날면서 담양의 이모저모를 둘러보는 기쁨을 나눴다. 함께한다는 것은 서로가 나누는 공통적인 이야기 거리를 만드는 일이다. 어느 한 사람이라도 같이 할 수 없다면 그 사람은 대열에서 제외되는 아쉬움을 안고 하루가 언짢을 뻔했다. 소통할 수 있다는 것은 다 함께 관계를 맺어가는 일이며 행복을 나누는 기쁨이다.

행복은 거창한 것이 아니다. 비행을 마치고 논둑과 밭길이 연결된 길을 걸었다. 그 길은 코스모스가 피었고 키 큰 해바라기가 줄지어 심어져 있다. 노란 꽃을 달고 해를 보고 있는 둑. 어디선가 도란거리는 소리가 들렸다. 우리 팀인가 싶어 다가가니 샛길로 난 나무 그늘에서 고추를 따던 아낙 두 분이 마주 앉아 점심을 먹고 있었다. 가을 길섶에 둘이 앉아 도시락을 싸온 일터는 힘들지만 함께여서 행복해 보였다. 난 인사를 하면서 "점심 맛있어 보입니다. 특히 열무김치가." 그러자 한 분이 날 보고 이리오라고 손짓한다. 본적 없는 사람인데 인심 좋은 사람은 나를 불렀다. 고마웠다. 손가락으로 둘둘 말아 한 입 먹으라고 권한다. 이럴 때 그냥 갈 수가 없다. 염치불구하고 입으로 덥석 받았다. 행복했다. 처음 보는 길손이건만 그분은 한동네 사람이라도 만난 듯이 반가워했다. 그 성의에 감사한 마음으로 경의를 표했다. 이것 말고는 달리 할 일이 없는 것처럼. 이런 맛 어떤지 먹어보지 않으면 모른다.

작년은 바쁘게 살았다. 좋아하는 글을 쓰면서 수당까지 받았으니 너무 좋았던 일이다. 물론 나를 혹사시켰던 것은 사실이다. 힘듦을 알면서도 마냥 즐거웠다. 내 글 한 편을 수원시민이 함께 읽고 공감하기를 바랐던 행복했던 순간을 어찌 잊을 수 있으랴. 그렇게 나는 행복이란 글자를 등에 지고 무던히도 컴퓨터 앞에서 자판과 씨름했다. 그 덕에 수원시장으로부터 표창장도 받는 영광을 얻었다. 무언가에 푹 빠져 사는 일은 나를 잊을 때도 있다. 눈만 뜨면 글 쓸 거리를 찾았고, 나가면 카메라를 들고 기삿거리를 찾아 사진을 찍어대던 열정이 있었다. 그런 마음으로 행복을 짓는 일에 투신했던 한 해였다. 여행가방을 챙기면 어떤 기삿거리가 날 기다리고 있을까부터 머릿속으로 챙긴다. 남이 다 느끼는 것 말고 특별한 것을 찾으려고 눈동자를 돌리다가, 정말 아무도 눈치채지 못하는 별것 아닌 곳에서 그 특별함과 만날 때도 있다. 행복한 순간은 그렇게 만나는 별것 아닌 것에서부터 움튼다. 그것은 감정을 업고 한 편의 글 속에서 그대로 삶으로 연결되어 서로의 가슴으로 전이되는 행복이다.

격식도 없고 어떠한 형식에 구애받지 않는 자연스러움에서 찾은 소박한 그림이다. 담양의 소쇄원 입구에는 할머니가 좌판을 차리고 앉아 있었다. 그 모습이 황풍년 작가의 『전라도, 촌스러움의 미학』에서 만난 할매들의 모습과 흡사했다. 대추 봉지, 꾸지뽕이 담겨진 작은 비닐팩, 호박 몇 덩이들이 놓인 좌판이다. 매직펜으로 써진 가격표가 삐딱하게 한옆에 걸려있는 난전, 할머니 한 분이 헐렁한 몸뻬바지를 입고 호박덩이 옆에 서 있다. 그 모습은 담백한 음식 맛처럼 눈과 마음을 함께 묶었다. 맑은 샘물 같은 정서가 흘렀다. 이런 모습이 소쇄원 입구만 그런 것은 아니련만 특별히 '전라도, 촌스러움의 미학'의 지역이기에 작가의 사진과 할매들의 입말이 생각났다.

여러 말이 필요 없는 난전은 하나 들고 가격대로 지불하면 그만이다. "농사지은 것이 여러 가지 있네요. 대추 한 봉지 주세요." "농사랄 게 있나, 대추는 나무에 열렸슨께, 긍게 손이 안 가도 저대로 익는 당께." 고개를 주억거리며 웃음으로 인사를 하고 잘 먹겠다고 하고는 물러났다. 내세우지 않는 모습이 전라도 사람들의 본심인지도 모른다. 사랑하는 마음 없이 농사는 지을 수 없다. 행복한 마음으로 가꾸어야 잘 자란다는 것도, 내 자식 같은 손길로 자주 만져주어야 가을을 흐뭇하게 맞을 수 있는 할매들의 뭉툭해진 손끝이 안쓰러운 난전이었다.

여행은 무언의 소리를 듣는 것이다. 소리를 듣기 이전에 느낌으로 우리는 가슴에 안는다. 말로 표현이 되지 않는 그냥 핏줄을 타고 흐르는 묵직한 액체로 우리의 시선을 묶는다. 하늘에서 내려다 본 담양은 취재 기자라도 된 양 즐거웠고 또 하나의 행복의 계단을 오르는 이정표였다. 15분의 비행으로 맞는 담양은 말 그대로 아름다웠다. 산하는 그냥 그림이다. 하늘에서 내려다보면 집은 지붕만 보이고, 길은 곧고 구불거리는 선만 보인다. 푸른 것은 물과 나무. 누런 들판이 보기 좋다. 추수할 때가 되니 하늘에서 본 들판은 바둑판처럼 생긴 모자이크 같다. 아름답다는 표현으로 말하기에는 가을을 가꾼 사람들에게 미안한 생각도 든다.

가을 들녘의 아름다움은 초봄 언 발을 녹이지도 못하고 못자리를 했을 농부들의 손길이다. 쨍쨍한 햇살 아래 보듬던 마음 언저리가 손끝으로 그 힘듦을 이긴 가을이 묻어난다. 조종사는 지나는 곳을 설명한다. 죽림원길, 메타세쿼이어길, 담양의 새로운 외국인 거리조성이 되어 있는 메타프로방스 마을의 붉은 지붕과 아기자기한 골목들이 곱다. 담양호의 푸른 물길 따라 굽이진 물줄기가 잔잔하게 흐른다. 그 속에 숨어 있는 행복한 이야깃거리를 찾기 위해 날개는 부지런히 돈다.

어떤 곳에서 바라보느냐에 따라서 담양의 지형이 달리 보인다. 여행도 이야기도 마찬가지다. 목적 없이 따라온 사람과 아침 일찍 차를 탄 사람의 보는 눈은 다르다. 평생의 계획은 아니더라도 10년 단위 혹은 새해를 맞으며 꿈을 가꾸듯이 목표를 정한다. 이것은 현저한 차이를 보인다. 그 목표를 바라보며 제자리걸음이라도 걸었기 때문에 다음 해엔 '조금 더'라는 단어가 붙을 수 있다. 남몰래 짜 놓은 일과표라도 머릿속에서는 수행하는 그림자가 머무는 것을 느낀다. 은연중에 체크하기 때문이다. 이것이 행복을 짓는 일이고 꿈을 키우는 일이며, 나를 살리는 길이다. 꿈은 방향을 찾는 일이다. 사진도 어느 쪽에서 찍어야 더 멋진 사진이 될까 렌즈를 맞추듯이, 내 꿈도 어느 방향으로 걸어갈까부터 정해야 한다. 하고 싶은 것을 찾고 그 길로 향할 때, 행복을 짓는 재봉사가 된다.

일본의 92세에 시집 『약해지지 마』를 펴내고 102세에 사망한 시바타 도요의 「저금」이란 시를 소개한다.

'난 말이지, 사람들이/ 친절을 베풀면/ 마음에 저금을 해둬// 쓸쓸할 때면/ 그걸 꺼내/ 기운을 차리지// 너도 지금부터/ 모아 두렴/ 연금보다 좋단다'

살 날이 얼마 남지 않은 시인이지만 산 날을 값있게 하는 행복을 지었다. 시인은 현재를 살아가는 사람들에게 행복 짓는 일을 가르쳐준다. 뭉클한 감동으로 모두의 가슴을 두드리고 있다.

'못한다고 해서 주눅 들어 있으면 안 돼. 나도 96년 동안 못했던 일이 산더미야.' (시집 54쪽)

태화산 깊은 골짜기
천 년의 마곡사

마곡사는 충남 공주시 사곡면 태화산 자락에 자리한 사찰이다. 백제 의자왕 3년 자장율사가 창건하고 고려 명종2년(1172년) 보조국사가 증건하였다고 전한다. 예로부터 사찰은 산 깊숙이 자리하였다. 버스에서 내려 한동안 걸었다. 아마도 스님이 법전을 닦으려는 깊은 뜻이 산속에 사찰을 마련하지 않았나 싶다. 세속과 떨어져 오로지 한마음으로 기도에 증진하려는 스님의 깨달음을 담은 것일 게다. 산도 깊지만 골도 깊어 나무와 숲도 그윽한 향기 따라 불전을 향하게 한다. 아늑한 정서가 담긴 숲에 들어찬 부처의 자비로운 기운이 사찰 둘레를 감쌌다.

아스팔트길을 따라 가다가 숲이 우거진 길로 접어들면 마곡사로 통하는 입구가 나온다. 일주문을 거쳐 오면서 멀리 보이는 사찰은 다정하게 당우들이 서로 감싸 안았다. 화려하고 웅장하진 않지만 조용하고 정갈한 느낌이다. 경내에 들어서자 그윽한 향내가 스며온다. 흙바닥인 마당은 말끔히 쓸어놓은 마당쇠가 생각났다. 흰 수건 질끈 동여맨 뒤 꼭지가 아른거리고, 짚신 너머 어슬렁거리는 발길이 보일듯하다. 정겹다. 햇살이 강해도 반사되지 않아 오히려 더 걷고 싶은 마당이다.

우리의 옛 역사가 비쳐나는 사찰에는 민중을 말없이 다스리는 기운이 감돈다. 불교를 숭상하던 왕궁과 민중의 생활에 밀접한 관계를 이어온 소통의 공간이다. 불교신앙은 사찰이나 암자에서 풍기는 그 시대의 맥을 통하여 구전으로 전해지기도 한다. 백성들은 유명한 절을 찾아 나라의 안녕과 가족의 평화를 위해 기도하지 않았을까. 때로는 훌륭한 스님을 만나 좋은 말씀으로 홍복을 안고 돌아갔을지도 모른다. 그 시대 불교 신앙은 민중 깊숙이 파고들었던 신앙의 본산이었다.

해탈문은 세속의 짐을 벗어놓고 오로지 불심만으로 살라는 문이란다. 나는 아무런 생각도 없이 무턱대고 문턱을 넘었다. 눈앞에 보인 화려한 연등에 빨려 들어갔다. 친구는 너무 예쁘다며 고개를 치켜 올리며 바라본다. 연등의 크기와 거리에 따라 연등 값이 다를 수 있다는 말에 고개를 끄덕이었다. 모르긴 해도 사람에 대한 차별이 아니라, 너도나도 그렇게 하고 싶음을 제재하기 위한 방법일 수도 있다. 큰 등을 달고 불전 가까이 자신의 이름을 달고 싶은 것은 인지상정이다. 있는 만큼 정성스럽게 보시하는 마음만은 부처님도 알고 계시리라. 연등의 불빛으로 천년의 역사를 안고 한 송이 꽃처럼 피어나는 마곡사 안 마당이다.

연등을 걸어둔 다리가 극락교이다. 그곳을 거쳐 나오니 대광보전과 대웅보전의 큰 건물이 보였다. 바로 앞에는 범종루라고 하는 종각이 우람하게 버티어 굽어본다. 그 옛날 태화산을 흔들어 깨우고, 마곡사 경내를 뒤흔들어 잠자던 가슴을 울렸던 종소리이다. 갖은 풍상에 젖어 빛바랜 모습이 지난날을 담았다. 세월을 이긴 장사 없다는 우리네 속담처럼, 아무리 버티어 내려고 안간힘을 써도 시간은 야금야금 좀 먹는다는 사실이 고금의 이치인 것을. 종각 안에서 좋은 말없이 이야기한다. 겉모습은 옛날을 입고 있지만 그 종소리만은 아직도 그 시간을 담고 울릴 것처럼 귓전으로 다가온다.

대웅전 앞에서 만난 공주에서 온 보살의 말에 의하면 "대광보전의 참나무 자리는 100일 기도를 드리며, 참나무 자리를 짠 앉은뱅이가 일어서서 걸어 나갔다는 전설과, 대웅보전 건물의 기둥을 얼싸안고 한 바퀴 돌면 6년씩 수명이 연장된다는 전설도 내려오고 있다."고 한다. 유명세를 타다 보니 그에 얽힌 전설들이 입소문으로 전해진 모양이다. 알 수 없지만 힘겹게 추녀를 버티고 있는 기둥을 도는 보살들도 있다. 비록 세월을 안은 사찰의 겉모습은 힘겨워 보였으나, 봄볕에 내뿜는 불도의 빛은 강렬해 보인다. 많은 사람들이 불전에 엎드려 백배 기도를 올린다. 삼존불을 모신 불당의 불상은 위엄과 자비로서 중생을 굽어보는 듯하다. 제발 우리의 국난을 풀어 주십사 두 손을 모아 간원하며 발길을 돌린다.

긴 짐을 지고 오는 동안 어찌 편하기만 했을까. 사람이나 건물이나 힘든 고비를 넘고 지금까지 버티어 왔다. 임진왜란 난리 통에 화상도 입고 무자비한 자들에게 매도 맞았을 것을, 천년의 시간이 어찌 태평성대만 있었을까. 빛바랜 대웅보전 기둥들을 바라보며 그 시대의 아픔도 읽고 고난도 함께 보듬어 보는 시간이었다. 한마음으로 지켜온 마곡사의 소중한 산물들이 더 이상 훼손되지 않았으면 한다.

마곡사 주위를 말없이 굽어 돌면서 긴 세월을 안고 흐른 개울물. 이끼 먹은 돌틈을 쉼 없이 흐르는 물길을 따라 징검다리를 건넌다. 불현듯 상선약수의 교훈이 머리를 스친다. 미끄럽고 이끼까지 파랗게 앉은 돌들 위를 어루만지고 감싸며 흐른다. 거스르지 않는 물의 진리를 배운다. 오로지 아래로 흘러야만 하는 자신의 임무를 한 번도 거스르지 않는 겸손한 덕에 살며시 손을 담근다. 행여나 그 겸손을 담고 싶은 갈망으로.

천년을 버티는 건물이 흔치 않다. 물론 중간중간 증축을 했을 테지만 원형은 변치 않았을 게다. 그에 걸맞게 사찰을 지켜내는 스님들 역시 오랜 역사와 전통을 계승하고 이끌어온 대단한 분들이다. 무한하지 않은 사람처럼 건물 역시 그에 비례한다. 천년의 사찰을 돌며 해묵은 빛에서 풍기는 고고한 위상을 본다. 이토록 보존하기 위해 많은 손길이 다듬었을 것이고, 마음을 수행하듯 스님들의 노고 또한 값진 보탬이 되었을 게다. 오늘날까지 끊임없이 이어지는 신도의 발길은 부처님의 자비의 덕일 것이다.

고정관념

　며칠 전 지인이 보내온 카카오톡에서 이런 메시지를 보았다. 절의 스님이 마당 한가운데 큰 원을 그려 놓고 동자승을 불러 문제를 냈다. "내가 마을에 다녀왔을 때, 네가 원 안에 있으면 오늘 하루 종일 굶고, 원 밖에 있으면 쫓겨날 것이다." 이 말을 들은 동자승은 난감했다. 원 안에 있자니 배고플 것을 생각해야 하고, 원 밖에 있자니 절을 쫓겨나야 하니 어디로 가야 마음이 편할까. 걱정하던 동자승의 마음 길을 따라 이야기를 엮어보았다. 나는 우선 카톡 친구들에게 자신의 답을 보내라고 했다.

　동자승은 땀을 뻘뻘 흘리며 절 마당을 쓸기 시작했다. 절 마당은 흙 마당인 데다 이곳저곳 비질할 곳이 많다. 그러므로 스님이 말씀하신 원 안도 원 밖도 잊고 비질만 했다. 아무생각 없이 흙 마당만 열심히 쓸었다. 스님이 오실 시간 안에 자신이 할 일을 마무리 짓는 일이 최우선이었다. 깨끗하게 비질을 한 마당이 더없이 좋아 보인 동자승은 기분 좋게 마무리를 짓고 스님을 맞았다.

　"다녀오셨습니까?" 동자승의 태연한 얼굴을 본 스님은 느닷없이 허허 웃었다. 동자승이 어안이 벙벙하여 올려다보니 "너 따라 들어오너라." 스님은 동자승을 자신이 거처하는 방으로 불러들인 후 자신이 입었던 승복을 내주면서 "이것으로 갈아입어라. 그리고 오늘 너에게 법명을 주겠다." 이 말은 스님이 동자승을 믿고 그의 지혜를 높이 샀기 때문이었다. 그래도 쓸 만한 놈을 데리고 있었음에 후한 상을 내린다고 할까.

동자승이 스님으로 받은 법명은 '빗살라'였다. 빗자루로 원을 지워버린 지혜를 높이 산다는 말일까? 아니면 비질을 하면서 수행을 계속하라는 부처님의 훈계인지도 모른다. 어쨌거나 법명이나 이름은 '현재 위치에서 잘하고 있으니까 그대로 짓고, 혹은 앞으로 잘 되길 바라며 짓는다.' 는 어느 스님의 말씀을 들은 기억이 있다.

여하튼 기분이 좋아진 동자승은 큰스님의 법복을 입었다. 소매는 길어서 몇 번을 걷어 올려야 하고, 바지는 길어서 밟혔다. 그러나 개의치 않았다. 스님이 주신 법복이니 감사하고 좋았다. 자신의 처지에서 법복에 대해 일언반구 탓할 요인이 없다. 그 후 동자승인 빗살라는 큰 스님의 지극한 보살핌으로 열심히 도를 닦는 스님의 반열에 들었을 것이다.

스님과 동자승의 이야기는 고정관념과 자유에 대한 논의로 카카오톡을 통하여 보내온 예화에 살을 붙이고 옷을 입혀봤다. 어떤 친구는 고무줄놀이를 하면서 원과 밖을 오락가락 할 수도 있다고 하며 웃었다. 또한 친구는 줄에 서 있으면 원도 밖도 아니라고 했다. 그런가하면 이렇게 말하는 친구도 있었다. 어차피 원은 스님이 그린 것이니 동자승은 원에 문을 만들면 된다고.

카카오톡! 그런데 줄에 서 있다면 불안하고, 고무줄놀이로 왔다 갔다 한다는 것도 한정된 시간이 필요하다. 모두가 자유롭지 못하기 때문이다. 문을 내고 들락거리는 것도 매인 것이나 별반 다를 바가 없다. 어디에 매인 삶은 부자유스럽다. 자유란 '남에게 구속받거나 무엇에 얽매이지 않고 마음대로 행동하는 일'이라 명시되어 있다. 이래서 법명을 받은 동자승의 지혜를 속세에 사는 우리는 넘볼 수가 없을 것 같다.

동자승의 법복에도 자유가 있다. 무조건 입으라는 것은 아니다. 그럼에도 동자승은 맞지 않는 법복이었지만 탓하지 않는 그 마음을 깊이 산 스님이다. 옷은 비록 스님의 명령으로 입었지만 마음은 평화와 사랑이 깃들었으니, 이건 고정관념이 아닐 것이다. 어쩌면 생각에 따라 행불행이 따라 다니듯이, 마음먹기에 따라 자유스러움으로 유도하지 않았을까 한다.

우리네 생활 안에서도 고정관념에 얽매어 안절부절 할 때가 있다. 스님과 동자승과의 관계처럼 누가 시키고 해야 하는 사역 관계를 떠나서 안에 있는 나와 겨루고 있다. 해야 한다, 안 해도 된다. 둘의 겨룸이 주는 판결은 어중간하기도 하지만 안 하고 나면 마음이 께름칙하다. 이 역시 고정관념을 내 안에서 털어내지 못함일 게다. 어쩌면 고정관념은 자신감 없는 행동과도 일치하지 않을까. 결단력 있게 행동할 수 있는 자신감만이 자유로워지는 비결일 것 같다. 고정관념에 얽매이지 않기 위해서는 마음이 편안해야 하니까.

스님과 동자승의 예화를 통하여 바라본 고정관념의 일면이다. 꼭 그렇게 해야 한다는 전제 아래 고정관념은 성립된다. 조금 삐뚤어지면 어떠랴. 남과 다르면 어떨까. 내 생각대로 밀고 나가는 추진력은 남과 다른 또 하나의 이야기를 만든다. 개인이라는 건 각자의 개성을 살리는 일이다. 한 사람의 개체로서 삶을 살 때, 그 안에 갖가지 희로애락이 성립된다. 이로써 한 사람의 역사가 창출되고 나아가 사람과 사람 사이의 화합으로 가는 길을 열 수 있지 않을까. 어떠한 문제에 봉착했을 때 함께 풀 수 있는 방법은 서로의 의견을 수렴하는 일이다. 이것이 고정관념에서 탈피할 수 있고 좀 더 나은 길을 여는 문이라 생각한다.

일탈을 벗어난 나그네 길

　　나그네는 여행의 상징이다. 생각도 몸도 함께 머물던 울타리를 벗어나는 일. 한마디로 나와 다름을 발견하는 일이다. 일상을 벗어나는 일은 내가 머물던 고개 마루에서 환경의 변화를 느끼는 것. 주변에서 일어나는 모든 일들을 잊을 수 있는 것이 여행이다. 오로지 여행이란 글자 속으로 빠져보면 나그네가 된다. 걱정을 내려놓고 집조차 훌훌 털어버리는 여행의 상징인 나그네가 되어 떠나자.

　　남해까지 달려와 삼천포 횟집에서 점심을 먹게 되었다. 내가 차린 식사가 아니다. 남이 차려주는 점심이다. 내 맘 같지 않고 내 집 음식처럼 정갈치 못할 수도 있다. 그렇기에 다름을 찾는 여행이다. 집과 같다면 돈 들이고 힘들이고 무엇하러 떠나겠는가. 때늦은 점심 자리에 우리만 아님이 신경 쓰였다. 시끄러운 말소리로 봐서 경상도 사람들인 모양이다. 좁다고 생각한 한반도였는데 지역마다 특색 있는 언어로 인해 다름을 느낀다. 자기 색깔을 낼 줄 아는 사람들. 특별한 사람들이 아니다. 타고난 기질을 그대로 나타낼 뿐인데 어쩌다 듣는 우린 껄끄럽게 느낀다. 허나 그 역시 여행이 주는 단막극이다. 내 울타리를 벗어났다는 것을 실감하는 나그넷길.

점심상을 기다리고 있다가 쩔쩔매는 종업원을 돕기 위해 팔을 걷어붙인 회원이 있다. 나와 다른 행동이다. 선뜻 나서기도 쉽지 않지만 그녀는 종업원보다 더 부지런히 음식을 나르고 손님들의 부름에 응했다. 주객이 전도된 장면이다. 이 모습을 보면서 어디서나 저할 나름이란 말을 생각했다. 그녀로 인해 푸짐한 점심상을 받은 것은 물론 인심 좋은 주인의 특별한 대접을 받았다. 눈치 빠른 행동으로 봉사한 덕분에 모두가 기분 좋은 점심을 먹었다. 잠깐의 봉사였지만 바쁜 일손을 도왔고 그 마음을 헤아릴 줄 아는 사람다운 본보기이었다. 누구나 그렇게 할 수는 없다. 하지만 서로를 위해서 발 벗고 나선 그 용기에 모두 칭찬했다. 나와 다른 일을 한 사람은 보통사람이다. 그 일은 일행에게 따뜻한 강물이 되어 흘렀다. 나그네가 되어본 시간은 보통사람으로 인하여 훈훈했다.

하루해가 저물어 찾은 성당이다. 서둘러 남해 성당에 들어서자 신부님은 복음을 전하고 강론을 하려던 참이었다. 우리들의 출현으로 조금 어수선한 느낌은 들었지만 신부님은 조용히 강론을 하시고 우린 늦은 죄책감이 들었다. 신자들은 많지 않았다. 성당은 높고 시원했다. 성체를 영하는 모습이 우리와 달랐다. 본명을 부르고 '안젤라 예수그리스도의 몸' 이런 식으로 성체를 주셨다. 이 모습이 참으로 정감이 갔다. 그냥 '그리스도의 몸' 하는 것보다 내 이름을 불러주며 주시는 성체는 그대로 성령이 되어 내 몸을 돌고 있는 느낌이었다. 우리 성당과 다른 점이다. 신자들이 많지 않으니 신부님은 자상하게 신자들의 이름을 부르며 성체를 영하는 일도 좋았다. 나오면 다른 물을 마시듯 나그네는 이렇게 다른 것을 체험할 수 있다.

남해의 작은 마을 모텔에서의 하룻밤은 잊을 수 없다. 창문을 열면 도시에서 들을 수 없었던 개구리 울음소리가 먼저 반긴다. 처음엔 무슨 소리인지 귀를 세웠다. 그 옛날 앞 논틀에서 들어봤던 그 소리, '우리엄마 무덤이 떠내려가요.' 라고 하는 청개구리의 애달픈 울음이 바닷가 마을에서 들려왔다. 그 소리는 아득한 유년의 추억을 물고 있었다. 언제 들어봤던가 싶을 만큼 구슬프기도 하고 우리가 이만큼 나이테를 등에 지고 왔음을 확인하는 시간이 되었다. 도심에서 들을 수 없었던 개구리 울음에 잠자던 긴 시간 속의 나그네 길이 자막처럼 스쳐갔다.

다음 날 아침 기상 시간은 5시 30분, 우린 상주 해수욕장의 고운 모래밭에서 아침을 맞았다. 콩고물처럼 부드럽고 색깔도 고왔다. 해는 벌써 산마루에 올라왔지만 상주중학교의 유리창엔 해를 등진 탓인지 시커멓다. 모래밭을 걷다가 커다란 하트를 그리고 그 안에 '답사회 사랑해'라고 쓴다. 제법 폼을 잡아 본다. 하나둘 둘러서며 색다른 이벤트라도 하듯이 예쁜 조개껍데기을 주어와 글자 위에 놓는다. 여유롭다. 언제 이런 시간이 있었나 할 정도로 부러운 나그네의 아침이다.

먹방 카페는 우리의 닉네임이다. 버스 안에서 지었다. 아침부터 먹고 웃는 우리들의 만남은 먹는 것에서부터 시작한다. 사람이 정이 들려면 밥을 함께 먹으라 했다. 좀 더 정이 들고 싶으면 함께 자라 했다. 그래서 우린 함께 잤고 밥을 지어 한곳에 모여 먹었다. '형님, 이것도 맛있어요'. 젓가락으로 집어 넣어주는 아우의 친절함이 있으니 어찌 정이 들지 않으리오. '고맙네, 아우도 하나 드시오.' 우린 정 들고 서로 나누는 눈길로 남이라는 글자에 점 하나를 떼고 님이 되려고 노력하며 나그네 길에 동반자가 되었다.

다랭이 마을은 남해의 명소다. 바다를 바라보며 고불고불 내려간다. 내려갈

땐 좋지만 올라올 땐 1kg은 빠진다며 땀을 흘리고 올라오는 남자가 우릴 보며 웃지 말란다. 실은 자신을 보고 웃은 것은 아니었는데, 어이없는 말에 까르르 웃음이 터진다. 집을 나오니 그냥 좋은 모양이다. 출렁이는 해안의 푸른 물결이 철썩거리며 바위를 친다. 우리는 놀라 뒤로 물러서며 얼싸안고 웃는다. 나와 다른 현실 앞에서 웃음으로 행복을 채우는 여인들. 좀 전 남자의 말대로 내려오는 길은 웃을 수 있을 만큼 신나는 길이었다. 뭔가를 지향하고 내려갔기 때문이다. 그러나 올라올 때는 신기루를 찾던 이상과는 달리 현실이 발목을 잡는 부담감이 땀을 흘리게 했다. 여행 맛으로 번지르한 그 얼굴이 고운 나그네들이다.

　나오면 낯선 풍경에 절로 신이 난다. 내 곁에 없는 것들 앞에서 느낌이 다르다. 매일 보는 얼굴도 아니고 음식도 같은 음식이 아니다. 때마다 남이 주는 음식이고 바라보는 주위 환경도 다르다. 이래서 여행은 다름에 도전이다. 설령 그 느낌이 며칠, 아니 보는 순간 끝난다 해도 떠남이 좋다. 그리고 여행이란 어휘 속에서 나그네가 되어 꿈을 꾸는 시간도 즐겁다. 기존의 나를 비우고 다름을 채우는 시간 속으로 우린 함께 뒹굴었다.

독산성길을 걸으며

　　삼남길, 옛길 7구간인 세마에서 은빛개울공원까지 8.2km를 걸었다. 역에서 이동을 감안하면 통합 10km는 되었다. 걸으며 보고 느끼고 생각하는 옛길은 현대를 살아가는 사람들에게 사람살이의 모습과 풍습 등을 배우라 한다. 옛길을 걷는 의미를 군이 생각지 않아도 발길 닿는 곳마다 일어서는 소리를 듣는다. 너는 왜 이 길을 걷지. 어떤 생각으로, 하고 많은 길들을 놔두고 무엇 때문에, 이 길에서 무슨 소리를 들었고, 무엇을 보았느냐? 고 묻는다. 교통수단이 좋아서 단 몇 시간이면 원하는 곳을 다녀올 수 있는데 구태여 다리 품 팔아가며 걷는 이유가 어디있냐고. 발길이 조심스럽다. 조금은 긴장감을 갖고 집을 나왔기 때문인지도 모른다. 처음처럼 그냥 한 번 걸어보자, 하고 나왔으면 좋았을 걸 하는 마음도 들었다.

　　5길인 중복들길과 6길인 화성효행길은 수원시의 행사를 따라갔던 길이다. 무심코 옛길을 걸어보고 싶은 마음으로 시작했다. 그 후 옛길에 대한 미련이 남아 시간이 되면 꼭 가보고 싶었다. 길마다 색다른 의미를 갖고 있는 삼남길의 일구간이다. 다리가 성할 때 돌아다니라던 말처럼 '아직은' 하면서 걷기를 주저하지 않았기에 7길을 마치고 귀가했다. 생각하니 대견하고 쓸 만한 내 다리가 고맙다. 더구나 이 구간은 역사적인 곳이 많다. 세마를 시작으로 백말을 흰쌀로 목욕시켜 왜놈의 눈을 속였다는 세마교洗馬橋. 왜군을 물리친 권율 장군의 이야기가 전해지는 독산성禿山城. 백제 고찰인 보적사가 산등성이에 우뚝 서 있다. 이승만 전 대통령이 썼다는 대웅전의 현판이 유난히 컸다. 숲으로 이루어진 숲길과 공원길, 고인돌 공원은 우리 삶의 처음과 끝을 이야기하고 있었다. 걷는다는 것은 느림의 미학이다.

세마역에서 내려 이정표를 찾지 못하고 대로의 이정표를 보고 독산성을 향하여 걸었다. 한참을 걸어도 삼남길 이정표는 보이지 않았다. 지나는 분에게 물었다. 자세하게 알려주면서 하는 말씀 "차도 아니고 걸어서 등산을 하려고 하면 숲으로 들어가야 합니다." 그리고는 앞산을 가리킨다. 신이 나듯이 발길이 가벼웠다. 숲으로 들어가자 인기척이 들리고 사람들의 발길이 보였다. 만나는 사람마다 인사를 했다. 그들은 웃는 얼굴로 받아주었다. 그 모습에 기분이 좋다. 인사는 모르는 사람과의 만남이다. 만남의 미학은 인사로부터 시작한다는 것을 배운다. 길옆으로 연리지 한 그루가 서로 가슴을 맞대고 우리를 바라본다.

소나무와 참나무의 만남은 인생살이의 아름다움과 같다. 가슴을 맞대고 서로 엉겨 붙어 한생을 어떻게 살아갈까. 답답할 것 같으면서도 사랑이란 생각이 든다. '제일 힘든 길이 머리에서 가슴으로 가는 길이다'란 신영복 선생님의 말씀을 상기한다. 머리에서 가슴으로 가기를 몇십 년, 혹은 평생을 간다는 말. 이 두 나무를 보면서 사랑의 미학은 이처럼 서로의 가슴으로 전해지는 끈적함이지 싶다. 마음을 나누고 가진 것을 나누고, 힘을 나누어 두 나무가 하나가 되어 가지를 펼치고 이상을 펼쳤다. 너무 멋졌다. 연리지를 디카에 담는다. 친구는 내게 말한다. '몸은 따로 살아도 가슴은 따뜻해야 하는 것을 가르친다. 또한 인간들에게 아웅다웅 살지 말고 우리처럼 사랑하라고 가슴이 붙어버렸다'고. 우린 한바탕 웃기도 했던 옛길 풍경이다.

정조의 아버지인 사도세자가 온양온천에 행차했다가 환궁할 때, 장마 때문에 하루를 묵었다는 독산성禿山城이다. 불운의 사도세자가 1762년 세상을 떠났을 때, 2년 전에 자신이 돌아본 화산에 묻힐 줄을 알았을까. 사람의 운명은 참으로 기묘한 것이다. 돌로 쌓은 성길을 걸으며 먼 날들이 그림처럼 와 머묾을 느낀다. 독산성의 독자는 대머리 독(禿)자다. 대머리처럼 벗겨져 아래쪽에서도 조망이 가능했다는 것. 이 성은 백제 때 쌓은 전략적인 요충지로 도성 방어에 한 몫을 했다고 전한다. 성을 한 바퀴 돌지 않았지만 돌성으로 조선시대에 이르기까지 증축을 하여 사용했던 탓인지 말끔하고 견고했다. 이 성은 평지의 외벽에 돌을 쌓았다. 남한산성은 담을 쌓듯이 되어 있어 안에서 밖을 보긴 해도 밖에서 안을 들여다보기는 쉽지 않다. 허나 독산성은 아래에서도 바라볼 수 있는 곳이기에 대머리 독자를 사용하지 않았을까. 여하튼 산성치고는 시원했다. 답답하지 않았고 해탈의 문(동문)을 들어서면 보적사를 통하여 독산성을 맞는다. 야트막한 산성이지만 역사의 한 페이지와 만나는 시간이었다.

보적사를 뒤에 두고 남문 쪽으로 나와야 옛길로 가는 이정표를 따라간다. 그덕에 산성을 돌 수 없었다. 아쉬운 발길은 독산성 숲길로 방향을 튼다. 칡넝쿨이 온 산을 휘감아 돌아 소나무 한 그루는 배배 말라가고 있었다. 힘 있는 것이 우세한 숲의 원칙이 자리하고 있다. 강한 줄기로 칭칭 감아버린 소나무의 몸피가 가을바람에 물기를 내주고, 칡덩굴에게 시달린 소나무는 맥을 못 쓰는 모습. 우리 삶의 한 부분 같다. 돈이 없으면 발악이라도 해야 한다는 악다구니 같은 삶

91

말이다. 칡 숲이 되어버린 구릉지를 내려오면서 숲도 인간도 변하는 지구의 모습을 본다. 이것은 삶의 미학이 아니라 독불장군의 오만이다.

우리는 고인돌 공원으로 향했다. 오산의 금암동은 옛날과 현대가 현존하는 곳이다. 기라성 같은 아파트 숲에 고인돌 공원이 납작 엎드린 느낌. 말끔하게 단장된 공원에서 아이들과 시간을 보내는 사람들, 도토리나무 아래서 다람쥐 밥을 주우며 시간을 보내는 할아버지. 고인돌마다 지석묘 5호, 6호라고 푯말이 세워져 있다. 이곳 고인돌 공원에는 11기의 고인돌이 있다고 하는데 다 돌지 못하고 나왔다. 1.5km나 되는 넓은 공원을 돌기에는 시간이 부족했다. 산 사람과 간 사람의 자리가 다를 뿐이다. 땅 위에 사는 사람들과 어느 때였는지 시간을 헤아릴 수 없는 영혼들이 땅속에 묻혀있다. 그 표징으로 남은 것이 고인돌이다.

고인돌은 지석묘를 말하고 쉽게 말하면 고임돌支石이란다. 오산의 금암동에서 본 고인돌은 모두 지석묘였고 군데군데 놓여 있는 큰 돌덩이 혹은 바위와 같았다. 돌이 놓인 자리가 무덤이다. 시신을 나무 관에다 넣어 묻기도 하고 오지항아리에 넣어 무덤자리에 안치하였다. 경주 유물박물관에서 유골 단지를 봤다. 그러고 보면 신라 때도 화장을 해서 유해를 묻었다는 이야기다. 수원 박물관에서 사람의 시신을 넣어 매장했다던 항아리도 보았다. 시대에 따라 특별한 매정 문화의 변천사는 기록과 발굴조사에서 새롭게 나타나고 있다. 태어남과 아울러 죽음의 길까지 인간 삶의 자국들이 이토록 남아서 그날들을 들여다보는 것이다. 탁상형의 고인돌은 아닌 잔디 위에 돌만이 누워있다. 그것으로서 어느 시대 누구인가의 죽음을 암시함이다. 또한 내가 모르는 아득한 그날을 살아온 사람들이 있었다는 증표로 남아있는 지구의 표본이다. 이렇다보니 독산성길의 고인돌 공원에서는 죽음도 미학이다.

한 구간을 걷고 오산대 역에서 전철을 탔다. 다음엔 주말을 이용하여 떠나려한다. 시간의 제약을 받는 평일은 마음먹고 걸을 수가 없다. 출발 시간과 돌아갈 시간이 정해진 일정은 발목을 잡힌 꼴이 되어 여유롭지 못했다. 수원에서 멀지 않았지만 이제서 옛길을 통하여 역사가 깃든 그 시대의 문화를 접하며 감사했다. 오산시민은 독산성길을 산책로처럼 걷고 있다. 우리가 화성성곽길을 걷듯이. 걸으며 사람들에게 묻기도 했었는데 모두 친절하게 일러주었다. 텃밭에서 일하던 아저씨는 잘못 든 길을 가르쳐주려고 일부러 큰 길까지 나와 팔을 뻗어 방향을 짚어주었고, 과일가게 아주머니는 삼남길은 걸어보지 않았다면서 독산성 보적사 가는 길을 상세하게 일러주었다. 인심 좋은 동네 오산. 시간을 내어다시 한 번 걷고 싶은 독산성길이다.

산길에서 만난 하모니카

유난히 하늘이 맑은 날이다. 어제 오후 광교산행을 마치고 하산길에서 만난 풍경은 그 자체로 가을이었다. 가던 발길을 멈추었다. 둔덕에 앉으면 수원시 서쪽이 그림처럼 들어오는 자리, 그곳에서 홀로 하모니카에 심취한 남자의 뒷모습을 보았다. 야구모자는 옆으로 비스듬히 걸쳐있고, 잔바람에 나뭇잎만 살랑거리는 가을 둔덕은 하모니카 소리를 감싸 안고 숲으로 젖어들었다. 어디서 많이 들어본 노래가 발길을 잡았다. 조용히 그 사람의 연주가 끝나길 기다렸다. 언제 들어도 하모니카는 맑고 카랑한가 하면 음색이 곱다. 그리고 그 선율은 가락이 되어 가슴으로 옮아온다. 참으로 이상한 착시 현상이다. 왜 그럴까? 하모니카는 오랜 시간 들어보지 못했던 소리로 옛날을 부르고 있었기 때문이다.

'고향생각', '올드블랙조'이었던가? 정확하게 생각이 안 났다. '그리운 날 옛날은 지나가고/ 들에 놀던 동무 간 곳 없으니…' 그리고는 떠오르지 않았다. 중학교 음악시간에 부르던 노래였던가. 그는 그렇게 옛날 노래만을 메들리로 연주했다. 흥얼거릴 수 있는 노래들로 유연하게, 그러나 조용한 모습으로 앉아 있었다. 가끔 고개만 주억거릴 뿐이다.

점심시간이 지났다. 친구는 배고프다며 얼른 가자고 소매를 잡아끌었다. 하긴 그의 연주가 언제 끝날지 모르지만, 공짜 연주, 게다가 야외다. 더 듣고 싶다고 하자, 그냥 가자고 한다. 좋은 연주를 들려준 분에게 고맙다는 인사도 하고 싶었다. 하모니카 소리를 들으며 하산하는 발길이 조금 아쉬웠다. 돌아다보니 연세가 든 어르신이었다. 멀어질수록 가냘프게 더 밀착하듯이 달려와 머문다.

아주 오래된 이야기지만 하모니카 소리에 반했던 젊은 시절이었다. 그 시절엔 하모니카라도 불어야 멋있다는 소리를 들었던 때였는지 모르겠다. 만나기만 하면 여행을 가자고 해서 등산을 많이 했다. 하루 코스로 서울 근교 산과 시골의 야산이라도 가면 영락없이 뒷주머니에서 꺼내는 물건이 하모니카였다. 바위나 잔디밭에 앉아 연주하던 그 손길이 너무 고왔던 모습이 지금도 눈에 선하다. 남자 손이지만 여자처럼 가늘고 길었다. 하모니카를 입에 물고는 산에서 만난 분처럼 몇 곡씩 불고 "괜찮나?" 하며 쳐다보던 소년 같은 그 얼굴이었다. 그분의 뒷모습에서 젊은 날의 그가 보였다. 만약 떠나지 않았다면, 지금도 그가 이처럼 하모니카를 사랑할까? 한없이 보고 싶은 얼굴이 등산길에 와 머문다.

강산이 바뀌었어도 몇 번은 변했는데 그날을 부르고 있으니, 생각은 나이테가 없나보다. 터덜거리는 발걸음 따라 좀 전의 음률이 와 당기는 것도 그래서일까. 가을이란 시제가 주는 묘한 향기일지도 모른다며 헛헛하게 슬며시 웃었다. 친구는 하모니카 소리가 그렇게 좋다냐며 비아냥하듯이 물었다. 나는 말한다. "그 소리에는 내 젊음이 있고, 사랑했던 사람이 있었다고" 이 말에 심드렁하게 웃는다. "그 시절 그런 사람 없으면 나와 봐라." 한다. 우린 함께 웃었다. 모두 지나간 옛일이지만, 참 그 시절엔 낙엽 떨어지는 소리에도 울었을 만큼 감성이 풍부했었으니까. 그럴 수도 있지 않느냐고 쓸쓸한 웃음으로 마무리한다.

산바람 타고 들려오던 하모니카 소리에 발길을 멈추고 끌어왔던 옛일이다. 가끔은 이렇게 어디서든지 지나간 날들을 만나고, 흘러간 사람들과 함께 걷는 산길이 좋다. 사유한다는 것, 살았기에 가능한 일이고, 보고 싶은 사람도 생각한다. 연관 관계로 이어지는 소리 속으로 세월을 뛰어넘는 인간의 능력 역시, 만물의 주인이기에 가능한 것 아닐까. 가을바람 한줌이 목덜미를 스쳐 가는 오후에.

02

일
상

아내의 일기

　이삿짐을 정리하면서 색 바랜 일기장을 찾았다. 7~80년대, 90년대 어려웠던 시절. 가슴 저 밑바닥에 숨겨두고 싶었던 아릿함이 종이 속으로 얼비친다. 누렇게 뜬 향기와 번져버린 잉크, 얇은 종이 결에 핏줄처럼 돋아 오른 글자들이 애처롭다. 결혼 초에는 그래도 행복했었는지 짤막하게 펼쳐진 날짜들이 드문드문 보인다. 80년대는 아이들 학교 가고 나면 안달거리며 부업을 했었다. 몇 줄의 문장 끝에 시간이 없다는 말로 마무리를 지었다. 90년대는 남편의 병고로 고달픈 심정을 털어놓느라 사연이 제법 길다. 남의 이야기를 읽어가는 것 같은 심정으로 몇 줄 읽었다. 목이 메었다. 멍청하고 바보스러운 내가 거기 있었다. 가슴에 안고 사는 일은 우울하다. 털어놓고 의논할 대상이 필요했다. 삶을 끌고 갈 명에는 힘겨웠다. 누군가 함께했다면 짐을 나누었을 게다.

　'넌 아니? 삶이 이렇게 힘들고 외롭다는 것을.'로 시작되는 그날의 일은 너라는 대상을 통하여 심정을 토로한다. 지난 삶의 자국들이 너를 붙잡고 밤새워 호소하는 그 심정 이해할 것 같기도 하다. 도와달라기보다는 잠시라도 숨통을 트고 싶은 심정으로 매달렸으리라. 말 없는 네게 하소연하며 애원하듯 털어놓는 말들에 눈물이 핑 돈다. 그렇게 힘들었던 날들을 새삼스럽다는 듯이 가슴에 안는다. 자식들은 공부하느라 바빴고, 일가친척도 모두 살기에 바빴다. 털어놓고 싶은 어머님은 연로하시다. 마음만 상하실 것 같다고 한다. 아들이 아프다는 말에 어머님이 어찌 맘 편히 식사를 하시며 잠인들 잘 수 있을까. 그러니 말 없는 너에게 털어놓을 수밖에 없었나 보다.

유리알처럼 투명하게 속을 비운다고 어찌 맘이 편할까. 눈물 콧물 훌쩍이며 털어놓은 말들이 깨알처럼 모였다 흩어지곤 했다. 무균실에 홀로 두고 집으로 돌아오던 날은 걸음이 떨어지지 않는다고 했지. 다음날 새벽 자리에서 일어나 병원으로 달려가는 발길이 무거웠다고. 그래도 살아있어 줘서 고마웠노라고 적었다. '백지장처럼 바래진 얼굴을 볼 수 있는 무균실에서 희미하게나마 마주 보며 웃어보는 그 눈빛에 내일이 있었다.'라고. 그랬을 것이다. 환자도 없는 빈집, 빈방에서 너와 나누던 말 없는 대화도 믿음이었다. 무균실에서 밤잠을 못 이룬 그도 분명 내일이란 믿음이 있었기 때문이다. 시간이 가면 그곳에서 나올 수 있다는 기대가 너를 찾는 유일한 버팀이 아니었을까.

그때 아픔이 묻어나는 노트다. 50kg도 안 되던 체중으로 집에 돌아왔던 그 사람. 많이 바쁘고 힘들었지만 열심히 살려고 하는 그에게 고마웠다고 적었다. '일어서면 쓰러질 것 같아도 천천히 공원길을 걷는 그의 뒤를 따라가는 일로 하루가 열린다는 것. 환자를 간병하는 일이 쉽지만은 않지만, 내가 아니면 죽을지도 모른다는 심정으로 했다.'라고. 하루 일과를 마치고, 환자의 발끝에 엎드려 널펴 놓고 울먹이던 소리가 들리는 것 같다. 대신 할 수 있는 삶이라면 조금이라도 덜어주고 싶다는 말, 공감이 갔다. 되돌아본다는 것은 사람이기 때문이다. 남의 노트를 훔쳐보는 심정으로 '그다음 날은 어땠을까, 혹은 밥은 잘 먹었을까,

아프지는 않았을까.'하는 마음으로 안타깝게 바스락 소리가 나는 걸음을 따라가 보았다.

1999년 11월의 어느 날, 조혈모세포 병동에 잔칫날이라고 했다. 생각해 보니 무균실에서 나온 날인가 보다. '병원 음식이 맛이 없단다. 그의 아침을 준비했다. 싱겁고 달지 않은 단백한 음식이었다. 잘게 다져진 살코기로 미역국을 끓였다. 치료를 위해 상한 치아를 뽑았기 때문이다. 밥을 먹을 수 없어 흰죽을 보온병에 담고 국도 담았다. 가방이 무거웠지만 느낌이 없다. 어서 병원에 가 조금이라도 먹을 수 있게 해주고 싶은 마음뿐. 몸은 병원으로 달려가고 생각은 언제나 '일어나게 하소서.' 중얼거리는 말이 습관처럼 입 밖으로 흘러나왔다. 아침에 입원실로 나왔단다. 날 보고 웃고 있었다. 무균실에서는 집의 그릇을 모두 소독했었는데 그냥 먹어도 좋다고 담당의사가 말했다. 간이 안 된 흰죽을 열심히 먹는다. 맛이 있어 먹는 것인지, 살려고 억지로 퍼 넣는 것인지 모르겠다. 내 눈에는 날 쳐다보며 숟가락질을 하는 것으로 보아 후자 편이다. 그냥 감사했다.'

'담당의사와 간호사, 그리고 수녀님도 함께 작은 케익을 상 위에 놓고 축하자리를 마련했다. 조혈모세포 이식을 준비하고 시술까지 한 달이 넘은 기간을 잘 견디어 고맙다고 의사도 손을 잡고 격려했다. 이제 제자리를 잡았다면서 앞으로 잘 관리하여 재발하지 않도록 조심하라고 했다. 그의 눈에는 눈물이 고였다. 참고 이겨낸 그의 손은 따뜻했고 살았다는 감정이 온몸을 흘렀다. 그냥 감사했다. 흐르는 눈물 속으로 지난날들이 하나둘 스쳐 갔다. 서러웠고 어찌 할 수 없었던 참담한 순간들이었다. 이제 한숨을 돌리면서 가라앉는 마음자리 위로 내일의 근심이 조심스럽게 내려왔다. 어차피 삶은 유한인데, 갈 사람들이다. 그 삶의 한 부분을 붙잡고 더 살고 싶다고 안달하는 마음 자락이 구차한 느낌도 든다. 사람이기에 오늘만 같으면 좋지만 내일을 걱정한다. 무작정 좋을 수만 없는 마음, 환자이기에 그것도 재발이란 위험성을 안고 사는 불행한 삶이다. 수녀님이 내 손을 잡으며 말했다. "자매님 애쓰셨습니다. 이젠 한숨 돌렸습니다. 열심히 기도합시다." 아무도 없는 곳에서 통곡하고 싶었다. 고맙고 다시 살아나서 반가웠다고. 아마 너도 기쁠 것이다. 그 모습을 보고 돌아와 내일은 무엇을 해다줄까 생각한다. 빈집이다 생각하면 허전하지만 너를 펴면 친구가 기다리고 있는 것처럼 마음이 가라앉는다.'

많은 날들을 단 몇 시간 안에 훑어 볼 수 없음이 조금은 안타까웠다. 한 권 두권 경중거리며 몇 줄씩 읽어가노라니 누구의 인생인지 너무 불쌍하다는 생각이 들었다. 어떻게 살았을까. 지겨울 것 같은데 그런 말은 고사하고, 살아 있어 감사하다는 말들로 채워진 노트, 그만 바라보고 산 그녀의 인생이 가엽기도 했다. 오죽했으면 벽을 지고 있어도 살아만 달라고 한 구절은 가슴을 저몄다. 지금 생각하면 무척 힘든 삶이었을 텐데, 오로지 그것 하나만이 그녀를 지탱하는 버팀이었던 것 같다. 몸이 아픈 것, 그로 인해 잘 다니던 직장도 명퇴를 하고 먼산바라기가 되어 바라보는 것이 너무 안쓰러웠을까. 부부는 함께 살면서 닮아간다는 말처럼 한길에서 하나가 되어 가는지도 모른다. 함께라는 말이 행복했던 순간보다는 어려웠던 시절에 멍에를 메는 든든한 어깨가 되었다.

너와의 대화는 내 키를 늘렸고 그 사람도 몇 년이지만 건강하게 살았다. 어찌 고맙지 않을까. 버리려고 챙겼던 물건들을 다시 박스에 담는다. 새집으로 이사하는 날 책꽂이 하나 비워놓고 감사한 마음으로 아내의 일기장을 올려놓을 것이다. 내 삶의 모습으로 생이 끝나는 날까지 바라볼 너. 그것은 지나간 날을 되돌리는 필름이었다.

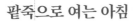

팥죽으로 여는 아침

　겨울이 오고 있다. 며칠 전 첫눈이 내리고 난 후로는 점점 을씨년스러운 날씨가 이어진다. 오늘도 추적거리며 겨울을 재촉하는 비가 내린다. 이럴 때는 반찬이 없어도 먹기 좋은 따끈한 것이 좋다. 체감 온도를 높여 주는 음식. 아침 빵으로 대용하기엔 가슴이 너무 차갑다. 집을 나서면서 맞는 찬 공기 속으로 가족의 향기와 훈훈함이 배어있는 음식으로 팥죽을 생각했다. 어제 며느리가 팥을 사왔다. 불려서 밥에 넣어도 구수한 향기가 흰밥보다 맛있다. 더구나 입 안에서 감도는 향기도 좋고 팍삭한 씹힘도 좋다. 팥을 한 공기 씻어 압력솥에 삶는다. 쌀 두 공기를 물에 불려 놓고는 팥이 읽는 동안 국화차 한 잔을 마시며 아침을 연다.

　핸드폰을 여니 어제 올라온 수원뉴스 기사가 눈에 들어온다. 부지런한 기자들 덕분에 좋은 글도 읽고 수원시내 곳곳에서 일어나는 일들과 만나는 아침시간은 행복하다. 칼럼난에 실린 윤수천 작가의 「나 홀로 세상 과연 행복한가」라는 제목 앞에서 행복이란 단어를 음미한다. 요즘 나만 알고 남을 모르는 세태를 꼬집는 글이다. 밖에서도 안에서도 모두 그 스마트폰에 밀려난 가족이다. 모처럼 저녁시간을 함께하고는 밥만 먹으면 책상 앞으로 달려가는 아들은 게임 삼매경에 빠졌다. 이러한 모습을 풍자한 글은 가슴을 먹먹하게 한다. 압력솥에서는 팥이 익고 있다고 신호음을 낸다. 팥이 익으면 퍼질 시간이 필요하다.

세대가 변한 것도 있지만 과학의 발전은 가족을 해체하는 또 하나의 무기인 듯하다. 가정이란 울타리에서도 너는 너대로 나는 나대로의 한 집안에서 일어나는 일들, 함께 앉아 이야기를 나눌 시간은 저녁시간 뿐이다. 그 시간도 밥을 먹는 극히 짧은 시간이다. 아이들은 놀아 달라 하고 어른은 쉬어야 한다며 스마트폰에 매달려 있다. 손녀가 제 아빠의 팔을 당기자 마지못해 일어나는 아들의 모습을 보고 모두 웃었던 어제 저녁이다. 함께할 수 있기에 가족이며 스마트폰도 놓는 시간이다.

팥이 뜸이 들었을 것 같아서 서둘러 김을 뺀다. 김 빠지는 소리가 이토록 힘차게 날 줄이야. 그냥 무심코 기다릴 때는 신경쓰지 않았기에 몰랐다. 자동차 바퀴가 펑크 나 한꺼번에 터져 나오는 소리, 조용한 아침공기가 김 빠지는 소리에 방문이 열리고 있다. 무슨 일인가 싶어 손자가 기웃거리며 잠 덜 깬 얼굴로 나를 바라본다.

새벽잠을 깨운 것이 조금은 미안했지만, 한꺼번에 터져 나온 김 빠지는 소리는 아침을 여는 소리였다. 태양이 아침을 위해 하늘을 가를 때 그 휘황한 빛처럼, 소리는 요란한 굉음으로 의미를 담고 퍼져나갔다. 자신을 드러내는 일은 각자의 몫이다. 무생물이라도 열을 가했을 때 이처럼 하나의 의미를 안고 주위를 환기시킨다. 하물며 생각을 하는 사람으로서 매일 같은 하루, 같은 아침을 맞을 수는 없다. 어제와 다른 오늘, 그리고 내일을 만나고 싶은 것. 창조하고 싶은 인간의 숨어있는 귀한 발상이 아닐까. 요란한 소리와 함께 딱딱한 팥알은 푹 물러

제 몸을 불리고 솥 안에 있으리라. 우리 가족의 행복한 밥상을 위해서.

삶아진 팥을 믹서에 갈았다. 조금 시끄럽긴 해도 모두 일어날 시간이니 상관 없을 것 같아 드르륵 기계를 돌린다. 아침을 팥죽 한 그릇으로 준비하는 시간은 말처럼 쉽지 않다. 평상시보다 일찍 일어나야 하고, 가족들을 배려하는 마음 쓰임도 필요하다. 가족들 모두 팥죽을 좋아한다는 한 가지 이유가 오늘 아침 나를 바쁘게 한다. 게다가 반찬이 필요치 않아 상차림에 손을 덜 수 있다. 조금 수선을 떠는 아침이긴 해도 군말 없이 수저를 들게 하는 일은 행복하다. 팥죽으로 가족 모두가 아침을 먹고 나갈 수 있음이 기분 좋다. 팥죽 그릇 앞에서 며느리가 말한다. "바쁘셨을 텐데 이렇게 준비를 다하셨네요. 맛있게 먹겠습니다." 둘러앉은 모습이 보기 좋다. 아이들에게는 떠먹여 준다. 눈뜨면서 먹는 음식이다. 부드러우니 잘 받아먹는다. 우리 집 아침은 정신없이 시간이 흐른다. 뜨겁다고 후후 소리가 들리는 아침 속으로 훈훈한 공기가 맴돈다.

하나둘 현관을 나가는 소리, 할머니, 응가 할래, 치카 해라, 세수 해라, 머리 빗자 등등…. 내 가족을 위해 아침 준비를 하면서 생색을 내는 일은 아니다. 그저 나의 수고로 아침이 든든하길 비는 어미의 마음일 뿐이다. 감사한 마음으로 시작하는 나의 아침이다. 팥죽을 먹고 나가는 아이들의 하루가 행복했으면 한다. 이런 생각을 하니 일찍 일어난 것에 대한 보상을 받는다. 기분 좋은 하루의 시작을 여는 일은 나 하기에 달렸다는 윤수천 선생의 말씀 일리가 있다. 윤수천 작가는 기계문명의 발달은 인간의 소외감으로 단절의 벽을 초래하고 있다고 한다. 그러면서 노년에 요양원 봉사로 행복을 찾는 분의 말씀으로 따뜻하게 엮어 갔다. 가슴에 와 닿는 글이었다.

일요일 아침 미사 시간 신부님의 강론이 귀에 솔깃하게 들어온다. 며느리와 화해를 위해 시어머니인 자신이 먼저 실행한 선행이다. 출근하는 며느리의 구두를 매일 아침 반짝이게 닦아놓았다. 며칠 후 며느리가 스카프를 선물했다. 그냥 준 것이 아니라 목에 둘러 주면서 "고맙습니다. 앞으로 잘 할게요." 하고는 안아주더라는 것. 이래서 20년을 풀지 못한 숙제를 풀었다고 한다. 머리에서 가슴까지 걸린 시간이 20년, 참으로 긴 시간의 말 없는 싸움이다. 겉으로는 아무 문제가 없었어도 마음의 소통이 막혔던 사람들. 굳은 벽을 허무는 것은 빈자리를 내어놓는 일이다. 언제라도 들어올 수 있도록 문을 열어놓고 기다리는 것. 어느한 사람의 노력으로 이루어지는 일은 아니다. 따뜻하게 흐르는 핏줄의 흐름이 소통을 부른다.

내 사랑 연서에게

연서야! 요즘은 네 입을 쳐다보며 산다. 어떤 색의 구슬들, 아니 보석들이 쏟아져 나올까 사뭇 궁금하단다. 네가 어린이 집에서 왔다는 벨소리는 나를 기쁘게도 하고 놀라게도 하지. 선생님 손을 놓고 안기듯이 내 품으로 달려오는 네 손길도, 쌩긋 미소만 봐도 예뻐서 품에 안고 현관을 들어선단다. 발장구를 치면서 신발을 벗는 네 짓도 너무 귀엽다. 한 짝은 현관문을 향하여 나가려 해도 우린 같이 쳐다보며 크게 웃는다. 내 사랑 연서야! 나는 말이야 네가 커도 내 기억 속에는 이런 행동들이 재롱둥이로 남을 것이다.

내가 세 살짜리 너에게 사랑의 편지를 쓰면서 실은 고백할 일이 있단다. 네가 아주 갓난아기였을 때다. 넌 건강했고 부지런한 아기였어. 눈만 뜨면 움직이고 잠시도 가만히 있지 않았지. 네 앞니가 새로 나왔을 때였다. 저녁 때 곤히 자는 걸 봤는데, 어느 틈엔가 네 울음소리에 방으로 가보니 넌 침대 아래로 굴러 떨어지고 만거야. 얼마나 놀랬는지 모른다. 네 입에는 선혈이 흘렀고 난 기절할 뻔했다. 놀래서 우는 줄만 알았다. 그리고는 입술이 터진 줄 알았는데, 며칠 전 나왔던 토끼 같은 앞니 두 개가 모두 빠져서 방바닥에서 뒹굴고 있었다. 난 어찌

할 바를 모르고 아비한테 전화를 하는데 손이 떨려서 단축번호도 누를 수가 없을 정도였다. 아무것도 보이지 않았다. 놀란 네 얼굴만이 더 크게 보이곤 했다. 눈물로 범벅이 된 네 얼굴을 닦이면서 떨리는 것은 손만이 아니고 가슴도 무섭게 뛰었단다.

아비와 어미가 현관을 들어서는데 널 안고 난 같이 울었고 울음소리로 말을 더듬고 있었다. 그 밤은 지옥으로 가는 밤이었다. 어떻게 그 순간을 넘겼는지 너무나 힘들고 죄스러운 시간이었던 것 같다. 물론 유치는 새로 날 것이기에 괜찮다고 했지만, 죄인처럼 떠는 내게 위로하는 애비 어미가 있었기에 지금도 웃으며 사는지 모른다.

연서야, 그 후 난 네 입만 보면 너무 미안했다. 앞니가 없어서 우물거리는 것 같아서 미안했고, 말이 새어나가면 어떻게 하나 걱정이 되어서 더욱 미안했다. 웃으면 예쁘던 토끼가 같던 이가 빠진 것도 속상했다. 물론 지금도 넌 앞니가 아직 나지 않았다. 그렇다고 네가 말을 못하는 것은 아니니 괜찮다만, 그런 네가 뱉어내는 그 말들이 얼마나 예쁘고 귀여운지 난 정말로 행복하단다. 아마도 앞니가 미리 빠졌다고 생각하면 된다던 네 엄마의 말대로, 앞으로 네 이가 건강하게 새로 예쁘게 나오길 난 항상 기도할 거다. 연서야 잘 자라주고 예쁜 재롱과 예쁜 말소리에 너무 고맙구나. 앞니가 빠져서 더욱 귀여운 연서. "할머니, 나랑 공놀이하러 갈까?" 하며 손을 잡아끄는 내 사랑 연서야! '고마워.'하고 난 속으로 말한다.

사는 동안 어떤 일이 일어날 지 아는 사람은 없단다. 다만 그 순간을 어떻게 슬기롭게 대처해야 하는가가 중요한 것이지. 앞니가 빠져서 웃는 네 얼굴에 이상이 온 것은 아니지만 볼 때마다 나는 그날의 네 아픔을 느끼기 때문이다. 아

무렇지도 않게 뛰고 재롱을 떠는 널 보면 나도 기쁘다. 시간이 흐르면 모두 묻
히게 마련임을 자라는 널 보며 느낀다. 건강하고 예쁘게 자라거라. 그리고 앞니
가 튼튼하게 나오길 바란다. 우리 재롱둥이 세상에 나와서 고맙다.

편지

전화라는 매체가 지금처럼 발달하지 못했던 시절에는 편지가 소식을 전하는 도구였다. 그것은 서로의 안부를 묻고 그간의 사정을 기록한 문서로서의 대화 역할이었다. 발달이라는 문화를 등에 업고 등장한 전화는 번거롭고 거추장스러운 편지를 점점 멀리하게 만들었다. 물론 시대는 변하는 것이다. 하지만 우리 곁에 함께 했던 편지라는 것, 정감 넘치는 우리 문화임에 부인할 수 없다.

편지는 통신수단으로 소중하게 사람의 마음을 사로잡은 시대에 산 덕분인지 정겹게 느껴지는 단어다. 지금은 좀처럼 받을 수도 보내기도 어렵게 생각되는 편지. 가끔 지난 이야기를 엮은 드라마를 보면 동생을 시켜 배달하던 손편지는 속마음을 전하는 소중한 문화이었다. 그런 시절을 뒤로한 지금도 난 편지의 아쉬움에 빠지곤 한다. 부칠 수 없는 편지를 쓰고, 홀로 읽다가 딴 세상 사람처럼 푹 빠져 살았던 날도 있었다. 남편의 병상을 지키며 어머니 그리워 써보는 편지는 눈물만 흘리다 적셔버린 적도 있다. 좋았던 추억 속의 편지도 있지만 슬퍼서 홀로 낙서처럼 써버린 시간의 흔적도 있다.

사춘기 때엔 펜팔이란 것이 유행했다. 잡지 뒷장이나 혹은 군인들에게 위문편지를 쓰면서 자연스럽게 시작하던 편지쓰기는 무료한 시간을 달래주는 벗이었다. 답장이 오나 목을 빼고 기다리던 날들, 안타깝게 가슴 조이던 시간들이 들어있는 나만의 소중한 추억이다. 차곡차곡 쌓여지던 지난날의 편지는 아날로그 시대의 흔적이다. 몇 번을 읽어보고 쓰고 또 쓰면서 다듬던 그 시절이 있었기에 지금도 편지하면 남다른 애착이 느껴진다. 계절 따라 변하던 인사말도 재미있었다. '새싹이 머리를 내미는 요즘' 혹은 '작열한 태양이 집어 삼킬 듯한 더위', '예쁜 단풍잎이 곱게 물드는 시절', '동장군이 찾아오는', '함박눈이 펄펄' 하며 시작되는 첫머리의 글을 읽어 내려가던 지난날들의 편지가 따라온다. 책갈피에 곱게 끼워 두었던 단풍잎 몇 이파리 끼워주던 살뜰했던 정서가 묻어나던 편지도 있었다.

어느 날 우편함에서 발견한 한 통의 편지봉투를 꺼내드니 지난날이 자연스럽게 끌려나와 가슴에 안겼다. 너무 반가웠다. 자필로 쓴 편지봉투에는 보내는 사람과 주소가 곱다. 언제나 판에 박힌 듯이 써진 활자만 보다가 손수 써진 펜 문자는 새로웠다. 사뭇 궁금한 마음으로 가슴이 설렌다. 전화 한 통화면 전할 수 있으련만 무슨 사연일까. 조심스럽게 겉봉을 뜯는다. 급한 마음에 북 찢고 싶지만, 편지를 보낸 사람의 성의가 담겨있는 소중한 것이어서 차마 예의 없이 할 수가 없다. 가위로 속지가 잘려나가지 않도록 조심스럽게 잘라냈다. 보낸 분의 마음처럼 한번을 접고 봉투에 맞추어 꼭 맞게 접어서 반듯하다. 언제나 대하는 하얀 종이인데, 내용도 보기 전에 울컥 그리움이 올라온다. 봇물 터지듯이 눈앞이 흐려지면서 나는 편지를 두 손으로 감싸 안았다.

'계수씨 보세요' 칭호가 주는 정겨움에 울먹해졌다. 더군다나 그 사람도 옆에 없는 내게 그 말은 향수가 느껴지는 단어다. 그 말 속으로 옛날이 조금씩 모습을 드러내고 있었다. 편지는 겉봉에서부터 설레게 했다. 멀리 여행지에서 보내온 남편의 마음처럼 반갑고 기뻤기 때문이다. 편지지 안에는 글자마다 반가움과 정성스러움으로 엮어진 사연들이 날 반겼다. 편지를 쓴다는 자체도 어렵지만 부치려면 우체국으로 가야 하는 번거로움도 있다. 금방 전화처럼 상대를 불러 이야기할 수 없는 것이 편지이다. 오랜 시간을 생각해야 하고 다듬어야하고 상대가 어떻게 생각할까 고려해야 하는 어려운 편지쓰기. 많은 생각을 했을 편지지 위에서 점차 잊혀져가는 정겨운 풍경을 가슴으로 만날 수 있어 좋다.

편지는 사연을 담고 있다. 눈을 뜨면 그 앞과 주위만 보일 뿐이지만, 눈을 감으면 많은 세상을 볼 수 있다. 그렇듯이 보이지 않는 곳이 단어마다 나를 불러 세워 생각지 못한 날들을 끌어왔다. 편지 안에는 글을 보낸 아주버님의 얼굴도, 마음도 정성도 보인다. 더불어 내 생각을 하면서 한 자 한 자 박아 쓰시는 그 모습이 어른거린다. 보이지 않는 마음을 다 읽을 수는 없어도, 글자마다 박힌 뜻을 읽어가노라니 젊었던 날들이 하나둘 다가와 머무는 착각이 든다. 자상하던 얼굴, 애틋한 마음씀이 시댁의 대문 앞 햇살 좋던 쪽마루에 머물러 있는 것처럼 봄기운이 감돈다.

아주버님은 자주 전화로 안부도 묻고 건강하게 잘 지내라는 당부도 잊지 않는, 내게는 유일한 시댁 어른이시다. 책을 내고 뒤늦게 책을 보냈었다. 고맙다는 말씀과 아울러 멋지게 산다고 칭찬까지 곁들인 정성스러운 편지다. 한 통의 편지는 상대의 마음을 사로잡는 문서로서의 장점이다. 두고두고 다시 꺼낼, 사람 냄새가 스민 글이다. 간 사람이 그리울 때는 그가 보낸 편지를 읽는다. 많은 세월을 안고 있는 서체에서 그의 그림자가 서성이고 웃음소리, 말소리가 귀전을 맴돈다. 나도 모르게 슬며시 입가에 머무는 희미한 웃음과 만날 때도 있다. 전화는 흘러가는 물처럼 지나가면 자취도 없고 긴가민가한 소리만이 귓전을 맴돈다. 새삼스럽게 몇 통의 편지를 다시 읽어보다가 이 편지를 안고 그날들이 생각났다. 가끔은 그리운 사람들을 생각하며 쓰고 싶을 때도 있다.

손

　　가슴 뭉클한 사연을 병원 대기실에서 읽었다. 살아 있는 동안 누구나 한 번쯤 겪으며 살아가는 이야기를 엮은 산문시이다. 나고 자라고 공부하고, 결혼하고 나이 먹고 자식 키우며 살아온 여인의 아픈 마음을 들여다본다. 열 손가락으로 해낸 숱한 일 속에서 느끼는 섬세한 감성의 표현이 읽는 마음 안으로 거울처럼 보인다. 시인이 뒤늦게 사랑했던 손. 깨어나라고 시인은 내 마음을 향해 흔든다. 비록 그 시를 한 줄도 외우진 못했지만, 이미지만이 가슴에 남아 핏줄을 타고 있다.

　　며칠 전부터 목이 내 마음대로 돌아가지 않았다. 목 치료를 받으려고 정형외과에서 물리치료 차례를 기다리다 잠시 훑어 본 신문에서 읽은 시다. 내 번호를 부르는 바람에 신문을 두고 들어와 보니 아쉬웠다. 제목이나 시인의 이름만 알아도 한 번 찾아보겠는데, 남은 것이라곤 달랑 잠깐 눈으로 느낀 감상만이 가슴을 차지하고 있었다. 안타까웠다. 여인으로 살아온 삶의 전부가 거친 손등 위에 고스란히 지도를 그린다고 했다. 치료를 받느라 누워서 손을 들여다본다. 과연 내 손도 시인이 말한 만큼 아낄만한 가치를 지니고 있는가. 느끼지 못하는 순간에 세월을 지고 온 손이다. 누구의 손이든 시간이 들어있고 노력이 담겨있다. 그 사람의 인생이 들어 있는 손. 희망을 안고 살았던 그림자들이 휘익휘익 스쳐 간다. 몇 고개를 넘어왔는지 모르게 돋아 오른 손등으로 확연하게 혈맥이 지나온 시간의 지도를 그렸다. 순간 내 손 위로 엄마의 손이 스쳐 갔다. 엄마의 쭈글쭈글한 손등을 만져보면서 왜 이렇게 되었느냐며 안타까워했던 젊은 날의 내 손은 어디로 갔을까. 지금은 엄마의 그 손이 내 손등이다. 엄마 손등에서, 지문도 없이 닳아버린 손바닥에서 엄마의 힘듦을 생각했다. 오로지 자식만 생각하며 사신 엄마의 손이었다.

'대성당'이란 타이틀이 붙은 오귀스트 로댕의 작품은 김찬호의 『모멸감』을 읽다가 본 손이다. 이상한 손의 모습은 언뜻 한 사람의 손처럼 보이지만, 실제로는 두 사람의 손이다. 성별이 불분명한 오른손이 서로 마주하고 있다. 보는 이에 따라 사랑하는 연인들의 손일 수도 있고, 예수와 성직자의 손일 수도 있다. 아버지와 아들이거나 어머니와 아들일 수도, 로댕 자신의 손일 수도 있다. 이토록 〈대성당〉의 두 손은 보는 사람에 따라 손의 주인공이 얼마든지 바뀔 수 있는 익명의 손이다. 그 손은 혼자서는 할 수 없는 일을 둘이서 맞잡으면 이룰 수 있음을 보여준다. 사랑으로 이루어내는 일이기에 대성당이란 제목이 아닐까 생각해 봤다.

인간의 손은 모든 창조물을 만드는 도구이다. 〈대성당〉은 제목도 독특하지만, 신체 일부를 독립적인 예술작품으로 표현한 작품이라는 점에서도 의미가 있다고 전한다. '대성당'을 통하여 손의 위력을 새삼 바라보게 하고 신이 인간에게 주신 특별한 은총임을 깨닫게 한다.

제일 먼저 늙는 것이 손이다. 왜 그럴까 생각하니 노동을 하기 때문이다. 입은 말만 하고 눈은 보기만, 귀는 듣기만 한다. 머리는 시키기만 하지만 발은 목적지를 향하여 걷는다. 이래서 '손발이 다 닳도록 고생하시네.' 하는 가사가 생겨난 것 같다. 언제나 손발은 걷어붙이고 앞장선다. 솔선수범의 장본인이 손과 발이다. 이처럼 손의 노력은 가상하다. 어찌 먼저 늙지 않을 수 있을까. 화가 나도 머리보다 먼저 올라간다. 그로 인해 폭행이란 단어를 수반하지만, 그보다는 아름다운 모습으로써 더 많은 것을 보여준다. 사랑하고 아끼고 솔선하는 것은 손만 한 것이 없다. 고통스러움도 걱정도 싸안고 삭이기 위해 몸소 애달아야 하는 손. 누가 알아주기를 바라지 않는 손은 엄마이다.

죽으면 썩을 몸인데 무엇을 아끼랴며 나를 나무란 큰언니는 정말 일만 하다 세상을 떠났다. 지난 봄 검버섯이 피고 쭈글거린 손등에서 엄마한테서 보았던 삶의 이정표를 읽었다. 하나도 가져갈 것이 없었는데 그냥 언니는 일만 했다. 사는 게 다 그런 거라며 손을 잽싸게 놀리던 언니. 남는 것은 살았던 모습을 회억할 수 있는 사진 한 장뿐이다. 입을 바라보면 내 이름을 부를 것 같고, 눈 속에선 반가운 웃음이 터질 것 같다. 무릎에 올려진 두 손은 덥석 안을 것처럼 크고, 주방으로 달려가 한가득 밥상을 챙겨 들고 나올 두 손이 소담스럽다. 언니는 내게 커다란 추억만을 선물처럼 안겨주었다. 봄이면 쑥부쟁이 만들어 주고 봄나물 해놨다고 전화하는 언니. 막내라고 그리도 잘 챙기던 언니가 두 손 꼭 묶어 작은 집 한 채 지고 갔다.

사순시기 재의 수요일에 재를 머리에 받으며 듣는 신부님의 말씀. '흙에서 왔으니 흙으로 갈 것을 생각하시오.' 태어날 때 갈 것을 생각하는 것이 인생이란다. 모르기 때문에 욕심도 내고 잘살려고 아등바등 열심히 일한다. 지문이 뭉개지도록 일을 하고 자식 일이라면 더 못해줘서 미안해하는 부모, 자식은 부모가 되어

봐야 그 마음을 조금은 이해한다고. 힘줄만 두드러지고 갈퀴처럼 구부러진 그 손가락은 시간과 노동을 담고 있다. 아침이면 마디마다 수북하게 부어올라 잘 굽어지지 않아도 자식 위해서라면 주방으로 달려가 밥상을 차리는 엄마라는 이름, 그 손이 있기에 자식은 그 위에서 아픔도 사랑도 읽는다.

공석남 수필집 | 엄마 오늘 뭐 했어?

그리움의 뜰

　어느 날 얼었던 땅을 뚫고 올라오는 새싹처럼 사람의 기억도 더러는 오랜 시간이 지난 후 새록새록 올라온다. 혹여 그때가 지금처럼 한 삶의 한숨을 돌리는 때인 것 같다. 목표를 보고 정신없이 달려갈 때는 아무것도 생각할 여지가 없었다. 산을 오를 때는 앞만 보고 갔다가 내리막길에 돌아보던 산행처럼, 지금에야 지나온 길도 되돌아보고 여유를 갖는다. 잠자던 기억들은 어느 그릇에 담겼다가 목마르고 배가 고플 때처럼 내 속을 채워주는 그리움인지도 모른다.

　여름비가 주룩주룩 세차게 퍼붓는다. 그 빗줄기 사이로 친정집 골마루가 보인다. 대문을 들어서시는 아버지의 등이 부엉새처럼 굽어 있다. 도롱이 자락에서는 빗물이 뚝뚝 떨어진다. 한평생을 땅밖에 모르셨던 아버지의 검은 얼굴, 골로 파진 이마 주름 사이로 우직하게 살았던 시간들이 박혀있다. 되돌릴 수 없는 시간 너머의 일이지만, 지금은 애틋한 마음마저 전할 길 없는 먼 곳에 계신 아버지. 보고 싶다는 바보 같은 소망 한 자락이 가슴을 채우는 시간이면, 풀을 뜯던 소 한 마리와 아버지의 풀지게가 작대기에 뻗히어 서 있다. 산더미 같은 풀지게 위에는 우직한 아버지의 소망이 가득 실려 있었다.

117

비가 내리는 날은 물 만난 물고기처럼 어레미 하나 빈 깡통을 들고 논에 물꼬를 찾아 다녔다. 벼 포기는 불어서 제법 굵어있었다. 논둑에 자라난 풀이 종아리를 쓰라리게 스쳐도 도랑물에 튀어 오르는 은빛 붕어들의 모습에 신이 났었다. 어쩌다 재수가 좋으면 메기도 올라와서 어레미 안에서 몸부림을 쳤다. 나는 신이 나서 와! 하며 놀라 소리쳤다. 메기도 놀랐는지 긴 수염을 위로 치켜 세우며 튀어 올라 빠트릴 뻔도 했다. 그렇게 잡았던 물고기는 '저 계집애는 물귀신이 씌었나봐.' 하며 좋아하지 않던 큰언니의 눈빛에 묻히곤 했다. 지금도 비오는 날에는 그때처럼 휘젓고 다니던 논틀이 보인다. 그리곤 깊숙이 내려앉은 땅 밑 세상이 울컥 올라오곤 한다. 지금의 나를 살린 것은 절반이 추억이라 말한 어떤 사람처럼, 가라앉은 앙금으로 머물던 이야기들이 빗물에 얼굴을 내민다.

친정집 쪽마루는 북쪽으로 쪽문이 달려있었다. 위로 매달면 더운 날도 앞뒤로 불어주는 바람으로 시원했다. 쪽문으로 들어오는 뒤란의 풍경은 무성한 감나무 잎들의 요람이었다. 잔바람에 저희끼리 부대끼던 소리는 속삭이듯이 들렸다. 여름비가 내리는 날은 감나무 잎이 춤을 추었다. 소리 없이 부슬거리는 빗소리는 서로를 감싸며 재잘거렸고, 한차례 소나기라도 지나가면 드럼을 두드리는 소리처럼 가슴이 후련했다. 가을이 오면 한 잎씩 떨어내던 제 몸 부서지는 소리를 들으며 영글었던 감이다. 한 잎도 남김없이 사그랑이 떨어뜨리고 마른 몸에 빨간 홍시만 하늘에 대롱대롱 달려있는 듯했었다. 그 감나무는 우리 집 유일한 과일나무였다. 가을이 가고 초겨울이 오면 감을 따서 엄마는 오지항아리 속에 짚을 한 켜씩 깔고 연시를 만들었다. 우리들의 겨울 간식이었다. 요즘도 홍시만 보면 친정집 안방이 생각난다. 질화로 가운데 놓고 언 손을 녹였던 그날들이 홍시와 함께 다가왔다. 눈에 선한 그리움 한 덩이 목젖을 넘어간다.

엄마 손을 잡고 외갓집 가던 날의 그림처럼, 하얀 종이 위에 삶의 잔가지들이 하나씩 묵은 가지가 되어 퇴색되어 갔다. 멀게 느껴지는 과거는 한없이 긴 길이 되어 이어지고, 앞으로 나아갈 길은 연막 속으로 숨어든다. 나는 추억을 먹고 사는 것처럼 '나 어려서는…' 하면서 곧잘 이야기한다. 살아온 깊이만큼 파놓은 구덩이는 많은 사연들로 웅성거리는 과거라는 그릇이다. 살 날에 희망과 기대를 갖고 내일은 하면서 욕심도 내 본다. 허나 과거는 한 사람이 살아온 소중한 그릇이다. 퍼내도 다시 고여 드는 샘물처럼 오늘의 일들이 그 안으로 끌려들어 가고 있다.

오늘처럼 비가 내리는 날, 창문을 통해 빗발의 성김 속으로 영락없이 그날을 담은 그리움들이 몰려든다. 기쁨이 있고 아련하게 비치는 그림들이 가슴에 안긴다. 따끈한 차 한잔 앞으로 언니의 카랑한 소리가 유리창을 때린다. 언니 뒤를 잘 따라 다녔다. 혼자 가고 싶었을 언니인데 나 때문에 속상하다며 늘 하던 말이다. 따라오지 말라고 뒤돌아보며 손짓하던 그 몸짓들이 어제같이 동공에 머무는 시간이다. 입안을 감도는 한 모금의 차 맛보다 더 진한 액체가 되어 혈관을 흐느적거리며 흘러간다.

가족

　　빈말이 없던 무뚝뚝한 아들들이었는데도 결혼을 하고 제 둥지 찾아 가버리고 나니 어딘지 허전했다. 이름만 부르면 닫힌 방문을 열고 아들이 금방 나올 것처럼 보고 싶다. 현관을 열면 있지도 않은 아들의 이름을 무심결에 부른다. 밥을 하면서도 아들의 밥까지 하고는 하루 종일 식은 밥을 먹는다. 그러면서 쓸쓸히 입가에 번지는 의미 잃은 웃음은 이렇게 보내는 것이 시원한 것만은 아님을 바보처럼 깨닫는다. 언젠가는 자신의 둥지로 날아갈 것을 알면서도 함께 살았던 가족의 자리가 허전함을 느낀다.

　　결혼하고 친정에 갔더니 엄마가 내가 입던 옷이랑 신 등을 모두 장롱 속에 넣어 버렸다. 보기 싫어서 그랬단다. 자식의 물건을 모두 치운다고 마음속에 남아 있는 앙금마저도 먼지 털듯이 털어버릴 수 있었을까. 아렸던 엄마의 마음, 간잎이 떨어져버린 허전함, 기댈 곳 없던 엄마가 잎 떨어진 가지라도 붙잡으려 했을 텐데, 새처럼 날아가 버린 자식을 향해 멍하니 흐린 눈망울로 먼산바라기가 되어 가는 것을 이제야 이해한다. 엄마가 되어야 부모 마음을 안다고 어른들이 하신 말씀은 자식을 낳고도 깨닫지 못했다. 이제 엄마 나이가 되어 엄마처럼 자식들을 보내고 나니 그때의 엄마 가슴이 이렇지 않았을까. 가족이란 울타리에서 엄마와 함께했던 시간들이 죄스럽게도 꿈틀거리며 다가와 빈 가슴을 두드린다.

나는 아들이 떠난 자리를 메우려고 아이를 돌봐준다고 했다. 작고 어린 생명이 꼬물거리며 팔다리를 움직이는 모습은 하루 종일 바라보고 있어도 행복하다. 품에 안으니 가슴에 폭 안겨옴에 감사하다. 그렇게 사랑으로 키운 아이가 두 돌은 안 되었지만 늦게 튼 입이 '엄마' '아빠'를 부르더니, 며칠 전 '암무니'하고 부른다. 몇 날을 연습하여 제 소리를 찾은 아이는 자신이 대견해서 좋아한다. 아이의 병아리 같은 입에서 꼬물거리며 암무니라는 단어가 만들어지고 있음을 본다. 엷은 혓바닥을 타고 음악소리처럼 흐른다. 맑은 눈동자가 고와서 덥석 가슴에 안는다. 주책없이 눈물이 나온다. 애 본 공은 없다고 했지만 아이는 내게 가족의 일원으로 기쁨과 평화를 준다.

만약에 아이를 돌보지 않았다면 지금의 행복을 맛 볼 수 없지 싶다. 퇴근해 오면 매달리는 손자를 안고 반가워서 어쩔 줄 몰라 하는 며느리를 볼 때, 나도 내 새끼 저렇게 키웠는데. 손자를 봄으로써 맞을 수 있는 행복은 조석으로 아들 며느리를 볼 수 있음이다. 봐주지 않았다면 일주일에 한 번, 아니 한 달에 한 번 문안차 들릴 뿐일 게다. 마트에서 쇼핑을 같이 할 때, 필요한 것 없냐며 슬며시 팔을 끼워주는 며느리의 몸짓이 사랑스럽다. 저녁을 같이 먹을 수 있다는 것 역시 빼놓을 수 없는 행복한 순간이다. 더 먹으라며 챙기는 내 손길이 바빠질 때, 내가 선택한 일에 후회하지 않는다. 자식으로 인연의 끈을 만들어 주고 가족이라는 이름으로 삼대가 즐기는 삶이 고맙다.

가족을 생각하면 가슴 밑바닥에 아직도 남아있는 갚지 못한 고마운 사람들이 있다. 남편이 골수이식 수술을 하고 무균실에서 수혈자授血者를 찾고 있을 때다.

아들이 군대에 있을 때, 원사 한 분이 200여 장이 넘는 헌혈증과 골수기증자 2명, 헌혈자 5명을 대동하고 병원을 들어섰다. 이들을 맞는 순간 아무 말도 할 수 없었다. 그저 감사의 눈물만이 그 순간을 대변할 뿐이었다. 일등병 주제에 특박도 어려운 판에 많은 인원을 동원해서 원사까지 모시고 왔던 것은 보통일이 아니었다. 원사가 고생 많다면서 내 손을 잡아주었을 때, 친정 동생과 같은 든든함이었다. 그 말에 제대로 된 인사도 못하고 내 감정도 수습할 수 없었다. 어둡고 힘들었던 그 시절을 이기게 했던 이분들이 어찌 가족이 아니겠는가. 가족 같은 사랑이 그들의 가슴에 흘렀기에 한 사람을 살리는 데 서슴없이 희생했을 것이다.

막내 남동생은 늦게 결혼하고 아들을 하나 두었다. 딸을 낳고 싶었지만 뜻대로 안 되었는지 입양을 했다. 몇 달이 지나 아이를 데려왔다며 우리 집에 들렀다. 일곱 살이라는 여자아이는 똘똘하고 예뻤다. 아이의 손을 잡아보니 보드랍고 맑은 눈이며 하얀 피부가 귀티가 났다. 이런 아이를 어떻게 남을 주게 되었을까. 보기만 해도 가슴 하나 행복함을 채워주는 아이를, 눈에 밟히고 가슴 찢는 아픔으로 어찌할 줄 몰라 할 아이의 어미가 보이는 듯하다. 나는 결혼한 아들도 보고 싶어 이불 속에서 서럽게 울기도 했는데, 잡은 손에 힘을 주며 쳐다보니 쌩긋 웃는 검은 눈망울이 곱다. 이런 모습으로 언제까지나 새로 만난 부모와 가족을 이루고 행복하게 살았으면 좋겠다. 사랑의 마음을 담아 우리 가족 이름으로 장학금 계좌를 만들었다.

가족이란 한 가정을 이루는 부모와 자식 부부 등이 함께 생활하는 집단이다. 생각만 해도 따스함과 든든함으로 다가온다. 어려울 때, 기쁠 때, 자랑하고 싶을 때 그렇게 열거하지 않아도 우리들 가슴 안에 살아 숨 쉬는 아름답고 끈끈한 정이 담긴 낱말이다. 남의 아픔을 자기의 가족처럼 가슴으로 안으며 헌신해 주었던 장병들, 내 가족을 만들기 위해 남의 자식을 키우는 동생네, 가족은 이렇듯 큰 나무를 생성해 가면서 희로애락을 함께 나누는 관계의 숲이 아닐까.

작은 별들의 잔치

전날 손녀가 말했다. "할머니도 꼭 동요동시 발표회 보러 오시라고 했어요." 누가 오라고 했냐고 하니까 "꽃잎반 선생님이 한 사람도 빠짐없이 모두 오시라고 했어요." 가족이니까 함께하는 것이란다. 안 간다고 할 수 없었다. 가족이니까. 그러면서 초대장을 내밀었다. '제4회 작은 별들의 꿈 잔치. 12월 1일 오후 5시 30분' 가족이 함께 보는 손녀의 발표 날이다. 유치원 3층 강당에는 부모들과 동반한 동생, 형 오빠들로 자리는 만원이었다.

원장님의 축하인사로 발표회는 문을 열었다. "어리고 귀엽기만 한 5세 어린이의 동요동시 발표회입니다. 아이들에게는 이 무대가 세종문화회관만큼이나 거대한 무대입니다. 가슴 설렐 아이들에게 힘찬 격려의 박수를 부탁드립니다. 이 발표회는 우열을 가리기 위한 무대가 아닙니다. 다른 친구와 비교되는 무대도 아니고, 부모의 기대를 채워주는 무대도 아닙니다. 단지 아이들이, 이만큼 성장했음을 스스로 보여드리는 무대입니다. 부끄럽고 용기가 나지 않아 연습할 때보다 제대로 할 수 없을지도 모릅니다. 하지만 무대에 올라왔다는 것으로 벅찰 아이들입니다. 많은 칭찬과 박수로서 아이들에게 용기를 주십시오."

학부모님들의 힘찬 박수를 받으며 아이들은 한 사람씩 무대에 올라왔다. 보는 것만으로도 귀여웠고 사랑스러운 아이들이다. 깜찍하리만치 야무진 아이도 있고, 듬직한 몸에 의젓한 아이도 있다. 그런가하면 여리지만 당당하게 제 몫을 다하고 뒤돌아 가는 아이들의 모습에서 성장의 빛을 느낀다. 저렇게 아이들은 한 계단 한 계단 밟아가는 것이구나. 어느 날 갑자기 어른이 되지 않듯이. 태어나고 자라고 교육을 받으면서, 사람이 되기까지 밟아야 하는 많은 단계의 첫 단추를 꿰고 있는 아이들. 순진한 눈망울이 곱기만 하다. 급하게 뛰어가는 걸음도, 어정거리며 걷는 걸음도, 춤을 추듯이 사뿐히 걸어가는 아이들의 걸음 사이로 예쁜 새싹이 보인다.

엄마 아빠 얼굴을 보고 가사를 잊어도 금방 웃고, 마이크를 쫓아 턱을 올리고, 음악에 맞춰 예쁘게 몸동작도 하는 아이의 모습이 천진스러웠다. 동요 속에 들어있는 예쁜 말들, 고운 생각들이 아이들을 키운다. 발표회를 함으로써 아이들은 자신이 한 동요만은 오래도록 기억할 것이다. 또한 5세 아이의 두뇌 발달은 기억력이 대단히 좋다는 것도 참고할 사항이다. '한국을 빛낸 100명의 위인들' '독도는 우리 땅' '잘잘잘' 이 동요는 가사가 무척 길다. 5세 어린이가 하기엔 벅찰 줄 알았는데 무난히 해낸 아이들. 아이들은 가사를 잊지 않고 끝까지 다 외웠나 보다. 짧지도 않은 가사를 하나도 빠뜨리지 않고 술술 이어갈 때 무척 대견했다. 손바닥이 아프도록 박수를 보냈다. 그 외도 재미있게 엮어가는 모습은 웃음을 주었고 칭찬 받게 했다. 귀엽고 대견한 아이들이었다.

42명의 아이들이 누구의 도움 없이 홀로 자신을 드러내는 일에 나선 모습. 발음은 정확하지 않아도 음률을 따라가는 어설픈 몸짓이 더 보기 좋았다. 힘차게 자기소개를 하는 똑 떨어지는 말소리에서 하나의 사람이 되어가는 길에 들어선 모습은 흐뭇했다. 내 아이뿐이 아니다. 다섯 살짜리 꼬마가 해내는 일인데, 그것도 혼자서 당당하게 맡은 바 책임을 완수하는 홀로서기다. 새싹이 땅을 비집고 올라와 여린 목숨을 부지하기 위해 당당히 햇살을 받고 일어서는 모습. 한 걸음 한 걸음 걸어가는 자국마다 움푹 패여 무게를 더해가는 아이들의 장한 모습을 바라보는 부모들의 마음이 흐뭇해 보인다. 좀 더 예쁜 아이의 모습을 담으려고 클로즈업하는 핸드폰이 머리 위로 올라간다. 힘을 내라고 응원하는 그 열기, 셔터가 터지는 소리, 내 자식이라서 행복한 부모들의 웃음 속으로 아이들의 얼굴이 빛나고 있다. 고맙다는 인사처럼 행복한 시간이다.

이담에 아이들이 컸을 때, 오늘의 사진들을 보며 말할 것이다. '그때는…' 하면서, 하나의 추억을 담은 앨범은 자신이 걸어온 길. 소중히 간직되어 아이들의 길을 열어주는 이정표도 되고 행복을 가꾸는 보물이 될 것이다. 조막만한 손으로 만든 공예품을 들고 와 선물이라면서 내놓던 것들, 노란 빨강 색종이 속에는 고이 적힌 제 이름 석 자, 그것이 편지라며 버리지 말라고 신신당부하던 손녀의 말소리가 들린다. 무대에서 당당하던 자기소개 "저는 꽃잎반 김연서입니다. 제가 부를 동요는 〈잘잘잘〉입니다." 피로했는지 예쁘게 잠든 얼굴 위로 색색 숨소리가 들린다. 무대의 모습이 보이면서 카랑한 말소리와 함께 당당하던 몸짓이 다가와 나를 행복하게 한다.

아이들에게는 홀로서기로 이만큼 컸음을 보여주는 무대였고, 부모에게는 자랑스런 내 아이의 당당한 모습이었다. 잘 할 수 있을까 한 가닥 걱정을 말끔히 걷어낸 무대 연출이었다. 유치원 선생님들에게는 이 시간이 무척 기다려졌을 것이다. 일 년을 마무리하면서 뭔가 보여드리려고 열심히 가르쳤을 아이들. 그 안에서 실수도 하고 머뭇거리기도 하지만 그렇게 자라나고 있는 아이들에게 작은 버팀이가 되어 준 선생님들이다. 작은 별에서 큰 별로 가는 길에 우뚝 설 그날의 뿌리는 유치원에서부터이기 때문이다. 모두모두 감사하다. 아이들의 발표회로 자식을 기른 보람을 느끼는 부모들의 마음에 따뜻한 행복이 스며드는 시간이다. 유치원 선생님들에게도 감사의 인사를 드린다.

백세 시대

어제는 약속을 잊었다. 컴퓨터 앞에 앉았다가 시간 가는 줄 몰랐다. 울리는 벨 소리에 스스로 놀라 전화기를 들었다. 이름이 뜨는 순간 아차! 싶었다. 신년 모임 12시 반, 그 장소가 떠올랐다. 아뿔싸! 지금 간다 해도 20분은 걸릴 텐데, 콩 튀듯이 동동거리며 현관을 나왔다. 마침 버스가 금방 왔다. 길게 숨을 몰아쉬었다. 전 같지 않게 조금은 뻔뻔하다. 시간을 다투는 급한 일이 아니라 다행이었다.

요즘 들어 자주 까먹는다. 잊기도 하고 생각해내기도 하지만 오늘은 아주 까마득히 잊었다. 기억 속에서 약속이 없었던 것처럼 태평했다. 화끈 얼굴이 달아올랐다. 할 수 없다. 손이 발이 되도록 빌어야지. 하고는 약속 장소로 달려갔다. 문을 연 순간, 놀란 눈동자들이 모두 내 얼굴에 초점을 맞추고 박수세례를 퍼붓었다. 허리를 굽혀 미안함을 전했다. 전에는 안 그러더니 이젠 정말 똘망이도 나이를 먹는다고 놀린다. 시간 전에 항상 먼저 가 기다리던 그 모습이 눈에 선하다는 말을 뒤로 들으며, 따뜻한 국물에 수저를 넣었다. 나로 인하여 긴 시간을 기다리게 한 미안한 마음을 감추려고 나는 국물이 맛있다며 너스레를 떨었다.

점심을 먹고 시시덕거리며 나왔지만 잊는다는 것에 신경이 쓰였다. 깜박하고 잊는 일이 한두 번이 아니었다. 냉장고 앞에 가서 무엇을 꺼낼지 몰라 다시 되돌아가는 일, 금방 알았던 사실을 10분도 지나지 않아 잊고서는 며느리한테 묻던 일, 겸연쩍어 하면서 왜 이런지 모른다는 말에 안쓰러워 바라보던 며느리다. 어느 날 갑자기 내 기억들이 날아가 버려 오늘처럼 바보가 될지도 모른다는 사실이 끔직하다.

어느 틈엔가 옆으로 와 팔짱을 끼며 다정하게 말하는 친구가 있기에 따뜻하다. "그렇게 잊기도 하고 생각해내기도 하면서 사는 거야. 누구는 더 나은가. 우리 모두 똑같애, 나도 가끔 잊어먹고 남편한테 욕먹는다. '정신은 어따 두고 사냐?'고 말이야." 너스레를 떠는 친구는 요즘 고스톱에 빠져 살다가 다른 것을 모두 까먹는다면서 웃었다. 가게를 하다 보니 심심한 시간을 이웃들과 어울리기 위해 시작한 고스톱이 치매 예방에 최고라고 활기찬 소리로 떠든다. 뭐니 뭐니 해도 사람 사는 세상은 떠들어야 사는 것 같단다. 그리고는 깔깔 웃는다. 새해맞이에서 들어본 화통한 친구의 웃음소리에 묻어가는 지난 시간들이다.

치매 예방으로 고스톱이 최고라며 끌어들이던 친구의 이야기도 조금은 일리가 있다. 뭔가 같이 놀아줄 것이 필요하다. 자신의 전부를 바쳐도 아깝지 않은 놀이나 취미 생활이 필요한 나이다. 그것은 현금성 자산은 아닐지라도 정신적 자산을 키울 방편이 될 수 있다. 나를 지켜 줄 것, 특별한 것은 아니지만 자신을 위한 길을 찾는 일은 중요하다. 백세로 가는 시대에는.

언제 보았던가? 영화 〈스틸 엘리스〉의 주인공이 내 앞에 머문다. 건강검진을 받으면서 알게 된 50대 여인에게 다가온 알츠하이머는 대단한 충격이었다. 남의 아픔을 통하여 바라본 알츠하이머. 세 아이의 엄마가 어느 날 엄마로서, 아내로서, 주부로서, 사회적인 지위가 있는 언어학자로서의 당당함을 잊어버렸다. 자신에게뿐 아니라 가족에게도 무시할 수 없는 크나큰 충격이었다. 그 화면이 재빠르게 내 머릿속을 스쳐 갔다. 주인공의 안쓰러워했던 얼굴, 남편의 다정했던 말들, 괜찮다면서 안아주고 등을 쓸어주고 음식수발을 들어주던 그 사랑의 손길도 아무 소용이 없었던 사실들. 오죽하면 암이었으면 하고 생각했을까. 자신이 가진 모든 기억들을 서서히 잃어간다는 사실을 깨닫는 순간은 치명적이었다. 죽음을 생각하고 스스로 만든 동영상을 보고 실천하려다 실수한 순간의 아찔함, 흐트러진 약들처럼 부서지는 환자의 기억세포, 엄청난 벽과 만나야 하는 환자와 가족들의 애환을 담은 가슴 아프지만 현실적인 영화였다.

한 사람의 인생이 서서히 가라앉아 버리는 배처럼 침식해 가는 과정이다. 늙고 병들고 죽음을 향해 가는 길. 안타까운 소용돌이 속으로 나 역시 묻혀갔다. 바람결에 낙엽이 날아가듯이 세포가 하나 둘 소리없이 날아갔다. 잊기를 밥 먹듯 하는 나다. 이 또한 인간의 생성과정이다. 어느 날 갑자기 찾아온 암이란 소리에 손도 못 써보고 보내야 하는 무참한 현실보다, 더 두려운 질병이 치매라고. 살아 있는 동안 함께 겪어야하는 일이고, 서로에게 말할 수 없는 고통과 모멸감을 안겨주기에 가슴이 아프다. 나만 잊고 사는 일은 아닌 줄 알지만, 아직은 그럴 때가 아니라고. 어제 한 약속을 하얀 백지로 만드는 자신이 밉다. 어떻게 기억 세포를 조금이라도 살리는 방법은 없을까?

아내의 일기 2

1

시간이 흐를수록 묘원 나들이가 가뭄에 콩 나듯 했다. 곁을 떠난 지 몇 개월 할 때는 적어도 생각나면 수시로 들렀다. 그때나 이때나 갔다 온다고 달라지는 것은 별로 없다. 온 줄 아는 것도, 간다고 서러워할 것도 아니었기 때문이다. 다르다면 마음의 동요이다. 보고 싶을 때 그냥 눈물이 날 때, 한번 둘러보고 오면 좀 괜찮다는 느낌일 뿐이다. 눈에서 멀어지면 마음도 멀어지는 것이 인지상정이라던 어른들의 말씀이 옳다. 그래서 시간이 약이라 했나 보다. 어느 때부터인가 눈물이 마르고 그쪽으로 눈길이 덜 갔다. 물론 바쁜 일상에서 차츰 잊어가고 있었기 때문이다. 이것이 산 사람의 속성이다. 그 늪에서 헤어난다는 것은 아무래도 시간이 해결해 줄 문제임을 뒤늦게 깨닫는다.

간혹 그의 친구가 전화를 한다든가, 친척이 찾아들면 참았던 감정이 폭발하곤 했다. 또한 그가 사용하던 각종 물건들에서도 여지없이 그는 존재하고 있었다. 눈을 감으면 그 환영이 슬며시 눈동자에 머문다. 깜짝 놀라 어디가 아프냐며 벌떡 일어나 옆자리를 둘러보던 그 허탈함, 불현듯 들려오는 목소리에 귀를 의

심하면서도 사방을 두리번거린다. 홀로 있는 집에선 그의 환영과 만나는 시간이 늘어났다. 어느 곳으로 가든 그의 자취가 없는 곳이 없다. 건너 방에 들어서면 서재와 앉았던 의자가 그대로 그를 담고 있다. 병상일지를 소중하게 정리하던 노트 하나, 가슴에 안고 오열했던 날들이 그 자리 그대로 그날처럼 바라본다.

어느 날, 엄마가 내 물건을 치워 나를 잊으려고 했듯이, 나는 그의 손때가 묻었던 것들, 옷가지에서 구두까지 정리하고자 했다. 그러면 혹시 그 사람의 너울에서 벗어날 수 있을까 싶어서. 신장에는 깨끗하던 그의 분신들이 먼지를 쓰고 다소곳이 제자리에 있었다. 나를 보고 늘 건들거리며 걸어서 신도 쉽게 닳고 떨어진다던 말소리, 그 사람의 구두 밑창을 들여다보는 순간 고막에 들린다. 그때는 듣기 싫었지만 지금 다시 듣고 싶어진다. 이런저런 이유가 그 늪에서 벗어나려는 첫 번째였다. 그래서 이사를 했고 아이를 돌봐주게 되었다.

1998년 여름이었다. IMF로 온 나라가 어수선하던 무렵 그는 병원에 갔다. 조금 아플 때, 아니 건강검진을 받을 때 의사가 큰 병원에 가서 정밀검사를 받으라고 했던 말을 듣지 않았다. 그땐 견딜 만했었기 때문이다. 허리가 아프다던 그가 그 원인이 어디에서 온 것인지 아무리 검사를 많이 해도 정형외과에서는 정확한 해답을 얻을 수 없었다. 힘들게 병원을 전전했던 것이 3개월도 넘어 다시 먼저 갔던 병원, 내과에서 발견된 사실이었다. 고생을 하려니까 병명을 알아내는 일만으로도 환자는 지치고 힘들어 했다. 내과 의사는 그때 나를 불러 말했다.

"힘드시겠지만 어렵습니다. 아직은 한창나이인데 '다발성 골수종'입니다. 전이가 빠르고 치료도 쉽지 않습니다. 하지만 인명은 재천이라는 말처럼 힘을 내면 이길 것입니다. 힘을 내십시오." 라고 하며 각종 검사에 싸인을 하게 했다. 그 순간 나는 그 병명이 무엇을 의미하는지 의사의 심각한 표현에서 눈치를 챘다.

어떻게 치료를 받아야 하는지, 그 내막을 전혀 몰랐다. 병명도 처음 들어본 말처럼 머리가 어지러웠다. 그냥 두려웠다. 이 사람을 이렇게 보낼 수 없다는 생각만이 가슴으로 밀려들었다. 누군가 붙잡고 통사정을 하며 매달리고 싶었다. 나는 불안에 떨었다. 누가 옆에 있어 의논할 상대도 없었다. 큰아들은 학교에서 공부하느라 기숙사 생활을 했고, 작은아들은 일등병이었다. 그의 손을 꼬옥 잡고는 말문이 막혀버린 난 힘없는 그만 바라볼 뿐이었다. 힘없기는 나도 마찬가지지만 건강한 것으로 그를 살릴 방법에 힘을 내야 했다. 주저앉고 싶은 마음을 일으켜 세우고 아들에게 전화를 했다.

다발성 골수종은 형질세포가 비정상적으로 분화 및 증식되어 나타나는 혈액 암이다. 이러한 비정상적인 형질세포가 종양을 만들고 뼈를 녹여 통증을 유발하고 잘 부러지게 한다는 것. 골수를 침범하여 백혈구, 적혈구, 혈소판 수치를 감소시킨다는 것이다. 의사는 말했다. 어디서든 넘어지지 않도록 조심하고, 걸음도 조심해서 걷고 뛰지 말 것, 부딪치지 말 것을 당부했다. 혈소판 수치가 감소하면 출혈이 멎지 않고 피부에 멍이 잘 든다고 한다.

그는 검사와 치료를 받기 위해 언제까지일지 모르는 입원 수속을 마쳤다. 나도 모르게 한숨이 나왔다. 그를 바라보노라니 가슴이 아팠다. 주먹만한 덩어리가 목울대를 올라오다 막혀버렸다. 목소리가 더 이상 나오지 않는다. 나는 화장실로 가 문을 닫아걸고 얼마를 울었는지 모른다. 그가 너무 불쌍했다. 죽을지도 모르고 열심히 산 죄 밖에 없는 사람. 신도 너무 한다는 생각도 들었다. 살릴 방법이 있을 것이다. 뛰는 가슴을 누르고 붉어진 눈으로 바라봤던 그 사람. 불쌍하고 그냥 서러워서 울었던 지난 시간이었다. 지금도 그 생각만 하면 힘이 되어주지 못한 것 같은 아쉬움이 울컥 올라온다.

힘들게 치료를 받았던 순간들이 많았다. 항암치료, 말만 들었지 그렇게 힘든 것인 줄은 정말 몰랐다. 다시는 생각지 말자고 입 밖에 내지도 못했던 말들이 세월이 흐르고 나니 남의 일처럼 풀어지고 있다. 수액과 영양제, 항암치료제는 검은 종이로 쌓여있었다. 암병동은 따로 있어 모두 그런 사람들이 그런 모습으로 누워있기도 하고, 주렁주렁 달린 밀대를 밀고 화장실도 가고 걸어서 복도를 서성이곤 했다. 처음 그것을 보는 순간 다른 세상 사람들을 만나는 것처럼 생소했다. 어서 나아서 씩씩하게 걸어 나가길 소원했다. 병들고 싶어서 일부러 병원에 입원한 사람은 없다. 살기 바빠서 건강관리 제대로 못한 자신의 책임일 수도 있다. 아니 가족의 책임도 있다. '제대로 보필하지 못한 내 죄가 제일 클 것이다.'라는 생각을 하면서 가슴을 쳤다.

여섯 번의 항암치료를 받아야 한다. 입원과 동시에 치료를 받고 퇴원했다. 사람의 몰골이 아니었다. 눈은 십 리는 들어갔고, 머리는 병원 침대에 비벼대서 그나마 남아 있던 머리카락이 많이도 빠졌다. 풍성하지 못한 몸은 비쩍 마른 나무처럼 흔들렸다. 집에 오자마자 누워버렸다. 얼마나 피곤하고 고달팠을까. 병원 밥을 한술도 못 뜨고 물만 마시고 수액으로 연명한 4박 5일. 입맛이 없어 먹지도 못하지만 입덧을 하듯이 헛구역질을 해대곤 했다. 집에서도 그러면 어떻게 하나 걱정을 했다. 무엇을 해줘야 할까. 자나 깨나 그것이 문제였다. 많은 환자들 틈에서 편치 않은 사람이 견디기도 힘들었을 것이다. 그래서 아마 더 먹지 못했을지도 모른다. 오랜 지병으로 이력이 난 사람들은 그러려니 하는 만성적인 면도 있었지 싶다.

병원보다야 집은 신선하다. 밤잠을 설치긴 했어도 병원에서보다는 잘 잤다고 말하는 그가 고마웠다. 그렇게 시간은 흘렀고 한 달 후에 병원 갈 때는 식사도 잘 하고 아픈 허리도 많이 좋아졌다. 물론 치료 효과도 있었지만, 그의 의지가 더 중요했다. 열심히 산책을 했고 복실을 친구삼아 잘 놀아주곤 했다. 쉴 틈 없이 살다가 몸이 아프니 이제야 편하게 쉰다며 웃던 얼굴이 순간 가슴을 쳤다. 편안한 마음을 가지는 것, 누구를 탓하기 앞서 모든 문제를 긍정적으로 생각할 수 있는 그가 되어갔다. 전 같으면 신경이 예민해서 그냥 넘어가는 일이 없던 것도 자신의 몸이 귀찮아지면서 생각하고 싶지 않은 모양이었다. 어쩌면 이것이야말로 병에서 해방을 뜻하는 것인지도 모른다고 생각했다.

환자가 생기면서 우리 집은 비상사태였다. 모든 것이 그의 상태에 따라 햇살이 들기도 하고 구름이 끼었는가 하면 난데없이 소나기가 내렸다. 가장 중요한 문제가 사람이 잘 살자면 자연적인 섭취가 이루어져야 한다. 먹는 일에서부터 사는 것은 시작된다. 그리고 제대로 배설되어야 삶의 원천은 수탈하게 흘러간다. 자신만이 가진 몸의 기능이 원활하게 조화를 이루는 일이기 때문이다. 삼합이 맞는다는 말은 잘 먹고 잘 자고 잘 싸는 일을 말한다. 환자를 돌보면서 무엇보다 중요한 문제임을 새삼 느꼈다. 한 가지라도 제대로 섭생이 안 될 때, 나는 환자의 얼굴을 바라며 걱정하고 병원에 전화를 하거나 이웃에게 묻곤했다.

하루 이틀의 문제가 아니었다. 매일처럼 이어지는 삼합의 문제는 눈 뜨면서 시작되었다. 그것이 삶의 원천으로 가는 길이었다. 잘 살려고 노력하는 문제는 환자가 얼마만큼 노력하느냐에 따라서도 달라진다. 환자 자신의 의지에 달려있기 때문이다. 살려면 의사의 말을 믿어야하고 의사의 처방에 따라 치료를 받아야 한다. 그렇게 하는 것만이 어쩌면 세상의 빛을 볼 수 있는 최선의 방법일지도 모른다. 약을 복용하면서 병원을 드나들면서 환자는 자신을 다스릴 방법을 많은 환자들을 통해서 보고 듣는다. 병이 하나면 약은 수 만 가지라고 하는 말

135

처럼, 그 방법도 수없이 많다. 상황버섯 액기스를 먹고 좋아졌다는 말, 새벽 운동을 하면서 건강해져서 식사를 잘한다는 것. 어디에 가면 유명한 의사가 있고, 어느 사찰에는 쑥뜸으로 암을 치료했다는 말, 등등은 수없이 많이 나돌았고 귀를 솔깃하게 했다. 그런가하면 한 환자는 귤 한 박스를 3일 만에 혼자서 다 먹었더니, 소변이 노랗고 얼굴색까지 노랗게 되었다는 이야기.

유언비어처럼 떠도는 이야기는 약해진 환자들과 그 가족에게 특효약처럼 폐부로 스며들었다. 장담하고 고칠 수 있다는 그들의 말을 듣다 보면 정말일까. 하고는 값의 고하를 막론하고 선뜻 응할 때도 있다. 한번의 삶을 좀 더 살고 싶은 의욕은 환자들의 마음을 기울게 했다. 그는 환자로부터 들은 이야기라든가, 어떤 부위의 암 환자든지 친해지려고 노력했다. 입원했다 돌아올 때는 같이 입원해서 치료받았던 환자들의 주소와 전화번호를 받아가지고 돌아왔다. 자신의 몸이 조금씩 회복되어 가면 그들에게 전화를 걸어 안부도 묻고 어떻게 지내고 있는지를 확인하며 서로 힘을 내라고 위로하기도 했다. 그런가 하면 지난주까지도 치료를 받았던 사람이 응급실에 갔다가 중환자실에 있다는 소식을 접하곤 자신의 일처럼 안타까워하기도 했다. 그런 날은 시무룩해져서 복실이랑 산책을 나가기도 했다.

산다는 것은 생로병사와의 결판이다. 한평생 건강하게 살다가는 사람은 복있는 사람일 것이다. 처음 너무 서러워 울며불며 기도할 때는 참으로 원망도 많이 했다. 하느님은 왜 내게 이런 시련을 주실까. 신부님 앞에서 울음이 복받쳐 아무 말도 못하고 돌아왔던 날도 있다. 얼마나 마음이 아프면 말문이 막힐까요. 신부님이 내 등을 쓸어주시면서 힘을 내라던 그 한마디가 가슴에 박혔던 날들. 새벽 약수터에 갔다가 들렀더니 성당 문이 잠겨있었다. 발이 시린 줄도 모르고 그대로 고상 앞에 서서 말없이 눈물만 흘리고 돌아오기도 했다. 그런데 이상한 것은 그렇게 서 있다가 와도 마음은 가벼웠다. 아마도 나는 하느님께 많이 의지하고 있었던 모양이었다. 신앙은 이래서 나를 지켜주고 다독여 주는 버팀이 임에 틀림없었다.

산 사람보다는 돌아가신 어머님에게 시도 때도 없이 기도하듯이 매달렸다. 살려달라고 좋은 약을 알려 달라고 말도 안 되는 일인 줄 알면서도 그렇게라도 해야 될 것 같았다. 자고 나면 나는 눈이 부어있었다. 한나절이 지나야 내 눈두덩은 정상으로 돌아왔다. 힘들었기도 했지만 난 눈물이 많다. 아마 남몰래 이불 속에서 울었기에 더 부었을 것이다. 덕분에 꿈길에서 엄마를 만나고 나면 다음 날은 참 행복하다. 그런 것 있다. 죽은 사람도 꿈에 보면 좋은 일이 일어나는 사람이 있는가 하면, 기분 좋지 않은 사람의 얼굴도 있다. 그런데 엄마를 보면 다음 날은 그의 상태가 좋아지거나 병원에서 의사로부터 좋은 소식을 듣곤 했다.

기온이 내려가면 감기가 무서웠다. 열이 나면 안 되고 감기에 걸려도 안 된다. 집에서도 수시로 체온을 체크하고 건강상태를 기록해야 했다. 날씨가 추워지면서 외출도 삼가야 했다. 따뜻한 한낮에 놀이터에 나가 햇살을 쬐고 돌아오기도 했다. 그런 날은 컨디션이 좋지 않아서 몸살이 날 정도라며 시무룩하니 신문을 보곤 했다. 그가 잘하는 일은 신문을 보면서 관심사를 스크랩하는 일이다. 하나 하나 오려서 끼워두는 일로 시간을 보내곤 했다. 뭔가 매달려 시간을 할애하는 일은 환자라는 자신을 잊는 일이다. '조금만 좋아지면 운동을 전적으로 할 것이다.' 라고 선전포고를 하기도 했다.

사람살이, 그것도 환자가 있는 집은 언제 응급실로 실려 갈지 모른다. 자다가도 별안간 열이 나서 이웃을 깨워 차를 몰게도 했다. 그런 일이 한두 번이 아니었다. 이웃은 내 가족이 되어 두말없이 도와주었다. 밤잠을 설치면서도 건강한 것으로 복 받았다면서 응한 사람들. 특별한 음식을 하면 먼저 갖다 주면서 얼른 나으라고 했다. 좋은 곳이 있으면 데리고 다녔고, 맛있는 음식도 사주고 기분 좋은 시간을 만들어주곤 했다. 그가 아프면서 이웃이 내게 베푼 사랑은 헤아릴 수 없이 많다. 그가 건강한 사람이 되는 길이 갚는 일이라고 걱정하지 말라던 사람들. 마음 편하게 해주었고 수시로 드나들면서 도와줄 것 없나 물었던 이웃들이 성의를 어찌 잊을 수 있을까. 아마 그들 덕분에 그도 빨리 회복할 수 있었고, 많은 시간 즐겁게 지낼 수 있었을 것이다. 좋은 이웃은 한 사람을 살리기 위해 내 일처럼 한 몸이 되어 주었다. 고마운 사람들이었다.

나는 몇 년 전의 일기장을 꺼내 들었다. 한 줄 한 줄 읽어가면서 답답한 가슴 저 밑바닥에 웅크렸던 진액덩어리들이 흙을 밀면서 올라오고 있었다. 그것은 사람이 되기도 하고 영혼이 되기도 했다. 바람처럼 스쳐 가는 인연이 되어 겨울 삭풍에 간드렁거리기도 했다. 잊고 지냈던 일들이 회초리가 되어 전신에 감겨들고 있었다. 그와 함께 살았던 30년 중에 5년은 지독하게 힘든 고통의 나날이었지만, 그것이 약이 되어 나를 성숙시켰다. 평탄한 길에서 느끼지 못한 애환을 험준한 비탈과 협곡을 걸어가면서 나약한 여인에서 강한 엄마로 아내로 살아본 경험이었다. 지금도 나는 약하다. 강하지 못하기에 참을 줄만 알았지, 당당하게 나를 세우기에 두려워했다. 힘들고 어려웠던 그날들 속에서 한 줄기 햇살은 친구들을 만나 잠시라도 웃어보는 일로 틈을 비집고 있었다. 이런 순간도 없었다면 숨이 막혀버릴 것 같았기 때문이다.

그는 여섯 번의 항암치료를 받고 골수이식을 위하여 그의 몸에서 골수(조혈모세포)를 뽑았다. 다발성 골수종은 방사선 요법과 함께 암세포와 환자 자신의 조혈모세포를 제거한 다음 새로운 조혈모세포를 이식해 주는 치료법이다. 조혈모세포를 새로 심어줌으로써 질병을 완치시킬 수 있다는 것이다. 돈도 많이 들지만 재발 확률 50%에 가깝다는 말이 거슬렸다. 그렇다고 할 수 없다고 말하기엔 지금까지 들인 환자의 고통과 인내가 억울했다. 한 가닥의 희망마저 잃어버릴 수는 없었다. 사실 항암치료도 완치율 1% 재발 안 할 확률 5%를 믿고도 임했다. 정말 인명은 재천이란 말이 통한다. 살기 위한 노력은 이보다 더한 아픔과 고통이 닥친다 해도 단지 1%를 믿고도 당당히 들이댔던 환자의 마음이었다. 그 믿음 덕에 많은 회복을 했다. 언제 어떤 상황이 될지 마음 놓을 수는 없지만, 확실하게 말할 수 있는 것은 전보다 좋아졌다는 것이다.

1998년 12월 그는 명예퇴직을 했다. 이때 몸이 몹시 안 좋았다. 마음도 아팠고 퇴직과 함께 몰려온 허탈함이 그를 더욱 힘들게 했을 것이다. 매일 나가던 직장을 건강해서 그만 두어도 마음이 허전한데, 몸이 아파서 일손을 놓을 때, 그 마음을 본인이 아닌 사람이 어찌 알겠는가. 마음도 몸도 병이 든 것처럼 얼굴엔 수심이 가득했다. 살다보면 겪는 일이고 넘어가야 할 산이라고 하지만, 좋지 않은 일은 겹쳐서 온다는 말처럼 그렇게 그의 마음을 어둡게 했다. 그러면서도 계속되는 치료에 거부반응 없이 응했던 사실은 신이 도우셨을 것이라 믿는다.

정밀검사 결과는 골수 이식에 적합하다고 했다. 1999년 6월 27일 1차 골수이식 수술을 받기 위해 입원했다. 나는 열심히 기도했고, 큰아들은 열심히 공부했다. 작은아들은 군복무로 맡은 바에 충실했다. 그렇게 우리는 한마음으로 아버지를 위해 매달렸다. 무균실에서 잘 먹지 못해서 몹시나 애달았다. 백혈구 수치가 떨어지고 12일째 되는 날엔 식욕도 없고, 반찬 냄새도 맡기 싫다고 해서 흰죽을 집에서 쑤어오기도 했다. 그날 잠깐의 면회 시간에 그가 꿈 이야기를 했다.

큰 호랑이를 맨손으로 때려잡았다고 하면서 히죽이 웃었다. 그 얼굴이 참으로 불쌍했지만 웃는 얼굴을 보여 준 것만도 난 좋았다. 호랑이를 잡았으니 분명 홀홀 털고 일어나 나올 것이니 조금만 참자고, 옛말하면서 살 날이 있으리란 기대를 하면서 그날을 보냈다.

어두웠던 터널을 벗어난 그는 조금씩 회복되어갔다. 두 번의 골수이식 수술을 받았다. 힘들고 고통스런 일이었지만 그 길만이 그를 살릴 길이었다. 그를 위해 많은 사람들이 도와주었다. AB형 수혈자를 찾고 있을 때, 군에 있던 아들의 부대 동료들의 도움도 받았다. 또한 친구 딸의 남자친구도 서슴없이 와서 수혈을 하고 갔다. 막막했던 순간 도움을 받았기에 귀한 생명은 구원을 얻었다. 어찌 감사하지 않으리오. 그렇게 힘들게 치료를 받고 사람 노릇하고 싶었던 그였다.

2

아들이 가족사진을 만들어 묘원(납골당) 그의 이름 위에 붙였다. 동판으로 만들었다. 지난 봄 광교호수공원에서 찍은 사진이었다. 흑백으로 된 사진 위로 '우리 가족이 이렇게 많이 늘었습니다. 아버지! 보고 싶습니다.' 그 이름 앞에 두 손을 모으고 참배를 하려다 말고 그 글귀와 마주했다. 울컥 난데없이 쏟아질 것처럼 핑그르르 돌았다. 그랬구나. 정말 많이 늘었다. 네 식구가 한 사람 가고 난 후, 10명으로 늘었다. 당신도 이 모습을 보면 늘 웃고 살 텐데, 하는 생각이 들었다. 아이를 끔찍이 좋아했던 사람이다.

추석 전날 아이들과 함께 묘원에 다녀왔다. 그가 평소 좋아하던 음식들을 챙겨 담았다. 식혜도 좋아해서 페트병에 담아 가방 옆구리에 찔러 넣었다. 엿기름 향이 좋다는 사람. 이유를 물었을 때, 그 향기는 맛으로 보는 것이 아니라 가슴으로 느끼는 향수라고 했었다. 특별한 사람이라고 그때는 핀잔 비슷이 말했는데 식혜를 마시며 그의 말대로 향수를 맡는다. 엿기름은 할머니라고 했다. 할머니는 엿기름을 해마다 길러서 마당에 널었다. 아버님 일찍 가시고 할머니와 어머니 손에 자란 사람이다. 할머니 사랑이 누구보다 커서 늘 할머니 이야기는 시시때때로 튀어나온다. 밥상 앞에서나 어디를 가거나, 오랜만에 시집 식구들과 만나면 물 만난 물고기처럼 열을 올리며 두 형제는 할머니 이야기 따라 그 시절로 돌아가곤 했다. 유년시절부터 시작해서 중고등학교 마치고 대학을 갔을 때, 할머니는 손자를 불러놓고 말씀하셨단다. "너희 아버지는 책임감 있는 사람이었다. 가난한 것이 원통해서 만주로 돈 벌러 갔다가 돌아오지 못했다. 네가 태어나기도 전이니 넌 아버지 얼굴도 못 봤다." 하면서 열심히 공부하라고 했다는 이야기가 그와 함께했던 시간을 끌어왔다.

할머님을 부처님처럼 믿고 살았던 그였다. 70년대 내가 큰아들을 낳을 때 아프다고 하니, 잠깐 기다리라고 하고는 시댁으로 오토바이를 타고 갔다. 안 집에 아주머니가 걱정스럽게 내 손을 잡고 있을 때, 그가 왔다. 그는 오토바이 뒤에 할머님을 모시고 왔다. 첫 아이여서인지 무척 힘들고 아팠다. 할머님이 우리 집에 오셨을 때는 5월 밤, 10시가 넘었다. 어려워 소리도 지르지 못하고 끙끙 앓고 있는 날 보고 하시는 말씀, "엄살떨지 말고 조용히 해라. 때가 되면 아이는 나온다. 여자치고 아이 안 나본 사람 없어." 겁에 질려 이를 악물고 아픔을 참을 수밖에 없었다. 그때 안집 아주머니가 "그래도 이렇게 아파하니 병원엘 데리고 가는 것이 어떨지요?" 이 말에 할머니는 손사래를 치시더니 손가락을 꼽고 계셨다. 어이없는 일이 아닐 수 없었다. 그때는 인정머리 없는 노인이라고 생각했다.

한쪽 눈을 감은 듯이 하고는 손가락을 꼽는 모습이 마귀할멈 같았다. 그 순간 할머니를 모시고 온 그도 미웠다. 순간순간 스쳐 가는 상념은 남편이 아니라 구경 온 사람처럼 밉고 얄미웠다. 할머니가 뭐라고 하던 나는 그 순간 소리를 질렀다. 아파 죽겠다고. 무슨 힘으로 그랬는지 모른다. 그냥 억울한 마음으로 된소리를 낸 모양이다. 할머니가 손가락을 꼽고 있다가 놀란 듯이 손자를 향해 말씀하셨다. "내일 새벽이나 아이가 나올 텐데 저렇게 용을 쓰면 아이 낳을 때 힘들다. 달래거라." 그 소리를 들으니 너무 속상했다. 이렇게 아픈데 죽을 것 같은데 내일 새벽까지 이 짓을 계속하라고, 어이없는 할머니 말씀도 미웠고 먼 산만 바라보는 남편이란 사람도 미웠다. 참으라며 두 손을 잡아주는 것으로 그는 나를 달래었다. 내가 힘이 들었기에 그 순간이 미웠던 기억으로 남았을 것이다.

배만 아프면 괜찮은데 허리를 움직일 수 없었다. 그냥 엎어져서 울기만 했다. 그날의 일이 선명하게 그림처럼 떠올랐다. 내가 아프다면 가슴에 안고 등을 두들기며 병원으로 데리고 다니던 엄마의 근심스런 얼굴이 지나갔다. 엄마 생각이 나자 엄마한테 데려다 달라고 하소연도 했다. 안집 아주머니는 혀끝을 치면서 들어가고 할머니는 근심스럽게 쳐다보고 계셨다. 그래서인지 모른다. 지금도 나는 허리가 아프다.

아마 말씀은 모질게 했어도 안 되었던지 간혹 "참아라, 이제 1시간 정도 남았다. 좀 더 아플 것이니 견디어라." 마디 굵은 손가락으로 내 손을 움켜쥐고는 "다들 이렇게 힘들게 아이를 낳는다. 한 생명이 세상구경을 하는데 쉽게 볼 수 있겠니. 그래서 어미는 훌륭한 것이지." 하시고는 내 헝클어진 머리칼을 쓸어 올렸다.

나는 그렇게 70년대를 살았다. 그런데 정말 할머니가 손가락으로 꼽은 그 시간에 우리아이는 아주 작은 몸으로 고추만 덜렁 달고 세상 밖으로 나왔다. 정신을 차린 것은 그 아이의 울음소리였다. 아이의 울음소리를 들으며 나도 따라 울었다. 내가 왜 울음이 나왔는지 모른다. 사람이 사람을 낳은 것이 신통해서인지, 아픔이 끝나서인지, 아니면 할머니만 믿고 있는 남편과 살 생각을 하니 기막혀서인지 모르겠다. 할머니가 기대하던 손자였다. 내가 아이를 본 순간 그 아이는 아이이기 전에 아주 작은 빨간 살덩어리에 불과했다. 작아도 너무 작았다. 남편은 무릎을 꿇고 아이를 들여다보았다. 눈, 코, 입, 그리고 귀, 머리칼이 드문드문 나 있는 아이다. 아이를 처음 낳으면 머리터럭이 저렇게 없는 걸까? "할머니, 왜 아이 머리카락이 하나 둘 밖에 없어요?" 그도 그것이 궁금했던 모양이다. "너도 어려서는 머리카락이 없었다. 머리숱이 적은 게 닮았나 보다. 피는 속일 수 없는 이치구나." 할머니는 연신 좋은지 손수 만들어 온 배냇저고리를 입히고 무명으로 만들어진 작은 이불로 감싸주었다.

아이가 너무 작아서 어떻게 저 아이를 먹이고 키울 수 있을까 걱정이 되었다. 이제 죽을 수도 없고 도망갈 수도 없다. 아이를 보았을 때 불쌍했다. 어미 잘 못 만나 잘 먹지 못했으니 아이 피부가 밀렸다. 뼈만 앙상한 아이다. 아마도 그래서 더 슬펐는지 모른다. 친정 엄마가 일주일 후 오셨는데 아이를 보시더니 시장에 가서 내복을 사오셨다. 보기 민망하셨던 모양이다. 내복이라도 입혀놓으니 아이 같았다. 생명은 소중한 것이다. 배고프다 울면 젖을 물리고 기저귀를 갈아주고 하다 보니 자연스럽게 엄마가 되어갔다. 아무것도 모르던 엄마라는 이름, 철부지가 아이를 안고 젖을 먹이면서 그 작은 눈을 들어 쳐다보는 그 얼굴이 얼마나 예뻤는지 모른다. 모든 시름을 다 잊었던 그날들 위에서 그의 그림자는 지금도 서성거리고 있다. 아침저녁 들여다보고 어르는 일이었다. 눈동자를 굴린다든가, 누워서 고갤 돌리는 모습에 신기해 한 그 사람.

동판의 사진 속 고물고물한 아이들이 우리 아이들 키울 때처럼 귀엽다. 그의 이름 위에서 그는 존재했고 '아버지'란 단어 위에서 가슴은 서러워졌다. 그와 살아온 시간 안에서 아무도 믿지 못해도 남편이란 이름은 더 없는 든든한 반석이었다. 어떤 말을 해도 가슴에 묻어둘 줄 알았고, 바보 같은 소리로 화를 내도 덩달아 화내지 않았다. 언제나 감싸주려 했고 흠을 덮어주려 했던 단 한 사람으로 기억된다. 이름 위에서 그가 병원에서처럼 고마운 듯 히죽이 웃는다.

어느 봄날의 이야기

집 앞에서 건널목을 건넜다. 시멘트 바닥이 터진 옹색한 곳에서 뚫고 올라온 민들레가 노란 머리를 들고 올려다본다. 비좁은 공간이며 사람들의 발길에 차일 곳이다. 그러나 아무렇지도 않은 듯이 윤기 흐른 잎들 위에 자신의 삶을 올려놓았다. 너무 곱다. 민들레의 한 생이 머문 곳이다. 언제 누구의 발밑에 짓밟힐지도 모른다. 또한 자전거 바퀴에 짓눌려버릴지도 모른다. 자동차들의 질주로 뿌리 채 날아갈지도 모르는 상황. 그런 곳에 터를 잡고도 태연한 삶으로 생명력을 키우고 있다. 그 누가 보살펴 줄 이도 없는 가엾은 민들레지만, 마지막 몸짓으로 봄볕에 제 몸을 빛냄이 값지다.

며칠 전 큰 언니 문병을 갔었다. 동두천 산기슭에 자리한 요양병원. 깊숙이 들어앉은 그곳은 건강한 사람들에게는 다시없는 휴양지였다. 맑은 물이 흐르고 풍광도 봄 햇살에 빛났다. 셋째언니와 함께한 병문안이다. 산세도 좋고 공기도 청량했다. 심호흡을 하고는 병원으로 들어선다. 3층 창가 로비에서 언니는 휠체어를 타고 있다. 아무리 불러도 '몰라, 몰라' 내가 누구냐고 물어도 고개만 흔든다. 쓰러지면서 왼쪽 마비가 왔단다. 그래도 말은 해서 다행인데 사람을 잘 알아보지 못한다. 하루종일 침대에 누워있거나 휠체어를 타고 앉아 있는 것이 전부다. 그러니 아무리 풍광이 좋은 들 그림의 떡일 뿐. 언니한테 가해진 의료기구들을 제거하고 집으로 가는 날은 이 세상과 하직하는 날일 지도 모른다. 사람의 목숨은 하늘이 주신다 했으니 지극한 아들의 효성으로 다시 사는 기쁨을 주시길 빌었다.

세월 앞에 장사 없다 하는 말은 누구나 가는 길을 막을 수 없음이다. 건강하게 사신 큰언니는 어쩌다 가면, 어서 오라고 두 손 잡아끌며 앉혀놓고 주방에서 음식을 만들었다. 산골 음식이라 개운하고 칼칼하다는 언니의 말은 우리들의 밥그릇을 몇 번씩 비우게 했었다. 이제는 바라지도 못할 일이고, 조금이라도 편안한 마음으로 사시다가 가기만을 바란다. 집에 가면 무슨 좋은 일이 기다리고 있기라도 한 듯이 계속 집으로 가잔다. 마지막 남은 힘을 봄볕에서 부서져라 빛내는 민들레처럼 보금자리가 그리운 모양이다.

밤새도록 말을 하는 언니로 인하여 한 방 환자들도 잠을 못 이룬단다. 그래서 낮잠을 안 재우려고 로비에서 휠체어를 타고 계신 거다. 기막힌 현실이다. 몸부림이라도 칠까 두려워 두꺼운 끈으로 사람과 휠체어를 두 번이나 묶어 놓았다. 감옥이 따로 없다. 이렇게 생명을 연장하는 일이 환자에게 무슨 보탬이 될까. 차라리 그냥 편안히 가시도록 놔두면 어떨까. 시름시름 앓다가, 아프다가, 심하면 약을 먹고, 졸리면 자고, 힘들면 소리 치고, 마음껏 세상에 대해 한없이 내버려두면 어떨까. 마지막 발악이라도 하다 가도록. 언니를 보며 그래도 한 가닥 희망을 갖고 있는 쉰이 넘은 아들. 엄마를 위해 잘 다니던 학교를 명퇴하고 보살피고 있다. 더도 말고 이 년만 살아주면 휠체어를 태워서라도 가시고 싶은 곳 모시고 싶다는 아들. 한줄기 햇살을 받고 환하게 웃는 민들레처럼, 내일 생의 마지막이 온다 해도 기꺼이 오늘의 삶을 다하는 모습으로 비춘다.

연극 연습에서 상황에 따른 조각 훈련이 있다. 웃고 울고 화내고 슬퍼하는 사람들의 감정묘사를 조각으로 표출하는 장면이다. 터치하면 그 모습이 되살아나 말을 하고 행동을 하면서 연극의 맛을 연습한다. 네 명이 한 조가 되어 네 조각을 만들어 하나의 완성된 작품으로 연습에 들어간다. 대본에 나와 있는 대사도 행동도 아니건만 어설픈 연기로 네 개의 조각은 극단의 막을 올린다. 잠깐의 연습이지만 내 삶이 아닌 다른 사람의 삶을 살아가는 연극. 관객이나 연출자나 엉뚱하다. 아무도 그것이 어떤 경로로 완결될지 모른다. 다만 생은 이어간다. 차로 길섶에서 언제 죽을지 모르는 삶을 살고도 샛노랗게 꽃을 피워 올리는 민들레의 정성처럼. 그렇게 연극은 맛을 더하며 조각으로 생을 이어간다.

슬퍼하는 장면을 묘사하는 데 아마추어의 기발한 순발력은 순간의 기지였다. 미치기 직전 바람둥이 남편과 아내의 고통이다. 드라마를 보면서 울고불고 싸우는 장면이 아니다. 노부부가 겪는 애환. 마지막 장면은 보따리를 싼다. 남편이 나가야 되는데 아내가 짐을 꾸렸다. 처음엔 남편이 호령호령하면서 나가라고 하더니 잘못했다고 매달린다. 뒤도 돌아보지 않는 아내의 굽어진 허리가 눈에 들어오는 남편은 말없이 안으로 들어간다. 뭔가 들고 나와 아내 곁으로 달려가 손에 쥐어주는 통장. 마지막 대사에 코끝이 찡하다. "잘가!"

연극 연습을 통해서 들여다 본 남의 인생 이야기다. 그들의 연기가 어설프긴 했지만 테마 설정은 아주 멋있었다. 인생은 한 편의 연극처럼 그렇게 살다 가는 것이다. 다만 연습이 없는 연극이다. 그러기에 다툼도 있고 미움도 있기 마련. 어떻게 슬기롭게 대처하느냐에 따라 행복할 수도 있을 게고 불행의 나락으로 떨어지기도 할 게다. 마지막 날에 모두 후회하지 않는 삶을 산 사람은 얼마나 될까. 한 순간이라도 헛되이 살지 않겠노라고 다짐했던 사람이라도 가는 길은 같다. 마지막 길에서 웃으며 당당하게 가는 삶이라면 좋겠다. 언제 어디서 어떻게 갈지 모르는 삶. 민들레는 비좁은 공간에 살면서도 기대와 푸념도 초월한 모습이다. 그 안에서 종족을 남기는 지혜를 다시 생각해 본다.

새벽의 맛

　나는 늘 새벽미사에 참여한다. 별다른 이유가 있어서가 아니다. 버릇처럼 되어버린 내 시간이다. 다른 시간대에 가면 내 자리가 아닌 것처럼 어설프다. 그 자리에 앉아도 옆 사람도 다르고 앞사람도 다르다. 같은 신부님의 강론이지만 어쩐지 다른 느낌이 들 때도 있다. 그래서 되도록이면 내 시간대를 찾아간다. 아침 집을 나오면 상큼하다. 물론 겨울이라 춥지만 그래도 아무도 걷지 않은 길을 가는 것처럼 신선한 느낌이 볼에 닿을 때는 행복하다. 싸늘한 바람이 훅 끼칠 때, 아이 추워! 하면서도 기분은 짱이다. 그런 의미를 안고 새벽 가로등이 환한 길을 간다. 나만을 위해 특별히 밝히는 불빛이라 생각하면 그 또한 신선한 새벽의 맛이다.

　걸으면서 생각한다. 살았다는 것은 이래서 좋다. 내 마음대로 생각하고 발길이 원하는 대로 움직일 수 있음을 감사한다. 또한 내 발길을 막는 사람이 없음도 좋다. 이 시간 지나가는 사람들의 시선이 없는 거리, 깨끗한 거리가 마음에 든다. 간혹 차만 왕래하고 움직이지 않는 것만이 그대로 서 있는 도시의 거리를 나만이 걷는다는 것. 새롭다는 느낌이 발길에 묻어올 때 나는 빨리 걷는다. 이럴 때는 생각도 단순하고 느낌도 담백하다. 복잡하지 않은 한가로운 시골길을 걷는 기분이다. 상가의 네온 싸인도 잠을 자고 있는 시간은 적막한 듯하지만, 고요 속으로 서서히 밀고 들어오는 동녘은 훤해지리라. 세상이 눈을 뜨니까.

지난해 겨울 나는 나와의 약속으로 두 달간 매일 30분 글쓰기를 시도했었다. 두 달 동안 하루도 거르지 않고 30분에 A4용지 두 바닥을 쓰는 일. 연필과 이면지를 이용했다. 시간은 새벽이고, 글은 따로 정해진 것은 아니었다. 어떤 것이라도 눈 뜨면서 생각나는 것이 그 시간의 제목이고 주제다. 하루라는 의미가 이 시간을 통해서 내게로 왔다. 거창하지 않고 단순한 일기형식의 글이지만 그 아침이 주는 의미가 좋다. 아무 글이라도 시작을 했고 마침표를 찍었다는 것으로 나는 약속을 이행한 것이다. 부담이 없다. 어디에 낼 글도 누구에게 보일 일도 아니기에 홀가분하다. 홀로 깨어 뭔가를 생각하며 쓴다는 것으로 하루를 알리는 시작의 의미다.

30분을 할애한 글쓰기는 점점 시간이 늘어났다. 처음부터 30분을 맞추기가 힘들었다. 그렇게 하려는 내 노력은 빗나가고 언제나 한 시간이 지나야 연필을 놓았다. 이 글쓰기는 무조건 시간에 맞추어 끝내는 일이다. 중간에 돌아가서 다시 읽으려는 것은 글이 잘 풀리지 않기 때문이다. 읽어보지도 말고 그저 생각나는 대로 쓰기만 하면 된다던 글을 보고 시도했는데, 나는 그렇게 할 수 없었다. 하다 보면 나만의 습관 길들이기에서 시간은 언제나 초과했다. 무슨 제목이든 올려놓고 무조건 쓰는 일, 생각보다 힘들지 않았다. 그것이 하루의 일과처럼 자연스럽게 이어져갔다. 게다가 새벽 시간이 주는 묘한 감정이입이 나를 이끌었다. 글쓰기는 내 하루의 일정으로 단순한 생각에서 내 길을 열어주었다. 신선한 새벽의 맛, 벅차게 밀려오는 시작의 의미이다.

새벽시간을 즐기는 내가 되어 갔다. 처음부터 새벽이 내 시간은 아니었다. 남편이 아프기 시작하면서 잠을 잘 수 없었다. 걱정한다고 나을 병이 아니지만 나는 근심으로 하루를 살았다. 그때부터 습관처럼 새벽을 반납하고 약수터를 가거나, 쓸데없는 낙서로 마음을 달래는 시간이 늘어났다. 내보이는 일이 싫어서 누구와 만남도 대화도 거부하고 단지 남편의 투정을 들어주는 아내 역할만이 내 삶의 전부였다. 희망도 접고 오로지 한 사람만 바라보고 해바라기처럼 살았던 시간을 뒤로하고 나를 돌아볼 수 있었을 때, 내 곁에는 아무도 없었다. 먹먹함이 공간을 맴돌았고 만질 수 없는 헛손질만이 안타까움에 몸부림쳤다. 내 말을 들어줄 사람도 나와 함께 놀아줄 사람도 내 곁에는 없었다. 마음 붙일 곳 없는 집안은 언제나 썰렁했다. 새벽시간이 아무 필요가 없었다. 일찍 일어나야 할 이유도 살아야 할 이유도 찾을 수 없었다. 그럴 때 이웃의 도움으로 찾아간 수영장이다. 물론 좋아서 간 것은 아니다. 무언가 해야 그날들을 잊을 수 있을 것 같아 디딘 발걸음이었다.

수영장의 첫 타임은 6시다. 이 시간이 마음에 들었다. 누구와 만남이 싫었기 때문이다. 50대에 들어 시간을 내어 시작한 수영은 생각보다 어려웠다. 물이 무서웠지만 몇 날을 생각하고 고민한 끝에 내린 결정이다. 수영장 언저리에 웅크리고 앉아 있을 때 강사가 뒤에서 밀어 얼떨결에 수영장 깊숙이 빠져버린 것이 내 수영의 첫 단추이다. 수영을 시작하면서 아픔을 달랬고 힘듦을 이겨내느라 그 한 시간을 물과 친구가 되었다. 조금씩 은연중에 물에 뜰 수 있었고, 발차기도 수월해졌다. 그와 더불어 어둡게 닫혔던 문도 서서히 열리고 있었다. 수영은 물을 닮아가도록 부드러운 동작으로 유도하는 내 몸의 도구가 되었다. 아침이 기다려지고 하루가 평화로워지기 시작했다. 새벽은 내게 삶의 맛을 느끼도록 이끌어주었다.

　김훈의 『라면을 끓이며』를 읽었다. '그 맛은 단순하고 선명해서 음식의 맛이라기보다는 모든 맛이 발생하기 이전의 새벽의 맛이고, 자연이 인간에게 주는 가장 시원적인 맛이다.' 지금의 평상적인 밥상은 아니다. 60, 70년대를 살아본 입맛이다. 무짠지와 물에 만 밥에 통통한 새우젓을 얹어 먹던 그 입맛은 단순하다. 그러므로 김훈은 새벽의 맛이라 했다. 칼칼한 맛과 가미되지 않은 자연의 맛. 그 어떤 조미료도 사용하지 않은 천연의 맛. 밤을 지새고 낮을 위해 찾아오는 지구의 첫 손님이 오는 시선한 시간이다. 찬란한 빛으로 향하는 발길이 어찌 감탄사가 빠질까. 새해의 일출을 보기 위해 모여드는 첫 날과 같은 새벽은 무짠지처럼 단순하면서도 담백할 것이다. 오로지 빛, 그 하나로 무한을 안고 오니까.

숫돌에 머무는 그리운 사람들

　　우리 집 욕실에는 숫돌이 하나 있다. 요즘과 어울리지 않는 물건이다. 칼이 잘 들지 않아 손목이나 아프거나 팔이 아플 때 욕실로 간다. 이용할 줄은 잘 몰라도 전에 그렇게 문질러 주던 아주버님이 계셨다. 우물가에 앉아 열심히 문지르고 들여다보고는 물을 끼었으며 갈던 그 모습을 흉내 내본다. 칼이 잘 들지 않으면 무조건 숫돌을 찾아 문질러대는 것이다. 그날의 아주버님처럼.

　내 몸에 부서져라 문질러서 새로운 힘으로 살게 하는 소생의 힘, 시나브로 닳아가는 몸을 개의치 않고 내주는 숫돌의 삶이다. 표면은 매끄럽지만 검은 색에 가까운 돌이다. 매끄러운 면에 칼이나 낫 등을 문질러 날을 세우는 일은 얼마의 참을성이 필요하다. 열을 받아서인지 칼날이 뜨거워지도록 갈았던 그 모습, 그렇게 해야만 날이 선다던 말씀이 쟁쟁하게 들려오는 시간이다. 내 몸이 닳아짐으로 인해 상대의 모습이 새롭게 힘을 받는다. 그것이 칼과 숫돌의 만남이다.

　한겨울을 시댁에서 살았다. 봄이 되면서 짐을 싸는데 아주버님이 이삿짐 속에 잘 갈아서 날이 선 칼을 신문지에 둘둘 말아 끼워주셨다. 한옆으로 숫돌도 있었다. 몇 번만 문질러도 잘 들으니 두고 쓰라고 하시며. 무겁고 볼품은 없지만 그 숫돌은 우리 안에서 함께했다. 단독에 살 때는 수돗가 옆에 방치해 두었다가, 필요하면 사용하고 또 담 옆에 세워놓거나 뉘여 있었다. 아무 생각 없이 숫돌에 대고 칼을 문지르곤 했다. 그 숫돌이 어느 날 보니 가운데가 활 모양으로 휘어 있었다. 전에도 조금은 그랬을 것인데, 새삼스럽게 숫돌이 그렇게 보인 것은 사람이나 물건이나 쇠퇴되어 갔기 때문이다. 그렇게 모양이 바뀐 것도 몰랐다. 바닥에 떨어트려도 깨지지 않는 강한 돌인데, 가운데가 파일 정도로 들어간 모습을 보며 세월이 그만큼 숫돌을 스쳐 갔음을 느꼈다.

아이들이 고등학교를 졸업하고 대학으로 갔다. 아주버님은 전처럼 힘을 내어 칼을 갈지 못했다. 가끔 날선 칼처럼 가슴을 후비는 날 세운 기침소리가 허공을 갈랐다. 그 기침소리는 이상하리만치 섬뜩했다. 시간은 가고 등이 휜 아주버님은 가운데가 움푹 파인 숫돌처럼 병원신세를 지고 침대에 누웠다. 평화로웠던 가정에 회오리바람이 불었다. 점점 야위어가는 모습이 안쓰러웠다. 눈만 휑하니 바라보던 마지막 모습만이 가슴을 아프게 치던 그날들이 숫돌 위에 머문다. 그 위에는 지나간 그분의 너그럽던 웃음 자락이 와 앉는다. 숫돌은 아주버님의 영상을 묻고 우리 집에 함께한다.

아깝다 생각지 않고 좋은 것만 골라 챙겨주셨던 농산물이며, 마음 씀씀이가 보였다. 둘째를 낳았을 때, 동네잔치를 벌리며 흥겨워하시던 웃음들이 따라와 있다. "하나만 낳으면 외로워요. 잘 되었어요." 하셨다. 그때만 해도 '딸 아들 구별 말고 하나만 낳아 잘 기르자. 잘 기른 딸 하나 열 아들 부럽지 않다.' 이런 구호가 나붙었던 시절이었다. 그랬었는데, 그 아이들이 아이 아빠가 되었다. 그 숫돌 위에선 아직도 그분의 손길과 마음 길들이 곱게 머물고 있는데.

오래도록 칼을 갈지 않고 쓰기만 했더니 칼이 미끄럽다고 며늘아기가 말하기에 생각 없이 숫돌에 무턱대고 전처럼 칼을 문질렀다. 칼을 가는 내 손길 따라 아주버님의 울퉁불퉁 튕겨 나왔던 손등의 힘줄들이 보였다. 가만히 칼을 문지르다 말고 고개를 저었다. 그분의 삶처럼 휘어진 몸 골, 다 내어주고도 언제나 허허허 웃음을 주던 너그러운 마음 씀이다. 그렇게 패어지고 아무 곳에나 팽개치듯이 두었어도 그 모습 그대로 변하지 않음이 그분처럼 한결같다.

하나 있는 동생을 위하여 자신을 희생하신 분이다. 십대 어린 나이에 가장이 되어 힘들고 역겨운 일을 가리지 않고 했다. 어머님과 할머님만 계신 집안에 주춧돌이 된 분. 동생을 서울로 유학 보내고 방학 때 만나면, 아버지가 아들을 맞는 것처럼 그렇게 좋았다고 하시던 이야기. 좋은 것을 골라 주고 자신에게 있는 모든 것을 아낌없이 내주었던 형제였다. '바라만 봐도 그 형제에게서는 정이 뚝뚝 떨어진다' 하시던 동네 어르신들의 이야기를 몇 번 들었다. 그런 형을 여의고 동생의 삶도 한동안 힘들었다. 숫돌 위에서 그들의 삶을 읽는다. 우애 좋았던 형제와 화목했던 그날들이 달려와 머물러 있는 숫돌이다.

추억 속으로 파묻혀 건성으로 칼을 문지른다. 뒤란의 우물가가 보이고 앵두꽃이 피었던 그곳에서 숫돌은 언제나 우물 둑에 자리 잡고 있었다. 나무로 만든 틀 안에서. 들에 나가실 때 필요한 낫이나 도끼날 등을 갈았던 곳, 그림처럼 달려와 머문 자리다. 세월의 뒤안길에서 만나는 소중한 물건이며 귀한 사람이다. 한때는 사람도 봄이면 새잎이 나오는 식물처럼 어느 땐가 환생이란 기회가 있었으면 할 때가 있다. 그러고 보니 『은비령』에서 별들의 주기적으로 만나는 시간이 2천5백만 년이란 글이 생각난다. 아마 우리도 그 시간이면 다시 만날 수 있는 기회가 될지도 모른다. 숫돌 위에서 만나볼 수 있는 아주버님의 너털웃음이 들린다.

오월의 바람

　　바람은 어느 때나 분다. 어떤 바람이 어떻게 부느냐에 따라 사람들의 기억에서 멀기도 하고 가깝게 다가서기도 한다. 오월은 바람보다는 햇살이 따뜻한 달이다. 오월엔 어버이날도 어린이날도 각종 행사로 바쁘고 행복한 달이다. 우리는 지난 시간을 되돌려 보며 오월의 바람을 생각한다. 오월이 훈풍일 수만은 없는 시간들이 우리의 역사를 메우고 있는 사실은 큰 사건의 바람이다. 그것으로 인하여 고통 받는 이들이 있고 오월이면 언제나 가슴앓이로 눈물짓는 서러운 이들이 있다.

　　5 · 16 군사혁명은 6 · 25로 가난하고 헐벗고 배고픈 국민에게 한 가닥 희망을 안고 다가선 쿠데타였다. 물론 그로인하여 억울하게 당한 사람들도 있었겠지만, 민족중흥과 근대화의 기치를 달고 대한민국의 앞날을 걱정한 군인들의 혁명은 지금의 터전으로 만드는데 일조한 공로가 크다. 1961년의 사건이니 반세기를 넘긴 바람의 역사다. 현재 박근혜가 대통령이 되어 아버지의 대를 잇는 상황에서 딸이 바라본 아버지는 우리가 느끼고 생각하는 박정희는 아닐 것이다. 불행했던 그의 한 페이지가 역사의 바람 앞에서 피어오른다. 육영수 여사가 총

탄에 생명을 잃었고, 박정희대통령도 주변 참모의 손에 살해되었다. 어머니 여의고 아버지까지 그런 참상을 당한 자식의 아픔을 어찌 운명이라고만 넘길 수 있을까. 대통령에 당선되어 국립묘원에서 참배하는 그녀의 얼굴에는 잔잔한 것 같았지만 내 비칠 수 없는 슬픔이 깃들어 있었다. 대통령의 딸로 살았던 의연함과 인내의 미덕 안에서 피어나는 오월의 바람이 서럽지는 않았을까.

오월의 바람 앞에서 잠잠할 수 없는 광주시민들이다. '80년 5.18은 무참한 생명들이 죽어간 사건이다. 한 주부가 필수품을 사러 나왔다가 목격한 상황을 실은 글을 정리했다. 무서운 바람은 '전두환 물러가라. 울라울라' 하면서 시위대는 점점 불어났고 시내는 불통이었다. 밖에 나간 사람들과의 연락은 끊기고 안절부절 못하는 가족들의 애끓는 소리가 오월의 바람 앞에 속수무책이었다. 두렵고 무서움에 시민들은 떨어야만 했다. 그로부터 십 여일이 지난 후 도청 상무관 앞에는 합판으로 급조된 관들이 즐비했다. 그 관들의 뚜껑을 일일이 열어보며 아들을 찾는 어머니가 있었다. 목이 잘린 시체가 즐비한데 아들을 찾겠다고, 부패된 시신을 어루만지는 그 손길이 안타까웠다는 남편의 소리를 들으며 울었다는 주부다. 남의 나라 일처럼 생각되는 일들이 우리의 오월에 불었던 끔찍한 바람이다. 그 바람으로 인하여 서러운 영혼을 위한 망월동 묘역은 어머니와 가족들의 발길이 끊이지 않는 곳이다.

새 달력이 나오면 오월의 그날 위에 동그라미를 그린다. 그에게 천국에선 아프지 말고 잘 지내라고 빌어주는 날이다. 그날은 햇살이 유난히 길었고 따뜻했다. 서창은 길게 들이 비치며 창 만큼 자리를 잡았다. 그는 졸리다 며 햇살을 안고 누웠다. 피곤이 누적된 나도 그와 함께 누웠다가 눈을 뜬 것이 네 시가 넘었다. 곱게 자는 얼굴을 보며 푹 잔 줄 만 알았다. 전과 다르지 않다고 느꼈는데 숨

157

소리가 들리지 않았다. 하얀 얼굴에서 밀랍이 떠올랐다. 가슴이 내려앉았다. 어떻게 처리했는지 황망한 순간이 나를 음산하게 감싸 안으며 시간은 좀 먹어 갔다. 그날이 되면 언제나 아픔을 안고 시름겨웠던 얼굴, 건강해지고 싶었던 그가 겹쳐지며 오월의 하늘을 본다. 잘 못한 일들이 가슴을 짓누르고 죄인이 되어 사람을 만날 수 없었던 날들을 보냈다. 누구나 한 번은 가는 길이지만 말없이 보낸 것도 후회스럽게 뭉쳐 있다. 그날은 살아생전에 가족을 위해 힘들게 일했던 남편의 얼굴이 보름달만큼 가슴에서 부풀어 오르는 바람이다.

오월의 바람은 사연을 담고 구석구석 누비며 슬픔을 찾아가 보듬는다. 슬픔을 딛고 바로 서라고, 가슴을 열어 시원하게 받아 안으라고, 그리고 털어버리라는 듯이 나지막이 부는 것 같다. 웅크린 꽃봉오리를 열어 환하게 햇살을 보게 하듯이 우리의 얼룩지고 상처 난 가슴을 보듬어주려는 듯하다. 이제 오월이 다가온다. 그 오월은 모두를 털어버린 맑은 마음으로 맞고 싶다. 역사 속에 한이 서린 영혼들도 또한 모든 죽은 영혼들도 편안한 안식을 얻기를 바라는 마음으로 연도를 바친다.

그해 여름 이야기

'카눈'이 한차례 휩쓸고 지나간 후 언제 구름과 비를 안고 있었던가를 까마득히 잊은 하늘이다. 집안에 가만히 있어도 땀이 흐른다. 간신히 먹고 치우는 일만으로도 힘들다. 애꿎게 열 받은 선풍기가 힘들다고 덜덜거리는 한낮의 풍경이다. 날씨는 피서지를 찾게 하고 짜증스럽지만 들뜨게도 하는 여름. 한번쯤 어디론가 가야만 하는 것처럼 머릿속은 그쪽으로 달려간다. 수영복을 입은 어린아이들의 해수욕장 풍경은 잠자는 기억들을 끄집어내고 있다.

시골 아낙이 맞은 오랜 만의 외출이었다. 남편의 고향 동창모임에서 가족동반 여름피서를 갔다. 서해안의 천리포 해수욕장. 끝이 보이지 않는 아득한 바다를 와 본 것이 아이를 기르며 산 동안 처음이었다. 가슴이 후련하도록 소리치고 싶었다. 맺힌 것은 없어도 그냥 바다에 대고, 하늘에 대고, 허공에 대고 외쳐대고 싶었다. 나도 바다가 있는 곳으로 피서를 왔다고 자랑하고 싶었다. 보는 것만으로도 기쁨이었고 생활이 바뀌는 것처럼 신선했다. 땀이 흘러내리고 찐득한 느낌의 여름을 좋아하지 않았다. 헌데 너른 바다와 한량없는 공간은 나를 빠져들게 했다. 바다라는 말이 생소한 느낌으로 내 삶의 일순간을 집어 삼킨 듯이,

보이는 모든 것들이 나를 들뜨게 했다. 게다가 바닷물에 몸을 담그거나, 수영을 하고 나온 그와 친구들의 모습은 전에 보진 못한 당당한 아빠들이었다. 작열하는 태양은 바다를 그대로 말라 붙일 듯이 열기를 토하는 곳에, 모래펄도 덩달아 열이 올랐다.

아이들은 누구나 마찬가지로 맨발로 모래사장을 뛰면서 깡쭝거렸다. 그 아이들을 보면서 달아오르는 가슴은 잘 해 주지 못한 아쉬움이 짠 안하게 가슴을 헤집었다. 마음만 먹으면 한 번쯤은 아이들을 데리고 올 수도 있었을 텐데, 바쁘고 덥다는 핑계 아닌 부족함에 미안한 감도 일었다. 겁 없이 물속으로 뛰어드는 아이들, 엄마의 손을 잡아끌며 들어가자고 안달을 하는 아이, 여섯 살짜리 큰 아이가 칭얼거리며 내 손을 잡고 바다로 유혹하고 있었다. 달구어진 여름바다는 미지근하다. 깊은 곳으로 갈수록 물이 시원하다고 먼저 들어간 엄마가 손짓을 했다. 마음은 그들의 유혹을 뿌리치지 못하지만, 둘째를 안고 있는 나는 손 사례를 치며 남편의 모습을 찾고 있었다. 아마도 그도 오랜만에 바다에 오니, 내 세상이구나! 하고 어디론가 홀쩍 벗어나고 싶었는지 보이지 않았다.

어디선가 우아! 하는 남자들의 함성이 들려왔다. 수영 팬티만 걸친 모습은 건장한 장정들이다. 마이크를 잡은 회장의 큰 소리에 바다도 들먹거렸다. 호루라기를 불면 일제히 물속으로 뛰어들어 반환점을 돌아오는 경기다. 언제 갔다 꽂았는지 하얀 깃발 하나가 반대편에서 너울거리고 있었다. 가물거리는 반환점을 바라보고 있는 동안 엄마들은 아이들의 아빠를 외치며 남편의 뒤통수에 서서 아이들과 함께 파이팅을 했다. 호루라기 소리는 바다를 가르고, 모두의 귀를 헤집고 달려 나가는 선수들의 몸에서 휘파람소리가 났다. 듬직한 팔들이 물살을 헤치느라 정신없다. 큼직한 상어의 무리처럼 바다가 일제히 깃발을 향하여 길을 내고 있다. 해변에는 응원하는 가족들의 작은 함성이 물속에서 수영하듯 반짝거렸다. 가물거리듯이 반환점을 돌아올 무렵 응가를 하고 싶은 큰아이로 인해 아쉬움을 안고 화장실로 갔다.

수영복을 가방에 챙기며 그에게 물었다. 그는 마포나루에 살 때 한강을 건너 다녔다며 수영이라면 자신 있다. 고 했었다. 그의 말을 반신반의 했었는데, 출발과 함께 물살을 가르는 솜씨가 괜찮아 보였다. 지금까지 자신의 실력이 건재함을 보여주기라도 할 것처럼, 앞으로 헤치고 나가는 폼은 일등은 몰라도 꼴찌는 안할 것 같았다. 두 팔을 뻗으며 발장구를 제대로 차는 것 같아 안심을 했다. 그런 그가 수영대회가 끝나고 종적을 감추어버린 것이다. 점심 식사 후 수영대회가 있었으니까 아마도 세 네 시간은 족히 걸렸나 싶다. 돌아갈 시간이 되었는데 그의 모습이 보이지 않았다. 그러고 보니, 친구들은 얼근히 취한 얼굴로 반환점을 돌아오기나 했는지도 기억에 없다고 했다. 변비가 조금 심한 아이로 인해 확인을 못했으니 어쩌면 좋을까. 걱정도 되었지만 어딘가에 있을 것이란 믿음으로 두리번거리기 시작했다.

근심과 걱정은 눈덩이가 되어 불어났다. 아무리 부르고 외쳐도 반응이 없다. 관리실로 달려가 방송도 부탁했다. 많은 인파 속에 그의 모습은 오리무중이었다. 아이들을 잃어버리고 안타까워 찾는 부모는 봤어도, 남편을 잃어버리고 아이와 아내가 거기에 친구들까지 모두가 아우성 속에 같은 이름을 부르고 있는 모습은 처음이었다. 모래사장까지 홀딱 뒤집어졌다. 뿌연 모래 연기만이 침묵으로 답할 뿐이었다. 나도 모르게 홀쩍거리는 콧등 위로 서러움이 한줄기 흘러내렸다. 모두가 좋아하는데 왜 나만이 이런 방황 속에서 허위적 거릴까. 자취 없이 사라진 그가 밉지만 그 행방을 찾지 않을 수 없는 나는 좌불안석이다. 두리

번거리는 머리 위로 갈매기 몇 마리 휘적휘적 날개를 펴고 날아간다. 주저앉아 바라보다 부탁을 한다. 어디에 그가 있나 알아봐달라고. 되뇌는 입 속에서 쓰디 쓴 마른침이 걸린다.

아이를 데리고 다니면서 텐트 속에 노는 사람들도 기웃거려보고, 솔밭에 앉아 노닥거리는 얼굴도 긴가민가하여 기웃거리는 얼빠진 여자가 되었다. 발은 헛발을 짚고 마음은 콩밭으로 갔다. 혹여 반환점을 돌아오지 않은 바닷길이 문제인가 싶어 연신 바다도 기웃거렸다. 멀리 작은 배 한 척이 이쪽으로 오고 있다. 혹시라도 그곳에서 기쁜 소식을 얻을 수 있을까. 그가 저 뱃전에서 손을 흔들고 달려오지는 않을까 하는 황당한 몽상 속에서 잠시나마 꿈을 꾸었다. 출렁이는 퍼런 물결 위로 넘실넘실 다가서는 것은 그의 그림자처럼 안타까움을 안겨주었다.

아이도 아닌 어른을 잃고 백주 대낮에 허둥대는 내가 어리석기 그지없다. 뭐든지 덤벙거리는 나였다면 이해가 된다. 그러나 남편은 세심하고 꼼꼼하다. 어딘가에 있을 것이다. 아니면 그 잘난 실력을 믿고 반환점을 돌지 않았다면 이건 어떻게 되는 걸까. 나는 고갤 흔들었다. 그럴 리가 없다. 하루 종일 달구어진 모래바닥에 발이 뜨겁다. 그것도 느끼지 못하고 애를 업고 동동거렸다. 바지자락을 잡고 쫓아오는 큰놈은 반은 울상이다. 그렇지만 울지도 못하는 아이가 불쌍하기도 했다. 이대로 집으로 가는 버스를 탈 수가 없다. 친구들은 흩어져 남은 곳을 뒤지고 있었지만 별로 반응이 없다.

가계 앞에 낡아빠진 파라솔 밑에서 막걸리 통을 베고 잠든 사람이 있었다. 혹시나 하고 발걸음은 그 쪽으로 향했다. 태양은 그의 팔을 빨갛게 만들었다. 아무리 봐도 어디선가 본 사람이다. 뒷모습만 보여 앞으로 돌아보니 그렇지 않아도 벗겨진 이마가 벌겋고, 무엇이 그리 피곤했던지 깊은 잠에 취해 있었다. 아이가 소리쳤다. "아빠다!" 하고. 그 소리에 그는 놀란 듯이 게슴츠레 눈을 비비며 팔을 뻗었다. 아이는 아빠의 팔에 안겨 안타깝게 찾아 헤매던 순간을 잊은 채 집에 가자고 보챘다. 나는 한꺼번에 몸이 풀리며 현기증이 나듯 비틀거렸다. 주저앉아서 중얼거렸다. 살아 있어서 감사하다고. 말도 나오지 않았다. 목 놓아 흐느껴 울었다. 안절부절 못하고 찾아 헤매던 순간의 서럽던 울음이 아니다. 내려앉은 가슴이 제자리로 돌아오는 소리다. 말없이 등을 쓸어주던 남편의 손길, 얹혀있던 가슴이 풀리는 소리는 그해 여름이야기로 남아 해마다 여름이면 한번 씩 스쳐 가곤 했다.

마늘의 향처럼
가슴에 흐르는 이름

　일요일 오후 날은 더웠지만 그냥 두면 더위에 썩어버릴 것 같아 마늘을 정리했다. 몇 시간 물에 담가 불렸다가 며느리와 이런저런 이야기를 나누며 마늘을 깠다. 뽀얗게 깐 마늘을 믹서에 갈기 시작했다. 둘둘 거리며 마늘이 부서졌다. 몇 번 돌리지 않았는데 마늘은 수분이 잔뜩 든 뭉글한 죽이 되었다. 아직 덜 마른 모양이다. 양념으로 쓸 것이기에 좀 거칠어도 괜찮은데 너무 곱다. 큰 그릇보다는 작은 것이 사용하기에 편하기에 올망졸망한 그릇에 담아 냉동실에 넣었다. 형체를 분간할 수 없도록 뭉개져버린 마늘통을 정리하면서 잃어져 얻는 이름을 생각한다.

　예쁘게 다듬어진 마늘을 죽이 되게 갈아놓고 보니, 어머니 생전에 농사 지어 보내주시던 마늘이 보였다. 어머님 가시고 난 후 한동안은 보내 주셨던 농산물을 마트에서, 혹은 시장에서만 봐도 어머니를 본 듯이 눈물이 핑 돌았다. 특히 마늘은 함께한 세월이 길다. 해마다 저장 마늘까지 엮어 보내주신 그 정성으로 걱정 없이 살았던 날들이다. 돌아가셨다는 소식은 모든 것을 잃은 느낌이었다. 내게서 어느 한 부분이 떨어져 나간 아픔으로 힘들고 서러웠다. 그날 이후 마늘에서는 고향 냄새와 더불어 어머니의 향기가 스몄다.

올해는 마늘을 엮어서 현관에 매달았다. 어머님 솜씨만은 못하지만 생전에 눈여겨보았던 대로 엮어봤다. 들며 날며 바람결에 저 혼자 마르라 했다. 가끔은 후덥지근한 날씨로 썩지 않을까 걱정되어 만져보기도 하고 한두 개 떼어내어 까보기도 한다. 시골집 맞바람이 치던 뒤꼍을 생각한다. 신경 쓰지 않아도 저희끼리 마르던 곳, 한 줄로 몽주라니 매달아 그 옆을 스치면 마늘 향이 통풍에 실어오곤 했다. 볏짚으로 줄을 이어 엮은 마늘의 묶음은 작품처럼 멋있었다. 볏짚 세 가닥으로 이음을 하며 엮어 가던 마늘 한 접 한 접에 어머님의 손때가 묻었고 정성이 깃들었다. 그것을 누구한테 배운 것이 아니다. 필요에 의해 농촌 아낙이 창안해 낸 우수한 묶음의 형태이다. 그렇게 꼼꼼하게 엮어 놓은 마늘다발에서 어머니의 손길이 숨을 쉰다.

'나는 괜찮으니 너나 잘 살아라.' 하던 그 말씀은 항상 내게 부담을 주지 않으시려는 배려의 말씀임을 알면서도 착각하며 살았다. 어머니 생전에 무감각하게 지나쳤던 사실이다. 가슴 두드리는 못된 자식임을 왜 진작 깨닫지 못했을까. 희미한 잔영에 매달려 꿈에라도 한 번만 뵙게 해달라고 기도하던 손이 왜 그렇게 부끄럽고 죄스러웠는지 모른다. 눈 감지 않아도 쫓아오는 것들, 함께한 시간이 준 귀한 선물이다. 부서지고 갈아졌지만 그 향기로 남아 핏줄을 타고 있음을 감사히 받는다.

요즘은 변하는 것이 너무 많기에 가끔은 추억을 꺼내어 씹는다. 김장할 때면 돌절구에 마늘을 다지던 어머니의 힘듦도 있다. 나무절구공이로 요리조리 튀는 마늘을 부수느라 애썼던 일, 한옆에서 주워 담고 하다보면 한나절은 마늘과 씨름하던 그 날들. 그렇게 하나씩 어렵고 거칠었던 옛 문화는 새로운 시대에 맞게 자동화로 이뤄지거나 사라져갔다. 형체도 없이 날아간 것도 있다. 그나마 그 시대를 함께한 사람들이 가고 나면 박물관 한 구석에 자리 잡고 옛날을 떠오르게 하는 물건도 있다. 시간이 흐르면서 사람의 두뇌는 새로운 상품들로 잊혀져가는 것들의 향기를 담기도 하고, 새로운 이름으로 세상에 내놓기도 한다.

마늘과 다른 삶이 무엇일까? 세상이라는 바다에 허우적거리며 살다 가지만, 마늘처럼 그렇게 부서져 내리면서도 이름의 향기로 살기 때문이다. 나로 시작하여 엄마로서 또, 다른 호칭으로 사랑을 나누고 가진 것을 베풀며 이름 안에 내가 머문다. 그러므로 사람은 그 이름 하나로 되돌리는 무한정의 힘을 낸다. 마늘의 진한 향처럼 함께하는 사람들과 나눔이 있기 때문이다. 오래도록 어머니라는 이름은 마늘의 향기가 되어 사람 사는 세상에 머물고 있다.

숙제

오래전의 일이다. 어머님은 한글을 모르셨다. 공부라는 것을 해본 적이 없다 고 하셨다. 배우고 싶었지만 아무것도 몰라서 창피했고, 어느 누구도 가르쳐주려한 사람도 없다고 하셨다. 시장에라도 가면 어디가 문방구고 채소가계인지는 보면 알지만, 상호를 읽을 수 없으니 가끔은 사람들과 소통이 안 된다는 어머님이셨다. 그 말씀을 들으며 어머니와 함께 한글 공부를 시작했다. 좀 더 일찍 했어야 하는 아쉬움이 있었지만, 그래도 늦지 않았다고 어머님을 위로하였다. 배우고 싶은 의욕으로 칠십이 넘은 노령이지만 숙제라는 끈으로 어머니와 또 다른 인연을 맺게 되었다.

나이는 겉으로만 들어나는 것이 아니라 머리를 파고들어 나이테만큼 세포를 소모시켰다. 아무리 쓰고 말을 해도 조금만 지나면 뭐라고 했지? 하고는 웃으셨다. 농한기면 저희 집에 오셨다. 어머님과 한글공부를 하다가 집에 가실 때가 되면 숙제를 내어드렸다. 가끔 시집에 가면 어머님은 시간 날 때 쓴 것이라면서 맞게 썼는지 보라고 내밀었다. 삐뚤거리는 글씨는 깍두기 노트의 틀 안에서 용트림을 하고 있었다. 언제 어디로 튀어나갈지 모르는 아이처럼 제멋대로였다.

어머님은 이것을 힘들게 쓰셨을 것이다. 한술에 배부르지 않듯이 오늘보다 내일은 더 잘 될 것을 믿고 연필심에 침을 바르셨을 게다. 한 장 두 장 장수가 늘어남에 따라 어머님의 글씨체도 모양이 잡혀갔다. 그걸 보면서 어머님의 마음도 목표를 향해 날개를 달고 있었다. 숙제는 어머님과 나를 돈독하게 이어주는 끈이 되었다.

한겨울이면 사랑방에 군불을 피우고 방바닥에 엎드려 힘든 줄 모르고 우리 글을 배우시는 어머니가 존경스러웠다. 이제까지 모르고도 잘 살았는데, 새삼스럽게 왜 이 고생을 할까 하며 집어치우지 않았다. 애오라지 그 하나에 마지막 남은 시간을 걸고 계신 듯이 눈빛이 빛났다. 그런 어머님을 보면서 삶이란 희망으로 연결되는 목적의식이 필요함을 느꼈다. 어느 날이 될지 모르지만 책을 읽으시며 맘껏 누릴 그 행복한 순간이 기다려졌다. 숙제를 하시는 진지한 모습은 나로 하여금 늘어지려는 마음을 다잡아 주었고, 어머님의 잠재의식은 더 열의를 갖고 깨어나고 있었다.

시계 보는 법을 알고 싶다고 하시기에 일에서 십까지 써드리고 하나하나 읽는 법도 가르쳐 드렸다. 그리고 전화번호도 적어드렸다. 숙제장인 깍두기 노트에는 꾹꾹 눌러 쓴 글씨가 도망이라도 갈까봐 꼭 부둥키고 싶은 어머님의 마음처럼 붙어있다. 새 하얀 공책이 아깝다고 다락에 넣어 두셨던 그날은 깍두기 노트 칸칸에서 밀려나가고 있었다. 획도 바르고 모양도 예쁘장하게 정돈되어 있는 글자들의 행렬이었다. 아들, 손자들의 이름이 나란히 줄로 서 있는 것을 보며 코끝이 시큰거렸다. 바쁘고 힘든 농사인데 틈만 나면 이것을 쓰려고 엎드렸을 어머님의 노고에 오히려 죄송했다. 며느리가 낸 숙제에 아무런 핑계도 대지 않았고, 오히려 짐이 될까봐 미안해하신 어머님. 얼마나 글을 읽고 싶으셨을까! 하나하나 익혀갈수록 뿌듯한 감동으로 마음은 언제나 부자였다는 어머님이셨다. 말씀하시는 얼굴에는 젊은이 못지않은 향학열이 배어 있었다.

어머님은 습작노트를 보배로운 물건처럼 잘 간수하고 있다가 아들이 오면 들고 나와 자랑하셨다. 한글 공부에 숫자 공부를 하다 보니 자연스럽게 친해졌고 어머님이 오시는 날이 기다려졌다. 글자가 큰 동화책을 더듬거리며 읽으시는 모습이 대견했다. 노년에 숙제라는 인연으로 며느리와 허물없이 만나 웃고 있다. 만나면 인사 외에는 별로 할 말이 없었던 어머님과의 사이가 소통으로 이어졌다. 바라만 보고 있어도 할 말이 있는 것 같은 고부 사이를 깍두기 노트가 대신했다. 노트는 어머님의 전부였고 희망이었다. 또한 며느리와 대화할 수 있는 유일한 소통의 끈이었다.

어느 날 아침 일찍 전화벨이 요란스럽게 울렸다. 수화기를 들기 전 누굴까 했는데 어머님의 목소리가 고막을 울려왔다. 얼마나 반가웠는지 모른다. 어떻게 전화를 걸었는지, 누가 눌러 주었는지, 이런 일이 처음이었기에 놀랐다. 급한 상황이라서 동네 분한테 부탁을 한 것일까, 너무 궁금하기도 했고 걱정이 되었다. "에미야, 내가 전화를 해서 놀랐지? 네가 가르쳐 준 숫자를 보고 내가 눌렀다." 어머님은 전화를 제일로 하고 싶었던 것이다. 아들, 며느리 목소리에 손자들까지도 덤으로 받고 싶었던 속 깊은 어머님을 이해하지 못했다. 그렇게 기뻐하셨던 어머님의 목소리를 처음 들었다. 어머님의 목소리에서 숙제하시던 모습이 스크린처럼 전화기 안으로 스며들고 있었다.

열심히 사셨던 그 모습을 오래도록 아니 살아 있는 동안은 거울처럼 내게 비출 것이다. 작년 여름 어머님은 가셨지만 고향에 가면 그 사랑방에서 엎드려 숙제를 하시던 얼굴이 보인다. 깍두기 노트를 들고는 대견해 하시던 웃음과 아들에게 큰소리로 읽어주며 자랑스러워 하셨던 그 얼굴이 이 글 위에 서린다. '있을 때 잘해.'라고 하던 친구들의 소리가 이렇게 회초리 되어 고막을 울린다. 가슴을 짓누르는 잘 못한 일들이 추억처럼 숙제 위에 스며들고 있다. 어머님의 노트 위에는 긴 세월의 흔적이 흐릿하지만 남아있다. 배우고 싶었던 열망이 기쁨으로 연결되어 글자마다 꿈틀거림을 본다. 모르고 사셨던 그 시간이 얼마나 한스러웠으면 죽기 전에 내 이름이라도 쓰고 싶다고 하셨을까. 홀로 익힌 솜씨로 상호나 간판 등을 떠듬거리며 읽으셨던 일들이 숙제 노트 위에서 영상처럼 비쳐온다.

　살아있는 동안의 자신을 관리하는 수단은 목표가 있는 삶이다. 무엇인가 정해진 목표는 내일을 기다린다. 그 성과가 비록 좋지 않다고 해도 그 과정은 필요하다. 무언가를 이루기 위한 과정은 즐거운 것이고 희망이 있다. 나를 위해서도 또 가족을 위해서도 나아가 남을 위한 일이기도 하다. 건강한 심신은 서로가 건강한 사회를 만드는 요인이 되기 때문이다. 그러므로 삶은 뭔가에 매달리며 풀어가야 할 숙제를 안고 걷는 길이다.

목젖 뒤로 숨은 소리

　　자고 나니 목소리가 잠겨버렸다. 며칠 전 한밤중에 가위에 눌리듯 사지를 떨며 이불자락을 당겼던 날의 꿈이 생각났다. 꿈은 황당무계하다고 했지만 식은 땀으로 범벅이 되어 침대 아래로 나둥그러졌던 날의 기억을 지워버릴 수가 없다. 바람결에 절벽 아래로 곤두박질 처진 가을 잎사귀처럼 색 바랜 모습으로 질려 있었다. 그 이후 나오지 않는 내 목소리에 심한 우울증환자처럼 멍청하게 시간을 보낼 때면 그 꿈은 꿈틀거리며 쫓아오곤 했다. 소리가 나오지 않는 것이 설령 아픔을 주지 않는다 해도 불편함이 동반된다면 질병인 것이다. 이 일을 무지하게 생각한 실수는 고통을 느끼게 했다.

　　내 어리석음은 타박상으로 아픈 머리와 골이 패는 아픔을 구별하지 못했다. 책을 읽으면 목은 아프지 않은데 맑은 음이 나오지 않았다. 헛기침까지 하면서 목을 다듬어 보려고 했지만 헛수고만 할 뿐 답답했다. 목이 좀 가라앉았을 뿐이라고 혼자 생각에 대수롭지 않은 듯 따뜻하게 생강차를 마시며 달래었다. 다음 날 아침 손자가 왔는데 말소리가 밖으로 나오지 않았다. 손자는 할머니를 부르며 책을 읽어달라고 디밀었으나 눈으로 읽었다. 참으로 답답하다. 전화가 왔지만 귀에 대고 상대의 말만 듣는다. 아무리 소리를 내도 입만 움직일 뿐 밖으로 나오는 것은 헛김 빠진 가냘픈 바람 소리다. 왜 그러냐고 안타깝게 수화기를 내려놓는 소리가 고막을 울린다. 이럴 때 자유로웠던 어제에 대한 미련이 무딘 가슴에 못질을 한다. 한 치 앞도 모르는데 내일을 어찌 알까.

답답함으로 인하여 이웃의 불편함을 이해하게 된다. 나는 목소리가 밖으로 나오지 않아 심한 우울증까지 덤으로 받아 안았다. 그것이 2,3일에 불과한 시간이었지만 나는 그 속에서 고통과 불편함을 겪었다. 아는 분 중에 말을 더듬는 사람이 있었다. 어릴 때는 같이 놀면서 죄스럽게도 반벙어리라고 놀리기도 했었다. 학교에서는 친구들과 어울리는 일이 줄어들고 따돌림을 당하는 일이 많았지만, 그는 어린 나이에도 잘 견디어 내었다. 얼마나 불편했고 속상한 날들이 많았을까. 잠시인데도 이토록 답답하고 주위 시선이 두려워 밖에도 나가기 싫은데, 불현듯 나는 그가 보고 싶어졌다. 자신의 불편은 자신 이외는 이해가 되지 않을 때가 있기 마련이다. 남을 이해 할 수 있다는 것은 그런 고통이나 경험을 함께 겪었을 때 자신 있게 말할 수 있을 것이다.

병원에 갔다. 의사는 이상한 눈으로 쳐다보며 왜 이렇도록 안 왔느냐고 호통이다. 후두가 너무 많이 부어서 나중엔 숨도 쉴 수 없이 될 뻔 했다는 것. 후두염이 이렇게 무서운 것인 줄 몰랐다. 말소리가 나오지 않아도 아픈 곳 없으니 무관심하게 그 밤을 지낸 어리석음은 가족에게 걱정을 끼쳤다. 자고나면 괜찮겠지 하는 자만심은 늘 한 발짝 두려움으로 잡아 끌어갔다. 별안간 오는 병은 없다고 하지 않던가. 그렇게 내 몸에도 이상한 징조가 있었을 것인데 그 원인이 찐득하고 후덥지근한 여름 때문이라고 생각했다. 몇 통의 전화가 나를 울렸다. 정말 통화를 하고 싶었는데 확인만 하고 끊어버리는 마음은 고통스러웠다.

지난날 목소리에 한이 맺혔던 사람이었다. 남편의 고향친구로 후두암을 앓고 있었던 그는 죽는 날까지 손에 굵은 매직펜을 쥐고 있었다. 너무나 안타깝고 속 상했던 가슴앓이가 입 안에서 몸살을 앓았을 게다. 손가락에 힘을 주고 꾹꾹 눌 러쓴 종이엔 그 사람의 아픔과 바람과 체념이 섞여 더 가슴을 아리게 했었다. 우리가 찾아갔을 때는 유언처럼 한 줄 한 줄 피로써 자신을 그리고 있었다. 그 위에 눈물방울이 떨어져 파란 잉크가 번지면서 빗방울처럼 번져 내렸다. 그 이 후 우리는 그의 차디찬 몸 위에 마지막 흙 한 삽으로 이불을 덮어주면서 그 글 을 온몸으로 읽은 적이 있다. 내가 목소리가 나오지 않자 그가 떠난 지 많은 세 월이 흘렀지만 어제 일처럼 선명하게 가슴을 훑고 지나갔다.

내 소리를 찾으려고 노력한다. 내 몸을 마음대로 학대함을 죄스럽게 생각한 다. 돌보지 못함에 이렇게 힘들게 함이 내 불찰임을 깨닫는다. 꿈속에서도 조심 하라는 경고 메시지를 주지 않았나 싶다. 또한 쓸데없는 말로 남을 아프게 하지 말라고 경고하는 의미가 담아있는지도 모르겠다. 이제껏 생각 없이 뱉어버린 말들이 어느 누구의 가슴에 못이 되어 박혀 있다면 어떻게 할까. 말은 내 안에 있을 때는 내 노예가 되지만 입 밖으로 나오면 나는 말의 노예가 된다. 잠들 수 없는 생각들로 수없이 긁적여 놓은 감사의 말들이, 고통스러웠던 며칠 위에서 엉킨 실타래처럼 풀려나온다.

봄비 속에서

아침 카톡문자와 함께 사진을 받았다. 볼수록 정감이 넘치는 사진이라 한참을 들여다보고는 지인들에게 퍼 날랐다. 커피를 마시고 싶다고도 하고, 우산을 잃어버려 비 맞던 추억이 연상된다고도 했다. 그런가하면 직접 목소리가 듣고 싶다고 전화를 주었다. 만나서 점심이나 먹자고 한다. 사진 한 장이 주는 따스한 감동이 묻어난다. 봄비가 부슬부슬 내리는 날이면 창 밖을 보며 그윽하게 음악을 듣고 싶다며 전화하는 친구가 있었다. 그리고는 자신이 듣고 있는 음악소리를 수화기를 통해서 들려주곤 했다. 나는 그 친구처럼 음악에 별로 관심이 없어서인지 그냥 좋구나 했었다. 세월이 흘러서인지 왠지 모르게 오늘 같은 날은 그 친구의 목소리가 듣고 싶다. 나직하게 들려주던 말소리며 톤이 한결같이 가라앉은 소리가 유리창의 빗물처럼 흘러내린다.

친구가 떠나던 날도 오늘처럼 찬비가 내렸다. 유리창에 맺힌 물방울이 방울져 주르르 눈물처럼 흐르고 있었다. 안의 더운 공기와 바깥의 찬 공기로 인해 뿌옇게 된 창에 나는 그녀의 이름을 써본다. 몇 번이고 지웠다 썼다 한다. 그 이름 속으로 사슴처럼 커다란 친구의 눈이 보이는 것 같다. 살며시 웃으며 비사이로 사라져가는 그 뒷모습을 멍하니 바라본다.

친구는 꽃샘추위가 기승을 부리며 찬비를 뿌리던 날 우리들 마음 안에 싸늘한 시신으로 채우고 갔다. 그게 벌써 오 년이 넘었다. 술을 좋아했던 남편이 영정사진을 껴안고 서럽게 울었다. 아들 둘이 얼이 나간 듯 커다란 주먹으로 눈물을 찍어내며 오열했다. 멋도 모르는 손자가 제 부모와 함께 엉엉 울어서 모두를 슬프게 했던 그녀가 있던 곳의 마지막 풍경이다. 한줌의 재로 돌아가는 시간, 사느라 바빠서 건강관리도 못하고 병원에 갔을 때는 이미 늦었다는 사형선고 아닌 선고에 아연실색했던 그녀다. 삼 개월 산다고 했다는데 달포도 안 되어 가버렸다. 참으로 어이없이 친구를 보내며 생각하니 평상시 잘해주지 못한 후회만이 가슴을 치고 올라와 봄비 속으로 젖어들고 있었다.

생각하면 산다는 것이 참으로 허무하기도 하다. 어제까지도 허허실실 하며 농을 주고받던 사람들이 밤새 안녕이란 말과 같이 이승을 떠난 일이 적지 않다. 그녀의 떠남을 보면서 언젠가는 모두 가야할 길임을 본다. 태어나고 떠남은 누구도 어쩔 수 없는 일, 별 볼 일 없이 살다 가는 사람이나, 이름을 남기고 가는 사람이나 그 길은 같은 것이다. 그렇다고 어차피 갈 길인데 두 손 놓고 그 날을 기다리는 삶은 아니다. 어느 날일지 모르지만 사는 날까지는 최선을 다하여 살아야 할 것 같다. 아등거리며 살지 말자고 다짐하지만 봄비 속으로 사라져간 친구를 생각하면 초조한 감도 있다. 조금만 더 우리 곁에 있어 주었으면 하는 아쉬움이 가슴을 짓누르고 있다. 그날의 연화장(수원의 화장터)하늘도 봄비를 내리며 물먹은 듯이 무거워 보였다.

봄비가 내리면 비를 맞으며 올망대를 캐던 아저씨가 있었다. 어릴 때 한 집에서 살았던 분이다. 그는 평안도가 고향이었다. 실향민으로 명절 때면 하루 종일

방에서 나오지도 않고 속앓이를 하던 그다. 유난히 봄비가 내리면 그는 소를 논 가운데 쟁기 꽂아 놓아 둔 채 올망대를 캐고 있었다. 엄마의 심부름으로 술 주전자를 들고 가면 좋아라 고 쫓아 나오는 그였는데, 큰소리로 불러도 쳐다보지도 않았다. 슬그머니 술 전자를 논둑에 놓고 그의 모습을 바라보고 이었다. 그가 캐어 놓은 올망대(이것으로 묵을 쑤었다고 함)는 까맣고 동그란 모양인데 껍질을 벗기면 하얀 속살이 보였다. 그냥 깨물어도 달작지근한 물이 배어 나왔다. 내가 친정에 가면 그의 아내는 올망대 묵이라면서 하얗고 야들야들한 묵무침을 상 위에 내 놓았었다. 봄비와 더불어 고향소식을 안고 사신 그 아저씨의 마음이 묵 속에서 뭉클거리며 씹히고 있었던 기억이다.

스무 살 이전에 우리 집에 왔으니 함께 산 세월로 말하면 오빠처럼 다정했던 분이다. 그가 몇 해 전 봄날 질척거리는 논둑길을 밟으며 세상을 등졌다. 사무치게 그리던 고향도 못가고, 어머니 소식도 듣지 못 한 채 영원한 길을 가버렸다. 소식을 접하고 고향에 갔을 때는 덩그런 장례식장에 아저씨의 사진 한 장이 어설프게 웃고 있었다. 그래도 고향처럼 생각하며 산 그의 자취로 동네 분들이 모여 앉아 아저씨의 이야기를 나누고 있었다. 그 사진 위에서 나는 텀벙거리며 캐던 올망대와 아저씨의 순박한 미소만을 건져 올렸다. 부슬거리는 하늘 위를 바라보며 봄날의 허기짐을 채웠던 그 올망대가, 어머니가 되어 그의 눈 속에 달처럼 차 있다.

수탉 울음 소리

하루가 아침으로 인하여 문이 열린다. 발길이 나를 데리고 산책로로 들어선다. 어디선가 아득하게 먼 것 같은 소리가 발길을 잡으며 점점 가깝게 들린다. 그 소리의 근거를 따라 걷는다. 교회 건물이 있고 철조망이 쳐져 있다. 풀숲이 우거져 사람들의 왕래가 드문 곳. 도시인데 이런 곳도 있구나 싶을 정도로 을씨년스럽다. 뒷길이 있어 울타리를 타고 돌았다. 키 큰 소나무와 벚나무들이 즐비하게 심어진 울타리에 아침이 서서히 어둠을 걷어내고 있었다. 풀숲으로 이루어진 철조망 근처는 감히 발을 들여놓기가 두려웠다. 소리의 근원을 찾아 옮기는 발길이 스스로 놀라 서 버리곤 했다. 순간 돌아가고 싶었다. 그때 들리는 소리 꼬꼬꼬 하는 암탉 소리, 뒤이어 귀청을 놀라게 하며 아침을 일으키는 소리가 우렁차다. 어디로 들어가야 수탉을 만날까.

한옆으로 맑은 냇물이 흐른다. 그리고 체육공원이 자리하고 있다. 아직은 잠이 덜 깬 공원에는 몇 사람의 인기척이 보일 뿐이다. 나는 도둑질하다 들킨 사람처럼 살금살금 눈치를 살핀다. 새벽잠에 취할 이 시간 교회의 울타리를 배회하는 일이 보통 사람이 할 일은 아니다. 그렇게 생각하면서도 수탉이 보고 싶었다. 교회 건물을 한 바퀴 돌아 정문에서 울타리를 타고 정원 속으로 걸었다. 부지가 무척 넓다는 생각을 했다. 삭삭 싸리비소리가 들렸다. 반가웠다. 정중히 인사를 했다. "안녕하세요? 죄송합니다. 제가 길을 몰라 정원 속으로 들어왔습니다." 하자 그는 괜찮다며 나를 수탉이 있는 닭장으로 안내해 주었다. 따라가면서 굳이 이리하지 않아도 되는 일인데, 왜 나는 수탉을 봐야 한다는 생각을 할까 스스로에게 물었다. 어이없는 웃음을 아침부터 흘리며 말끔하게 비질이 된 마당을 가로질러 걸었다.

작년 봄에 병아리 몇 마리를 사왔는데 그중에 한 마리가 수탉이었단다. 수탉은 교회의 아침을 불러오는 활기찬 전령사였다. 울음의 탁월한 재능을 가진 수탉이다. 윤기가 번진 붉은 깃털들, 늘어진 빨간 벼슬은 왕성한 수컷의 힘을 과시하고 있었다. 길고 튼튼한 다리, 올라간 뒤 꽁지의 깃털은 검고 붉은 색으로 위로 뻗쳐있어 더욱 늠름하게 보였다. 몇 마리의 암탉들을 휘어잡을 기상이 역력해 보였다. 닭들의 가족이 살고 있는 울안은 좁았지만 암탉이 알을 낳는 둥지도 있었다. 아마도 알을 품어 병아리도 깔지 모른다는 생각이 들었다. 수탉은 주위를 빙빙 돌면서 좁은 울안을 배회하고 암탉들도 뭔가를 콕콕 찍으며 저 나름의 소리로 살아 있음을 확인시키고 있었다.

동물은 어디서 사느냐에 따라 그 가진 능력이 발휘되기도 하고 위축되기도 한다. 갇혀 있는 닭들은 넓은 세상의 멋을 모른다. 그러므로 지붕위에서 뛰어 내리는 동료의 묘기도 모를 것이다. 닭은 급하면 머리만 감춘다. 꽁지는 제 몸이 아닌 줄 착각한다. 뒤쫓아 오는 적을 피해 지붕으로 날아오르는 닭을 보고 저것도 날 수 있구나! 했던 유년이 있었다. 닭장에 갇힌 수탉의 모습에서 성대는 우렁차지만 제 본래 기능을 잃어가는 것은 아닌지. 시원스레 날개를 펴며 경중경

중 뛰던 그 모습도 보고 싶다. 마당을 휘젓고 혹은 텃밭을 몽땅 짓밟아 어머니로가 막대를 들고 뒤쫓던 그 모습도 생각났다. 나는 수탉을 보면서 대리만족을 생각한다. 수탉이 있는 곳은 시골이다. 시골은 고향이고 그리운 사람들을 만날 수 있는 곳. 타임머신이라도 타고 가는 기분으로 한동안 수탉의 모습을 보고 있었다.

시집 와서 몇 개월 어머님과 같이 살았다. 어머님의 아침은 닭장에 들어가 암탉이 낳은 계란을 담아오는 일에서 시작되었다. 청소를 하고 모이를 주고 한 번씩 거풍을 하는 일이다. 꺼내온 계란은 따끈한 것은 날 것으로 어른들이 드시고 나머지는 계란찜을 하여 아침상을 준비하였다. 요즘처럼 시장에 가지 않아도 자연적인 반찬, 유통기한도 없고 망설임 없이 먹을 수 있었던 유기농 채소와 더불어 살았던 시절. 날계란을 먹으려고 어린날 아침이면 닭장 앞에서 서성이었다던 남편의 얼굴도 보인다. 어머님이 아래위로 작은 구멍을 내 건네준 계란을 입에 대고 쪽쪽 빨아먹었다고 했다. 그 맛이 얼마나 고소했는지 모른다는 말. 먹어보지 않았으니 비렸을 것이라고 하며 그걸 어떻게 날로 먹었나 놀리기도 했다. 뱃속에서 병아리가 꼬끼오 하고 나오면 어떻게 하려고.

닭들은 거풍을 기다리기라도 하였다는 듯이 밖으로 나왔다. 그런데 이상하게 그것들이 어머님 뒤만 졸졸 따라다닐 뿐 도망가지 않았다. 닭장으로 들어가면 저희들도 따라가 제 집을 콕콕 찍곤 했다. 깨끗하게 청소를 마친 후면 바가지에 모이를 들고 다시 우리로 들어갔다. 닭들은 흐트러지지 않고 자연스럽게 모이 바가지를 따라 모여들었다. 새장의 새는 날개가 있어도 금방 날지 못하듯이 닭들도 그랬나 싶다. 습관이 무섭다. 자신도 모르게 익숙해졌던 행동은 몸과 마음을 일정하게 묶어버린 듯했다. 수탉의 굵직한 발가락을 바라보고 있자니, 동네

닭이 나와 돌아다니며 두발로 파헤친 엉망이 된 텃밭의 채소들, 그걸 보고 화가 나신 어머니가 닭을 가두라고 이웃에게 호령하시던 소리가 귀전에 머문다.

옛날 수탉은 먼동이 트기 전에 울었다. 산등성이를 넘어오는 태양보다 먼저 눈을 뜨고 세상이 밝았음을 알렸다. 수탉 울음을 제일 싫어했던 사람은 남편이었다. 봄이면 일거리가 많아 야근까지 하고 돌아왔다. 그리고 늦잠에 취한 시간, 영락없이 수탉은 그를 깨웠다. 뒤란에 수탉의 울음소리는 온 집안을 울릴 만큼 쩌렁쩌렁했다. '내 저놈의 수탁을 잡아먹어야지' 하던 짜증난 신음소리가 산책로를 걸으며 먼저 들렸다. 참으로 오랜 시간이 흐른 뒤였는데, 잠재의식 속에 아직도 그 소리가 때를 기다리고 있었다. 신기한 일이다. 그때만큼 실감 난 수탁 울음소리가 발길을 묶어 놓았다.

기어코 가던 길을 멈추고 수탉과 암탉들이 모이를 쪼고 있는 평화로운 우리를 보았다. 비록 얼기설기 얽혀진 좁은 우리였지만 그곳에서 나는 먼 날처럼 느껴지는 내 일상을 끌어왔다. 도심에서 쉽게 접할 수 없는 닭장이다. 게다가 수탉이 훼를 치며 울음 우는 곳, 교회의 뒤꼍이다. 그곳이 개인집과 인접한 곳이었다면 아마도 닭들은 이렇게 맘 놓고 울 수 없었을 게다. 애완견의 짖는 소리도 민감하여 성대수술을 한다는데 새벽 닭 울음소리 그리 반갑지 않다. 좁은 우리에서 저토록 실하게 자라난 수탉과 그 성대가 제 기능을 유감없이 발휘하고 있는 것에 신기했다. 먼 그날을 끌어온 수탉의 울음은 고향이었고, 돌아가신 어머님의 모습을 잠시 만나는 아침이었다.

할머니의 김밥

　　4월에 접어들면서 밖에 나들이가 빈번해졌다. 주말이면 아이들과 함께하는 날이 많다. 번거롭기 때문에 김밥 몇 줄 사고 과일도 챙겨 갔었다. 그런데 집에서 만든 김밥이 맛있다고 아이들이 김밥을 만들자고 했다. 김밥재료를 준비하면서 그 옛날 어려웠던 시절의 할머니 김밥이 순간 머리를 스쳐 갔다. 그리곤 움푹 패인 할머니의 눈 속으로 따뜻한 기운이 감돌던 그날들이 영상처럼 맴돌았다.

　　시집와서 4개월을 시댁 어른들과 함께 살았다. 쪽마루를 사이에 두고 형님 내외분이 계시고, 나는 건넌방에 살았던 때이다. 할머니와 어머님은 사랑방에 기거하셨다. 나는 그때 큰 아이를 갖고 입덧을 심하게 했다. 먹고 싶은 것도 없었다. 먹기도 전에 냄새만 맡아도 가족들에게 민망할 정도여서 밥상머리에 앉지도 못했다. 저녁이면 형님은 밥을 못 먹는 내게 무의 파란 머리 부분을 깎아서 시원한 것이니 먹어보라고 권했다. 못 본 척할 수 없는 것이 가족이다. 손위 형님으로 어려웠지만 무던했기에 저녁이면 어른들 모르게 가만히 문을 두드렸다. 당근이나 밤을 예쁘게 깎아 내 손에 안겨주었다. 고맙고 미안하기도 했다. 시집이 어렵고 불편했지만 이토록 마음 써주는 형님이 있어 외로움을 달랬다.

정월 대보름도 지나고 할머님은 부엌으로 어머님과 형님을 부르셨다. 나도 부지런히 부엌으로 달려 나갔다. 어머님은 들어가라 했지만 여자들이 모두 모였는데 무슨 일인가 싶어 그대로 할머니를 바라봤다. 할머니는 입덧이 심한 나를 위해 김밥을 만들기 위해 부엌으로 집합시켰단다. 김밥이란 소리에 이상하리 만치 입맛이 돌았다. 설마 김밥을 할머니가 만들 것인가 궁금했다. 장에도 안 가시고 집에만 계셨는데 무엇으로 김밥을 만들 것인지. 할머니는 어젯밤 수수쌀을 담가놓았다고 하며 그것을 가루로 내어 김밥을 만들 것이란다. 수수쌀로 김밥을? 감이 잡히지 않았다. 그때만 해도 나는 부엌살림에 익숙하지 않았고 어떤 재료로 무엇을 만들 것인지를 잘 몰랐다. 어르신들이 하는 모습을 지켜볼 수밖에 없었다.

들기름을 두른 은근한 팬에 익반죽한 수수쌀로 만든 아이 주먹만한 경단을 올려놓고 꾹꾹 누르면서 펴나가는 할머니의 솜씨는 단수가 높다. 조금씩 자리를 잡아가는 모양은 점점 둥글어졌다. 마디 굵은 할머니의 손가락이 듬성듬성 프라이팬을 짚어갈 때마다 그것은 조금씩 커지며 얇아졌다. 바라보는 것만으로도 신기했다. 뜨겁지도 않은지 연신 손을 떼지 않는 그 모습은 살아온 경륜이며 장인의 솜씨였다. 할머니는 부엌바닥에 쭈그리고 앉아서 계란 지단처럼 넓적하게 수수쌀 지단을 구어 놓았다. 거기에 무짠지를 길게 썰어 물에 담가 소금기를 약간 빼어놓았던 것과, 지난 가을 묻어두었던 홍당무를 꺼내어 채를 썰었다. 계란을 부치고 난 다음에 홍당무를 볶았다. 이것이 그 시절 할머니의 김밥 재료였다. 요즘은 맛 볼 수도 없는 수수쌀로 만든 김밥이다.

수수쌀 지단이 김을 대신했다. 그 시절은 김도 비싸서 마음대로 먹을 수 없는 음식이었다. 그 위에 짠지 하나 홍당무 몇 개, 계란말이를 넣고 둘둘 말았다. 이렇게 만든 것을 제일 먼저 내게 내밀면서 먹어봐라 하셨다. 평상시의 음식냄새가 싫었지만 그것은 입으로 들어가도 아무렇지도 않았다. 거무틱틱했지만 담백했고 느끼하지도 않았다. 내 입을 바라보던 할머님의 얼굴이 지금도 생각난다. 수수 김밥을 손에 들고 목이 메이게 밀어 넣는 나를 측은하게 바라보았던 그 모습을 잊을 수가 없다. '밥 한끼 구경 못한 거지 삼신이 먹는 모습'이라고 하셨다. 그때 말고는 그렇게 맛있게 먹어본 일은 아마도 없을 듯싶다. 어디 한군데 주름 잡히지 않은 곳이 없었던 쭈굴쭈글 하회탈 같은 그 얼굴. 그 위에 머문 평화로운 미소가 보고 싶다.

우리는 부엌바닥에 자리를 깔고 앉아서 할머니의 김밥에 대한 이야기를 듣기 시작했다. 할머니의 말씀인 즉 1950년대 한국전쟁이 끝나고 몇 년 후라고 했다. 큰 손자(아주버님)가 국민학교 5학년이 되어 봄 소풍을 가게 되었다. 새 학기가 되고 아버지 없는 손자가 5학년 반장이 되었다. 할머니는 기특하고 좋았지만, 집에 있는 것이 없어 제대로 먹지 못한 탓에 삐쩍 마른 손자를 보면서 늘 마음이 아팠다.

소풍을 간다는데 해 줄 것이 없어 밤새 궁리한 것이 수수쌀 김밥이다. 그것은 할머니와 어머니가 정성을 모아 만든 것이었다. 춘궁기에 그나마 수수쌀이라도 있어 얼마나 다행이었을까. 할머니의 이야기를 들으면서 그나마 없었다면 무엇으로 손자의 소풍 도시락을 챙겨 줄 수 있었을까 가슴이 먹먹했다. 집안 사정을 멀쩡이 알고 있는 손자가 빈손으로 소풍을 갈 줄 알았는데 김밥을 싸주셨으니 이 또한 얼마나 행복했을까.

할머님의 수수쌀 김밥은 소풍날 선생님도 울컥하게 했단다. 그렇게 만든 김밥을 양은 도시락 두 개에 담았다. 그리고 금방 낳은 계란을 몇 개 삶아서 보냈다. 할머니의 손자는 평상시에 맛도 못 본 김밥에 삶은 계란까지 싸주니 얼마나 기분이 좋았을까. 계란 하나라도 어린 나이에 특별대접을 받는 소풍날인 것을, 아마도 너무 좋아서 인사를 수도 없이 하고 신나게 대문을 나갔을 것이다.

양은 도시락을 연 선생님의 기분은 어땠을까. 등에 지고 달려가느라 김밥이 뭉그러진 줄도 모른 할머니의 손자였으리라. 그래도 반장이라고 선생님의 김밥을 싸다드리고 싶었던 그 마음을 선생님은 아셨다. 모든 재료들이 제멋대로 흩어져 도시락에 굴러다닌 것을 보고 한 번은 웃고, 한 번은 손등으로 눈자위를 눌렀을 것으로 짐작한다. 학생의 가정환경을 누구보다 더 잘 아는 분이었기 때문이다. 나중에 선생님께서 할머님을 찾아 뵙고 잘 먹었다고 인사를 하셨다고 한다. 세상에 나서 그런 김밥은 처음이었다고.

수수쌀 김밥만큼은 입덧을 가라앉혀 주었고 시집 잘 왔다고 생각하라는 남편의 말을 들으며 아이를 낳았다. 그 이후 그 김밥은 두 번 다시 만들지 못했다. 큰아이가 두 살 되던 해 할머니는 세상을 떠나셨다. 할머님의 영전 앞에서 수수김밥이 생각났다. 가만히 안방에 모셔진 영정사진을 손바닥으로 쓸어보았다. 담뱃대만 물고 히죽이 웃을 것 같았다. 그런데 내 눈은 젖어들고 있었다. '먹어봐라' 하면서 내밀던 그 마디 굵은 손이 덥석 잡힐 것 같았다. 그리움이 울컥 넘어왔다.

짚공예

TV에서 공방프로그램을 보았다. 짚으로 만든 공예품에 신기해하는 학생들의 눈동자가 빛났다. 요즘 학생들에게는 짚공예가 낯선 모양이다. 짚으로 하나하나 엮어 만든 장식품은 학생들에게 호기심을 끌고 있었다. 귀고리, 안경, 인형, 짚신, 모자, 귀여운 바구니, 동물의 집 등등. 여러 가지 형태의 소품들을 만들어 독특한 짚 문화를 보여주었다.

옛날 농촌에서 짚은 생활용품을 만드는 소중한 재료였고 소먹이였다. 초가지붕을 잇는 이엉을 엮는 소재이었으며, 땔감으로도 유용하게 쓰였다. 가을 추수가 끝나고 나면 일꾼들은 벼를 털어낸 볏짚을 잘 말린 것으로 이엉을 엮었다. 초가지붕을 새로 단장하려면 여러 날 엮어야만 했다. 볏짚은 삶을 엮어가듯이 생활을 엮은 지난 세월 장인의 역사를 안고 있다.

겨울밤, 사랑방에서는 새끼를 꼬면서 짚 일이 시작되었다. 양손에 짚을 나누어 쥐고 이쪽저쪽 돌려 엮는 것으로 발바닥에 대고 책상다리를 하고 새끼를 꼰다. 농촌에서는 어느 집이든 새끼가 필요하기 때문에 대부분 이런 방법으로 농한기를 이용했다. 그것으로 지붕을 이을 때, 가로세로 새끼줄로 새로 이은 지붕이 바람에 날아가지 않도록 단단하게 묶었다. 또한 가는 새끼는 가마니의 날줄로 이용되었다. 짚 한 올에 힘을 주고 정성을 모아 꼬는 새끼줄이 우리 집 일꾼에게는 삶의 끈이 되었을 게다. 긴 겨울밤을 짚으로 시간을 엮어가던 분, 기약 없는 가족과의 만남을 짚과 더불어 삭이며 한 올에 그 혼을 담아내려 애썼지 싶다.

사랑방 문을 열면 초저녁 불을 지핀 후끈한 방 기운에 물을 뿌려 부드러워진 짚에서 그 특유의 향기가 났다. 구수하면서도 땅 냄새가 났던 것을 기억한다. 방에서 몇 사람이 나란히 앉아 짚을 손바닥에 대고 꼬아 내는 새끼는 뒤로 빼면서 수북하게 쌓여진다. 하룻밤 손바닥을 비벼 얻은 일꾼의 땀이고 열정이 만든 작품이다. 가지런히 사려진 팔자모양의 새끼 사리. 그것이 한 해를 마무리하는 이정표다. 지붕을 이어야 일꾼은 다음해를 약속하기 때문이다.

일꾼을 나는 아저씨라고 불렀다. 팔자모양의 새끼 사리를 생각하면, 꼬여진 사리처럼 얼기설기 얽혀 사는 이산가족의 아픔이 떠오른다. 얽혀진 사리가 흐트러지지 않으면 자연스럽게 한 가닥씩 풀려나온다. 그처럼 아저씨의 한의 사리도 새끼 사리처럼 술술 풀렸으면 좋겠다는 생각을 했다. 아저씨는 새끼를 꼬면서 인생을 엮었을지도 모른다. 한 사리를 엮어 팔자로 사리를 만들 때, 한몫을 해낸 기쁨 뒤에 얼비친 두고 온 고향 하늘. 다시는 오고갈 수 없을지도 모르는 그 길. 어느 날인가 먼 길손처럼 흔들던 가족의 손길이 그립다 하신, 아저씨의 한 서린 목울대가 사리 꾸러미 위로 보이는 것 같다. 친정집의 사랑방 그림처럼.

가마니를 엮으려고 꼬는 새끼는 가늘다. 허구한 날 짚을 만져서 아저씨는 손바닥도 두터웠고 손금이 보이지 않을 정도로 거칠었다. 손가락 끝이 갈라진 것을 보고 아버지는 파랗고 둥근 바셀린 크림 통을 사다주었다. 매일 만지는 짚

일에 짜증도 내고 싶으련만 아저씨는 언제나 말이 없었다. 가끔 멍멍이와 이야기하듯이 히죽 웃는 것으로 기분을 나타내었다.

60년대 중반쯤이다. 여름 방학 때 언니와 가마니를 짜는 것을 배운 적이 있다. 엄마와 큰언니가 하던 일을 하고 싶어서 대바늘을 쥐고 짚을 넣어 가마니를 짜는데 제대로 될 리가 없다. 바늘이 새끼줄 사이로 삐져나오고, 짚을 문 바늘이 제대로 물고 가지도 못하고 헛바느질만 했다. 그래도 언니의 바디질은 괜찮았는데, 코가 달린 바늘로 짚을 끌어오는 일이 보통 어려운 것이 아니었다. 몇 번을 시도해도 잘 되지 않은 것을 보고 아저씨는 히죽 웃으며 일어서라고 했다. 날래게 바디를 잡고 힘 있게 내리누르니, 짚은 제자리를 찾아 반듯하게 앉고 큰언니의 짚을 문 코바늘은 나비처럼 새끼줄 사이를 드나들었다. 잽싸게 바늘이 보이지 않을 정도였다. 넋 놓고 바라봤던 우리 집 뒤뜰 풍경이다. 아저씨는 바디를 엎었다 젖혔다 했는데, 짚을 물고 오는 바늘은 영락없이 잘도 들어가 엮어갔던 일이 얼마나 신기했는지 몰랐다. 그렇게 아저씨는 짚과 함께 시름을 잊었을까.

농사가 많으니 벼 담을 가마니를 손수 짜야만 했다. 그때는 그렇게 만들어 쓰는 일이 많았다. 자급자족에 물물교환이 성행하던 농촌의 상황이었다. 농촌은 쌀이나 곡식을 내다 팔아야 돈이 되었다. 모든 물건을 만들어 썼던 시기라서 삼태기도 만들고 뭔가를 담을 바구니도 만들었다. 여름날 마당에 펴고 앉아 있는 멍석도, 벼를 말리는 데도 필요했다. 그건 여름날 달밤에 만들었다. 휘영청 밝은 달이 뜨면서 시작해도 달이 그믐으로 가면 한참은 툇마루에 놓여있었다. 여름비가 내리면 툇마루에 펴 놓고 짚으로 새끼줄 사이를 자연스럽게 엮어가던 멍석 만드는 일은 녹록한 일이 아니었다. 그래도 그는 쉬지 않고 틈틈이 멍석을 엮어나갔다. 그렇다고 새경을 더 주지도 않았지만, 일이 많은 것을 탓하지도 않았다.

꾀부리지 않았고 언제나 알아서 일을 처리하는 아저씨였다. 그러기에 마음 놓고 맡겨놓았던 아버지다. 멍석도 어느새 다 만들었다고 마당에 펴면 샛노란 색깔에 볏 잎 냄새가 솔솔 풍겼다. 군더더기 없이 가지런하게 짚들로 엮어진 멍석은 돗자리만큼이나 매끄러웠다. 솜씨 또한 영글고 한결같았다. 멍석 위에 누워보면 싫지 않았던 그 향기가 농촌 특유의 멋인 것을 이제야 생각해 낸다. 여름밤 그 멍석 위에 누우면 숱하게 박힌 별만큼이나 짚 올 사이사이로 아저씨의 손끝이 오고감을 느꼈다. 너저분한 지푸라기 하나하나가 고른 멍석이 되기까지 풀어놓았을 고달픔이 보였다. 아저씨는 그 지푸라기 하나로 자신의 인생을 엮었고, 희망도 엮었을 것이다. 새끼줄을 당겨 짚을 넣어가며 한 수 한 수 수를 놓듯이, 그는 멍석에 자신을 새겨 놓지 않았을까. 짚은 아저씨 삶의 전부였지 싶다. 오래도록 그가 만든 작품 안에는 그의 혼이 서성이는 것처럼 그의 얼굴이 번득이고 있었다.

몸을 쉴 새 없이 놀리면서도 고향소식에 귀를 세웠고 언제가 될지 모르지만 가야만 한다는 굳은 신념을 품고 살았다. 명절이나 자신의 생일 같은 날에는 하루 종일 시무룩하게 지내곤 했다. 아저씨는 40이 넘어서 새경을 장려 쌀로 늘려준 엄마 덕에 부인도 얻고 새집도 장만하여 일가를 이루었다. 지금은 가시고 없는 분이지만 친정엔 그의 가족인 아줌마와 출가시킨 자손들이 있다. 평안도가 고향이라 한 아저씨, 남이었지만 남 같지 않았기에 정들며 살았던 그 옛날이 짚공예를 보면서 보름달처럼 떠오른다.

말만하면 무엇이든 군말 없이 만들어주던 사람. 지금도 생각나는 짚으로 만든 여치 집은 매우 정교했다. 학기가 끝날 때까지 교실 뒷벽에 매달려 있던 우수한 방학숙제였다. 친정집에는 아저씨의 생활 용품들이 농번기 뿐 아니라 매번 유용하게 쓰였다. 정성들이여 만든 명석이며, 짚 채반들도 보기 좋았고 필요하게 사용했던 그날들이 오늘따라 선명하게 따라온다.

시대에 따라 생활풍습이 다르기에 지금은 일종의 눈요기에 불과한 짚으로 만든 물건들. 농촌 박물관이나 민속촌 같은 곳에 전시용으로 남아 있다. 그것들은 짚의 향기가 없으며 시간을 지고 온 가치만을 지니고 있다. 옛날에는 없으면 안되는 생활필수품이었다. 농촌의 들녘을 지나가다보면 갈무리해 비닐로 둥그렇게 묶어진 다발들이 논 가운데 있는 것을 본다. 그것이 소 사료이고 땅이 준 선물이며 농부의 피땀인 것이다. 그런 농업 형 주거시대를 거쳐 지금은 공업형으로 변화된 시대에 산다. 소중한 우리의 짚 문화가 진화의 터널을 거쳐 소품으로 그 맥을 이어가고 있는 현장을 보았다. 짚은 땅심이 만들어 낸 지고지순한 우리의 얼이다.

스님의 종이꽃

　　한 해를 마무리하는 사진작가협회가 주체하는 사진전에 들렀다. 사진전을 둘러보고 나오면서 눈길에 끌려 들어간 곳이 종이꽃 전시회장이었다. 승복을 입은 젊은 스님 한 분과 곱게 한복을 차려입은 여인들이 우리를 맞았다. 황송하다는 생각을 하면서 깊게 머리 숙여 인사를 나누었다. 스님의 종이꽃 전시회라서인지 엄숙하고 존엄함이 깊은 사찰의 기운이 감돌았다.

　　발소리도 죽여 가며 천천히 꽃을 따라 걸었다. 꽃의 색감이 오방색의 멋에 가까웠다. 육감적으로 시야에 머무는 빛이 은은하고 정감이 갔다. 번쩍 눈에 띄는 것이 아니라, 바라볼수록 차츰 빠져든다고 할까, 자꾸만 돌아보게 하는 빛의 유혹이었다. 화려하면서도 뽐내지 않았고, 수수하면서도 순수에 가까운 매력을 지닌 꽃들이었다. 화분에 담겨진 것도, 목각으로 만든 분에 가지런히 심겨진 것도 있다. 모두 특별한 의미를 가지고 있는 종이꽃. 내 안에 잠재된 사라져가는 민속들이 하나둘 꼬리를 물고 달려 나올 것만 같다. 상여에 달았던 하얀 꽃이 상여꾼의 발걸음 따라 흔들거리고, 정월 대보름 농악대의 모자에 달린 색색의 종이꽃들이 북과 꽹과리 소리 따라 흔들리고 있는 것 같다. 꽃들 사이로 살아

있는 것처럼 지화의 은은한 자비의 맥이 향기를 내뿜고 있었다.

성용스님은 순수한 국내산 닥종이만을 이용하여 종이꽃을 만들었다고 한다. 불도의 간절한 염원을 담은 전통방식의 한지에, 천연염색의 빛깔을 입히느라 애를 썼다는 스님이시다. 잊혀져가는 선조들의 화려했던 잔칫상을 재현하였다. 스님이 손수 만든 지화에서는 남자의 향기보다는 고운 여인의 숨결이 비치고 있다. 스님이 만든 꽃에는 그만이 간직하고픈 향기와 불자의 정성이 가득하다. 아직 미흡하여 스님이 지닌 지곡한 자비와 사랑을 느낄 수는 없으나, 올곧게 이어진 부드러운 선과 매력에서 그의 마음을 조금은 읽었다. 섬세한 손길로 한 잎 한 잎을 매만지던 성용 스님의 자태가 돋보이는 지화 전시회다.

수많은 날을 적시고, 들이고, 바래고를 거듭하는 작업으로 하나의 느낌을 가진 색을 얻었을 때의 희열을 생각한다. 고된 노동이라고 생각했다면 못할 것이다. 무엇인가를 위해 이루고자 하는 염원이 이루어낸 일. 그 색깔은 종이꽃 만들기를 갈망한 스님의 몸에서 우러나온 물감일 수도 있다. 한지의 부드러움과 불도로서 자비가 종이꽃을 만들었다. 생화에 버금가는 꽃. 가슴이 만들었고 손이 도와주어 만든 완성품이다. '한 송이 국화꽃을 피우기 위해/ 봄부터 소쩍새는/ 그렇게 울었나 보다'라고 서정주 시인은 말했지만, 성용 스님은 한 송이 종이꽃을 피우기 위해 수없이 많은 날, 손톱이 갈라져 피가 흘렀고, 찢긴 자국에 피멍이 들고, 마르고 진 자리 가릴 날이 없었을 것이다. 하나를 위해 자신을 바친 전시회다.

종이꽃은 분명 기술이 만들어낸 작품이라 말한 내가 무안하다. 종이꽃에 서린 기품은 식물과 열매에서 우러나온 색의 오묘함과 꽃에 스민 향기를 맡을 수 있어야 한다. 또한 작가의 재량과 기능을 눈으로 보는 것이 아니고 마음으로 읽

191

어야 한다. 종이꽃은 스님의 분신이다. 내 손으로 만든 지체이며 세상에 하나 밖에 없는 특별한 것이다. 세상에는 부모가 만들어주신 나 하나가 유일하고 특별한 보물이듯이, 스님은 종이꽃에 한 삶을 맡겼을 것이다. 또한 그 꽃이 주는 이미지는 그 어느 것보다 더 가치 있고 귀한 것이리라.

한 편의 글을 끝내고 난 후의 뿌듯함이 종이꽃과 맞물린다. 고열을 짜내어 이루어낸 작품과 별 차이가 없을 것 같다. 거듭 생각하고 정리하고 퇴고하는 과정은 그만한 정성을 들임일 게다. 한 편의 시를 몇 년을 고쳐 세상에 내 놓았다는 어느 시인의 이야기를 상기한다. 그러면서 부끄러웠다는 말은 나를 무색하게 했다. 성용 스님이 종이꽃을 사랑하는 열정과 시인이 작품에 들인 나름의 정성과 지혜와 노력은 동일하지 않을까. 하나의 작품에는 그 가치가 살아있다.

양파나 쪽, 치자, 지치 등에서 색을 채취하는 스님의 특별한 발견은 이토록 보기 드문 색상을 만들어 냈다. 정성을 기울인 닥은 하나의 꽃으로 승화하는 과정에서 무리 없는 재료이다. 남자의 무딘 손으로 섬세하고 오묘한 접기를 했을 스님의 손은 부드럽다. 날카로운 선을 부드럽게 어루만지고, 골 깊은 번뇌를 조심스럽게 쓸어안은 스님의 손이 만든 꽃이다. 들여다보고 또 보아도 아름다운 곡선의 미와 잔주름의 깊이를 어찌 그리 규모 있게 표현했을까. 몇 개의 이파리가 하나의 꽃이 되기 위해 화합을 얹어 놓은 승화의 불빛이었다. 엄두도 낼 수 없는 종이꽃 전시회를 보며 참으로 감사했다.

처음 본 종이꽃 전시회다. 뭔가 할 수 있는 것을 실천하기 위해 세상에 나온 것이 사람이 아닐까. 종이꽃을 들여다보면서 그 속에 감추어진 스님의 정성을 조금은 이해할 것도 같다. 종이꽃은 진정으로 사랑하는 마음과 불도의 자비심이 빚어낸 아름다움이다. 살아 있는 꽃으로 승화하는 작업은 송이마다 독특한 향기를 지니고 있다고 했다. 그 작업이 간절함을 담아 순수한 마음으로 보는 이에게 감동을 주는 것은 아닐까. 전시회를 둘러보면서 나는 손은 무디고 마음은 거칠어도 수화공예로 마음을 닦는 성용스님의 겸손한 마음을 담고 간다. 그것이 우리가 세상을 살아가는 힘이 아닐까.

세상에 아무리 많은 자료가 있다 해도 꿰지 않으면 무용지물이다. 필요한 만큼 그 가치를 드러내는 일이 중요하다. 물들인 색지 한 장일 수밖에 없는 얇은 종이가 스님의 정성으로 손길 따라 한 송이 작품으로 세상구경을 나왔다. 사람은 오감을 통하여 종이꽃을 감상한다. 성용스님은 어떤 마음으로 종이꽃을 만들었을까. 한 권씩 나누어준 책자에 그림을 그리고 친필 사인을 해주었다. '꽃같이 아름다운 인연입니다.' 너무 고마웠다. 손길 가는 곳마다 작품이다. 부처님 전에 향을 피우는 마음으로 또 한 번 천 년의 꽃을 피운다는 스님. 종이를 꽃으로 피워 그 향기를 우주 법계에 공양으로 올린다는 말씀. 가만히 사인이 그려진 첫 장을 넘기며 손끝으로 조심스럽게 더듬어 본다. 그날의 향기가 향처럼 피어올라 깊게 숨을 들여 마신다.

어제 그리고 오늘

지구가 공전하는 시간 속에 머문 사람들. 세상을 향해 꿈틀 대면서 하루가 눈을 뜬다. 숙면의 시간을 거쳐 우리에게 내려지는 특별한 아침이다. 휴식을 넘어온 이 단어는 만물의 가슴에 오늘, 그리고 내일의 꿈으로 삶이란 선 위로 오른다. 먼 산이 눈을 뜨고 다가온다. 그 숲에 든 나무들, 풀들이 스스로 자신을 세우며 잎으로, 꽃으로, 열매로 내일을 향해 길을 낸다. 생명이 존재하는 것, 무한한 것에 도전장을 내민 살아 있는 것들, 멀든 가깝든 언젠가는 스스로 사그라질 수밖에 없는 유한의 길. 죽어서도 천 년을 산다는 주목을 비롯하여 하루살이도 이 길 위에 섰다. 생에 의미를 둔 것들의 전쟁은 영원할 수 없음을 안다. 그러하기에 삶은 어제의 끈을 달고 오늘도 세상의 문을 연다.

계승은 역사를 동반했다. 그 흔적은 기록이 되어 우리 앞에 남아있다. 17년의 시간을 지고 온 동인지가 한해를 마무리 지었다. 마무리는 끝이 아닌 시작의 의미를 지고 18년으로 가는 길을 열 것이다. 두렵고 힘들었던 첫 동인지는 시간을 돌려 우리 앞에서 말하고 있다. 2000년 『반짝이며 길을 찾는 언어들』로 문을 열었던 문인의 얼굴이 당당해 보인다. 그 표지는 문인들의 장래가 유망함을 말하고 있다. 반짝임을 가슴으로 안으며 오늘 『풍경 같은 사람』으로 동인지 17호를 엮었다. 25명이 한결 같은 마음으로 정열을 쏟은 작품집이다.

　태양은 어제의 꼬리를 물고 내일로 간다. 막지도 잡지도 못하는 길에 나는 서 있다. 함께 어우러져 만든 동인지는 다음날 우리들 앞에서 오늘 같은 대견함으로 어제를 말할 것이다. 축시를 낭송한 원로 시인은 '스무 번째 이날엔 떡두꺼비 같은/ 작품 하나 순풍 낳았으면.' 하고 바랐다. 이런 바람이 있기에 어제를 지고 온 오늘이 부끄럽지 않을 것이다. 한 길을 걷는 마음 길에 반듯한 글자에 삐뚤어지지 않은 마음들이 정성스럽게 박혀있다. 한 편 한 편 낭송의 시간 속으로 우리들의 어제가 빛을 내며 번뜩거린다. 몇 날 며칠 혼자 애 삭이며 써온 글들에서 몇 번인가 애벌 찐 흔적들이 힘들었음을 읽는 글쟁이의 마음이다. 모두가 귀를 세우는 문학교실은 심판대에 서는 마음처럼 두근거렸고 떨렸었다. 그냥 쉽게 이루어지는 일은 없다. 생선이 애벌구이로 익지 않듯이 뒤집고 열어보며 뜸들인 만큼의 시간을 요구한다. 그런 어제가 있었기에 오늘은 당연히 안겨지는 선물이다.

　『풍경 같은 사람』이 따뜻한 기운으로 가슴을 채웠다. 한 해가 얼룩진 우리들의 정성이었다. 내가 보듬지 않으면 누가 다독여 줄 것인가. 스스로에게 말을 건네며 책장을 넘겼다. 정성이 들어간 선물 꾸러미는 풀기도 아깝듯이 지금 마음이 그렇다. 애써 가꾼 화초가 꽃을 피웠을 때처럼 뿌듯함으로 채워지는 가슴. 한 송이 국화꽃이 아니어도 흔한 들꽃이어도 좋았다. 그 하나를 위해 바친 내 정성이 깃들었기 때문이다. 수시로 들여다보고 다독이며 매만진 내 분신이기에 소중했다. 완성된 작품 앞에서 장인의 마음 언저리를 순간 읽었다. 창작이 주는 이미지는 지금 동인지를 안고 벅찬 느낌으로 바라보는 감동의 일치라면 어폐일까. 어제가 묶여진 시간들이 나뭇잎처럼 주렁주렁 달린 가지를 잡고 있다. 손안으로 가득 안겨지는 빽빽함이 그냥 좋았다.

나무가 나이테를 두르며 키를 키우고 잎을 내고 열매를 맺었다. 어린 나무였기에 오늘 청년으로 성장할 수 있었다. 시작은 두렵고 설레지만 첫 발은 희망이었다. 목표가 불확실하다고 해도 대담하게 디뎌보는 뿌리는 내일을 약속했다. 그것이 설령 계획한 만큼 이루지 못했을 지라도 견뎌낸 걸음만큼 앞으로 뻗었을 것이다. 미비한 성과 앞에서 좌절도 했다. 내 능력을 시험한 시간들은 능력뿐 아니라 지구력이 요구하는 인내를 배우게 했다. 거친 흙덩어리 속에서 자갈더미를 헤치고 장애도 뛰어넘어 실뿌리라도 뻗으려 애쓴 흔적들이었다. 목숨이 붙어 있는 한 해 볼만한 가치를 안고 땀을 흘렸다. 어제의 땀은 다분히 나를 안고 동인지 안에서 숨을 쉬었다. 부끄럽지만 어제가 만든 오늘의 나인지라 사랑할 수밖에 없다.

산다는 것은 세상의 길 위를 걸어가는 일이다. 그 길에서 갈등하고 뒤 돌아보며 나만의 길을 걸었다. 그 길이 설령 선택이 잘못되었다 해도 내가 좋아서 택한 길이다. 로버트 프로스트의 「가지 않은 길」이 생각난다. '노란 숲 속에 두 갈래 길이 있었습니다.'로 시작되는 시구가 가슴으로 가만히 기어든다. 남겨진 길에 아쉬움과 가보지 않은 길에 대한 미련 같은 것. 하지만 내가 좋아서 걷는 길이기에 힘들고 고통스러워 발바닥이 물집이 생겨도 보듬어 안아야 했다. 그건 사랑했기 때문이다. 동인지는 우리들의 오늘, 그리고 내일로 가는 길을 열 것이다. 그 풍경 속으로 들어가 한 사람의 온기를 보태고 싶었다. 안을 들여다보면 어제 부끄러워 숨던 얼굴과 마음길이 함께 손잡고 걷는다. 거기 내가 있고 문인들과의 17년이 잠재해 있다. 이 얼마나 뿌듯하고 보람된 걸음일까. 새삼 부픈 가슴으로 그 누구에게도 굽히지 않을, 나를 품에 안았다.

一寸의 光陰도 가벼이 여기지 말라

복지관 중국어반에서는 지난달 메르스로 인해 만날 수 없었던 모임을 근처의 음식점에서 가졌다. 4분기 중 분기마다 끝나는 마지막 주 월요일에 회식을 갖는다. 오후 수업을 마친 후 어중간한 시점에서 점심 겸 저녁을 먹는다. 공부하며 어려웠던 이야기, 혹은 재미있는 이야기도 곁들이면서 친분을 나누는 자리다.

어르신들이지만 열의만큼은 젊은 학생들 못지않다. 복지관 복도가 떠나갈 정도로 따라 읽는 소리가 우렁차다. 한 음이라도 놓칠세라 성조에 맞추는 목소리는 높아지기 마련이다. 한 자 한 자 짚어가며 설명하고 해석도 자세하게 해주는 선생님. 집에 와서 책을 펴면 언제 했던가 싶게 아득한 단어들이 낯설게 다가온다. 누군가 그런 말을 했다. 무조건 외우라는 거다. 열 번 해서 안 되면 스무 번 서른 번 계속 입에 닿도록 외우면 내 것이 된다. 그렇게 하다보면 하나씩 알아가고 치매 예방은 물론 즐겁게 공부할 수 있다. 그러면서 애국가 4절까지 하루도 몇 번씩 외운다고 하는 분도 계셨다. 대단한 열의다. 뭔가를 배운다는 것은 그 사람 인생길에 동반자다. 함께할 수 있는 친구이며 서로 보듬어가는 유일한

동지다. 배움이기에 힘들지만 자신감을 얻는다.

　회식 자리에서 3분기 새로 온 학생들과 인사를 해야 하는 자리, 반장의 설명에 따라 자기소개를 했다. 반장은 동화구연가로 어린이와 놀아서인지 아주 재미있는 제스처로 자기소개를 부탁했다. 예를 들면 손뼉을 쳐가며 음률에 맞게 시작하는 것이다. "♪내 이름은 공석남 꿈도 많고요. ♬내 별명은 청솔모, 자랑스러워요. 내 취미는 글쓰기, 이담에 이담에 작가가 될래요♪." 20여 명이 넘었지만 참 재미있게 따라 하시는 분, 그냥 점잖게 이름만 말씀 하는 분도 계셨다. 이런 식의 자기소개로 인하여 웃어볼 수 있는 시간이다. 어디에서 이런 자기소개를 할 수 있을까. 젊어지는 기분, 삶의 활력이 넘치는 시간이다. 웃음은 서로를 가깝게 한다. 허물없는 웃음 속으로 학생들의 눈빛이 빛난다. 반장은 자주 이런 기회를 마련하여 움츠리는 시간을 당당한 모습으로 돌려 주고 싶단다.

　흰머리와 주름은 시간이 만든 표징일 뿐이다. 열심히 책을 읽고 받아쓰기 하는 모습은 아직도 젊음을 보여주고 싶은 도전 정신이다. 열의에 찬 시선은 굳은 의지로 뭉쳐 있다. 삶은 이런 것이다 하듯이. 할 수 있을 때 하고 싶은 것을 하며 인생에 희망을 키운다는 것, 얼마나 대견한 일일까. 이제서 뭘, 하기보다는 한 번쯤 도전하는 것은 정말 멋진 인생이다. 활기차게 살아가는 떳떳한 모습만이 밝은 내일을 보여준다.

　배워서 얼마만큼 효용가치를 나타낼지는 모른다. 하지만 배우는 그 자체, 즉 과정이 즐겁다고 동탄에서 오는 왕언니, 오늘도 기쁨에 주름살 하나쯤 펴질 것 같은 얼굴로 돌아갔다. 참으로 배운다는 것은 좋은 것이다. 꼭 필요하지 않아도 공부가 하고 싶고, 친구들을 만나고, 좋은 분들과의 시간을 함께하고 싶어 찾는 분도 있으리라. 허송세월이 아닌 뭔가 할 수 있다는 자부심으로 두 시간을 딱딱

한 의자에 앉아 힘들지만 개의치 않는다. 이런 분들이 살아갈 제2의 인생은 언제나 아름다운 꽃처럼 활짝 필 것이다.

두 시간 내내 서서 열심히 강의 하시는 중국어 선생님. 돌아가지 않는 발음 연습에 애타는 학생들의 마음을 헤아리고, 거듭해서 읽어주고 설명해준다. 따라 읽는 학생들의 밝은 눈빛에서 봉사의 보람을 느낄 것이다. 받아쓰기 숙제를 점검하는 선생님. 열강이다. 공부하는 것이 제일 즐겁다는 분. 우리도 더불어 공부할 수 있어 행복하다. 한 분 한 분 짚어가며 숙제검사를 한다. 누가 잘 해왔나가 중요한 것이 아니다. 얼마나 열심히 공부했나, 숙제검사를 통하여 선생님은 학생들의 마음을 의연 중에 짚고 있는 것이다. 중국어 글자 위로 그 사람의 심정과 열정이 묻어있다고 하면서.

중국어를 배우는 것도 좋지만, 중국사회를 조금씩 알아가는 일 또한 소중한 시간이다. 어디서 이런 강의를 들을 수 있을까? 해박한 중국역사 강의는 재미있고 유익하다. 직접 중국에서 생활하신 분이기에 중간중간 역사이야기로 우리들의 해이한 시선을 묶어놓는다. 중화인민공화국을 세운 모택동의 인물사 등 그들이 일궈놓은 역사의 한 페이지를 옛날이야기 하듯이 풀어가는 선생님, 그 이야기를 듣노라면 나도 모르게 귀를 모은다. 그저 즐겁다. 어떤 말씀으로 우리들의 시선을 묶어놓을까. 이래서 우린 월요일을 기다린다. 나만 알고 있는 것은 아는 것이 아니다. 베풀고 나누며 가꾸어야 아는 것을 안다고 말할 수 있다는 분. 서로 간에 소통으로 유대관계를 돈독히 하는 이 시간은 너무 재미있다.

어느 날 사자성어처럼 중국어로 풀어주시던 말씀이다. 중국 사람들은 일을 할 때, 백리를 간다면 90리를 반으로 생각한단다. 그만큼 일의 마무리가 어렵다는 말이다. 누구나 시작은 쉽지만 일의 마침은 그리 쉽지 않음을 이르는 말. 한

자를 중국식 발음으로 읽고 말할 때까지는 많은 시간과 노력이 필요하다. 그러니 열 번 스무 번 외우고 외워서 내 것으로 하란 말은 일리가 있다. 계속 반복 연습을 하다보면 나도 모르게 그렇게 되지 않을까 싶다.

오늘은 명심보감 권학편에 나오는 말씀으로 중국어 풀이를 하면서 공부를 시작했다.

> *少年易老學難成* (소년이노학난성)
> *一寸光陰不可輕* (일촌광음불가경)
> *未覺池塘春草夢* (미각지당춘초몽)
> *階前梧葉已秋聲* (계전오엽이추성)

소년은 늙기 쉽고 학문은 이루기 어려우니,
한 치의 광음도 가벼이 여기지 말라.
못가의 봄풀은 꿈을 아직 깨지 못했는데,
어느덧 섬돌 앞 오동나무는 벌써 가을 소리를 낸다.

생명을 키우는 서호

아침 시간 서호를 걸어보면 유쾌한 음악소리로 발걸음이 가볍다. 이슬 머금고 고개 내민 풀잎들도 더욱 영롱한 빛이다. 사람만 음악을 듣는 것은 아닌 모양이다. 시커먼 날개를 펴며 나는 가마우지도 깃을 펼치고, 작은 참새도 질세라 하늘을 난다. 물속에서 올라오는 팔뚝만한 잉어는 기세도 좋게 얼굴을 내밀고 물위 세상을 본다. 하늘 아래 물이 있고 우거진 숲이 주는 자연의 힘이다. 저마다 건강함을 드러내는 모습이 보기 좋다.

서호 광장에는 부지런한 사람들이 음악과 함께 활발한 몸짓으로 아침 기운을 돋는다. 보는 것만으로도 즐겁다. 몸짓 따라 한자리 끼고 싶을 만큼 내 몸도 들썩거려진다. 쿵쾅쿵쾅 울리는 장단만큼 신바람과 열기로 후끈 달아오른 모습. 힘 오른 팔에서, 땀 흐른 얼굴과 목덜미에서 젊음이 묻어난다. 그리고 열정과 희망을 담은 발길이 힘차다. 두 날개를 쫙 펴고 물길을 가르는 가마우지의 날개만큼 기상하는 서호의 또 하나의 에어로빅 팀. 활력이 넘치는 곳이고 건강을 선물받는 곳이다.

걷는 것만으로도 건강할 수 있다는 의사들의 말을 빌리지 않더라도 걸어보면 안다. 몸에 활력을 주고 눈과 귀는 삶의 열기로 발길을 끌고 간다. 생각은 자연스럽게 봄풀처럼 돋아 올라와 사유의 창문을 여니 이 또한 금상첨화다. 온몸 운동이며 제일 쉽게 접할 수 있는 일상이다. 조금만 시간을 내어 서호의 둘레길을 걸어보면 너무 감사하다. 물은 낯선 곳을 돌고 돌면서 관계의 숲과 인연을 맺는다. 나는 새들을 보면 내 깃을 펼쳐보고 싶은 충동도 느낀다. 스쳐 가는 인연이 주는 자연과의 사귐이 내게 주는 은덕이다.

울타리를 기어오르며 피어올린 장미와 찔레에서 생명의 기운을 받는다. 있는 힘을 다해 한 송이의 꽃으로 피어나기 위한 장미의 붉은 입술을 본다. 얼마나 힘이 들었을까 생각한다. 제 몸의 색을 내기 위한 끝없는 투쟁은 온몸을 던져서 얻은 보람일 게다. 하나를 얻기 위해서 한 길만을 걸은 장미의 삶이다. 왔던 길을 문득 돌아보게 한다. 식물도 저토록 자기 길을 마다하지 않고 열정으로 계절을 맞고 보내는 일에 주저함이 없다. 그 안에는 고통도 아픔도 있었다. 모진 추위도 이겨야 하고 벌레와의 전쟁도 견디며 오늘에 이른 장미다. 활짝 핀 마음처럼 화사한 얼굴을 내밀었다. 뭔가를 위해서 도전한 장미의 정신이 아침 햇살을 받아 빛난다. 건강함이 주는 메시지다.

서호엔 매일 달리기를 하는 분이 있다. 젊고 건강하게 살고 싶은 사람일 게다. '걸으면 살고 누우면 죽는다.'는 말이 있다. 언제나 서호는 만원이다. 뛰고 달리고 걸으며 나를 단련하는 사람들. 개중엔 자전거를 타고 씽씽 달리는가 하면 강아지와 달리는 분도 있다. 그런데 짧은 다리를 가진 말티즈는 사력을 다해 주인을 따라가지만 쉬지 않는다. 주인은 그보다 몇 배 긴 다리지만 쫓아가지 못한다. 오히려 가다 돌아보는 것이 강아지다. 주객이 전도된 이 모습에서 주인이 헉헉거리며 웃는다. 하지만 그 짧은 다리의 힘을 무시할 수 없다. 강아지도 다리로 걷고, 사람도 다리로 걷는다. 강아지는 저만큼 걷지 않은 주인을 걱정하는 모습이다. 꼭 맞는 조끼를 입고 눈을 찡긋하던 모습이 무척 귀여웠다.

쉬지 않고 움직이는 것만큼 날렵한 것은 없다. 서호에 날아드는 각종 새들도 자는 시간 외엔 언제나 움직임을 본다. 날고 걷고 어느 땐 저희끼리 물장구를 친다. 가만히 수면을 바라보면 새들의 물장난 너머로 겁 없이 기어오르는 잉어도 만난다. 그곳에는 항상 셔터를 작동하고 있는 카메라맨이 숨어 지켜본다. 어느 순간을 잡느냐에 따라 사진의 격이 높아지는 손놀림에 주파수를 맞춘다. 지켜보는 사람들도 즐거운 순간이다. 자주는 아니지만 어쩌다 만나는 기현상에 호기심이 발동한다. 건강한 새들과 물고기의 몸놀림 또한 사람들의 시름을 잊는다.

지난 봄 유치원 아이들의 달리기 모습이 너무 예뻐서 담아봤다. 선생님을 따라 두 주먹을 쥐고 달리는 아이들은 병아리 떼와 같다. 어미닭이 품고 있다가 일어서면 졸졸 따라가 울타리 가에나 혹은 냇가에 옹기종기 먹이를 쫓던 모습처럼 귀엽고 사랑스러웠다. 언제 그런 때가 있었던가, 할 만큼 아득한 세월의 뒤안길이다. 풀들이 봄을 거쳐 겨울이란 숙면의 계절로 몸을 감추며 순환의 바퀴를 돌리는 순간, 사람들도 그런 순리의 변화에 따라 세월에 몸 맡기고 삶을 지고 왔다. 그래서일까 항상 봄이란 계절은 참으로 신비하다. 아기의 탄생과도 같이 고물거리며 얼굴을 내미는 식물의 새봄맞이가 귀엽다.

집 밖에만 나오면 초록의 세상과 만나는 오월이다. 이것들의 푸른 얼굴을 접하면서 사람들의 한 살이도 생각한다. 내가 하늘에서 떨어진 생명이 아니란 것. 내 부모가 나를 낳고 내 자식이 제 자식을 낳는 순환의 고리로 연결된 인간관계. 더불어 살아가는 풀들처럼 우리 역시 이웃과 접하며 왕래하고 더불어 손잡고 살아가는 소통의 세상살이다. 한해살이는 한해를 살고 간다. 인간과 더불어 사는 세상에서 이처럼 많은 식물과 동물들이 서로 얽혀 살아가는 세상. 모두 종족을 번식하면서 제 영역을 넓혀가는 것이 세상살이인 것 같다. 그 어떤 천재지변이 일어나지 않는 한 이러한 생리형태는 존재할 것이다.

다년생도 한해살이풀도 있다. 그것들에서 나는 이아침 생명의 기운을 마신다. 제 할 일을 알아서 척척 해내는 모습은 본받을 만하다. 어떻게 제 철인 줄 알고 머리를 내밀고 팔을 뻗고 고개를 가누며 일어서는지. 척박한 땅에서도 터진 아스팔트 좁은 틈사이로 삐져나온 그것들, 뿌리만 내릴 곳이면 가리지 않는 강인한 생의 힘이다. 자신이 처한 곳이 위험한지도 모른다. 미래를 뿌리에 맡긴 이들의 삶은 오로지 일편단심 한 길이다. 신이 주신 신념을 한 줄기 뿌리에 박고 믿음으로 버티어내는 풀들의 전략은 대단하다. 이들은 미래를 맡길 땅의 소중함을 안다.

서호에 나오면 힘이 난다. 5월이 주는 선물처럼 흙을 밀고 올라온다. 깊이 잠들었던 생각도 땅을 밀고 올라오는 양 맑은 물을 마신다. 감춰두었던 비밀스런 이야기도 궁시랑거리며 나오는 곳. 발상의 장소이며 건강을 찾아주는 곳이다. 조금만 마음을 돌리고 일찍 일어나 보면 세상이 달리 보인다. 나만의 세계를 만날 수 있고, 수원에서 손꼽히는 시민생활의 활력을 찾아주는 서호이다.

꼰대 마니아

　　전과 달리 시대가 변함에 따라 사람들의 욕구도 변했다. 먹고 살기 위한 투쟁이 아니다. 좀 더 잘 살기 위한 방법을 모색하는 사람살이 모습이다. 지금은 평생직장으로 살기보다는 자기가 하고 싶은 일과 병행하기를 사람들은 바란다. 서구화되어가는 우리나라의 현실을 꼬집는 분도 있다. 외국 유학 등 다양한 경험을 한 젊은 층은 시대를 따라가고 있다. 그것이 개성을 살리고 자신이 사람답게 사는 일이라고, 한 번밖에 없는 자신의 인생에서 하고 싶은 일 하며 살아가고 싶다고 말하는 젊은 세대이다.

　　사람이면서 사람답게 살고 싶지 않은 사람이 어디 있을까. 어쩌다 잘못디딘 발길이 옆길로 샐 수도 있다. 오랜 수감생활을 마치고 나오는 흑인 여죄수에게 외국의 작가가 물었다. 지금 소원이 무엇이냐고. 그녀는 젊은 나이에 들어갔다가 중년이 되어 나왔다. 제일 먼저 음악회에 가고 싶다고 했다. 왜 음악회를 찾고 싶은가를 물으니 사람답게 살기 위해서라고 했다. '만약 내 환경이 그 옛날 음악도 듣고 미술관도 갈만큼 넉넉했다면, 나는 죄인이 되지 않았을 것이다.' 이런 말을 들으면서 환경도 무시할 수 없음을 느낀다. 변한 만큼 시대를 따라가는 안목도 필요할 것 같다. 사람답게 살기 위해서는 그리고 자신의 개성을 드러내기 위한 삶이 주는 지표가 될지도 모른다. 하고 싶은 자신의 욕구를 그 누구도 억제할 수는 없다.

친구와 점심을 먹었다. 친구의 아들은 10년이 넘게 잘 다니던 직장을 그만두고 싶다고 했단다. 그러더니 어느 날 직장을 포기했다는 것이다. 한국에서는 내놓으라 하는 기업인데, 이유인 즉 한 직장에 매여 내 시간을 낼 수 없는 것이 싫다고 했다는 것. 그래 무엇을 하고 싶으냐고 물으니, 카센타를 운영하고 싶다고. 이에 엄마가 화를 냈다. "취직을 못해서 청년 실업이 늘어나는 지금 좋은 직장을 그만두고 카센타를 해?" 여기서 발단이 되어 대포처럼 쏜 아들의 말 "엄마는 꼰대근성을 가지고 있다." 하더란다. "꼰대가 되어도 좋다. 자식이 엉뚱한 생각만 안 하면 된다." 면서 열을 냈다는 이야기다. 중국지사 근무를 하면서 특별히 기술 습득을 했다는 자신감 넘치는 아들의 말은 당당해 보였다고도 했다. 한 번뿐인 삶을 사람답게 살기 위한 방법, 그것은 자유로우면서도 특성을 갖고 싶은 세대들의 반란이지 싶다. 그 길을 누가 막을 수 있을까.

우리 세대도 변해야 한다. 시간은 물 흐르듯이 흘러간다. 그 길을 따라가는 것이 인생이며 꼰대로 가는 길이다. 같은 꼰대라 해도 성숙된 꼰대, 시간을 지고 온 만큼의 이력을 부릴 줄 아는 그런 꼰대로 남고 싶다. 무조건적인 거부가 아닌 이유가 있는 꼰대의 반란이 필요하다. 그러기 위해서는 책 한 줄이라도 더 읽고 남의 이야기에 귀를 기울이고 들어줄 줄 아는 아량도 필요할 것 같다. 나서기보다는 잠자코 물러설 줄도 알고 포기하는 습관도 길러야 하지 않을까. 카톡의 언어처럼 '입은 다물고 지갑은 열어라.'라는 말처럼 그렇게 폭넓게 살고 싶은데 빈손이어서 가볍다. 그처럼 하고 싶은데….

꼰대란 은어로 '늙은이'를 지칭하는 말이다. 꼭 기성세대나 나이 많은 사람을 이렇게 부르는 것은 아니다. 기성세대를 일러 바뀌지 않은 사고방식을 적용하는 어른을 그렇게 부른다는 것이다. 자신의 경험을 일반화해서 남에게 일방적으로 강요하는 것. 여하튼 시대는 이렇게 변하고 있다. 젊은 사람 중에도 자신의 고집을 꺾지 않는 이들이 있다. 어울릴 수 없는 사람들, 자기의 사고방식대로 밀고 나가는 사람들이다. 꼰대 소리를 들어도 자식이 잘 되길 비는 부모는 어쩔 수 없이 밀린다. 삶은 누구의 지시와 명령에 의해서 이루어지는 것만은 아니다. 하고 싶은 일과 그에 따른 희망이 있기에 그 길을 바라보고 걸어가는 길, 오로지 자신답게 살기 위한 최선의 길일 것이다.

꼰대다 아니다를 떠나서 세대 간의 견해 차이를 본다. 도저히 이해 못할 일이 한두 가지가 아니다. 직장 문제와 자식 교육문제, 남녀 결혼관이 달라지고 있다. 기성세대는 사랑이 없어도 살다보면 정이 들겠지라는 생각으로 중매 결혼도 마다하지 않았다. 결혼은 해야만 하는 철칙이었다. 지금은 결혼이 인생의 전부라고 생각지 않는다. 안 해도 무방한 삶이다. 홀로도 얼마든지 사람다운 삶을 살 수 있는 능력이 자산이기 때문이다. 사십이 넘은 미혼 층이 많은 것은 그것을 보여주는 실태가 아닐까. 부모들은 결혼을 시키고 싶지만 당사자는 원치 않는다. 왜 가정이란 울타리에 매여 살아야 하느냐며 극구 반대한다. 애가 타는 사람은 부모지 당사자가 아니다. 부모는 꼰대 소리를 들으면서도 자식에게만은 내 주장을 부려본다.

결혼을 살아보고 난 다음 한다는 젊은 층도 늘고 있다. 계약결혼이다. 얼마만큼 살면서 성격과 생활 습관, 그 외 것들이 잘 맞는가를 본 후에 이만하면 같이 살아도 괜찮다고 생각이 들 때 한다는 것이다. 이러한 사고방식을 기성세대가 모두 이해할 수 있다고 생각하지 않는다. 결혼이 체험 학습처럼 실습을 거친다는 소리는 처음 듣는다. 여기서 나는 꼰대라는 말을 떠올렸다. 그런 실태가 젊은이들 사이에서는 성행한다는 것이다. 『싱글, 오블라디 오블라다』의 저자 박진진은 연애상담사로 일하면서 동거에 대한 질문을 많이 받았다고 했다.

'동시대를 살아가는 싱글의 한 예라고 봐주면 좋겠다. 이럴 수도 있고 저럴 수도 있구나 하는 유연한 사고를 갖고 이 책을 대해 준다면 나는 독자에게 더 바랄 것이 없다.'고 말한다. 쉽게 그렇겠구나 하고 유연한 사고로 받아들이기에는 꼰대소리를 듣는다 해도 할 수 없는 일이다. 젊은이들의 이러한 관념에 기암을 토하고 있으니 나도 꼰대가 맞다. 화합의 장이 아닌 이런 일도 세상에 있구나 하면서, 탄성의 소리를 내는 기성세대의 쓴맛이 감도는 어마! 소리가 가슴을 울린다. 사람답게 사는 일, 어떤 길이 있을까. 꼰대소리를 듣지만 엉뚱한 짓은 안 했으면 하는 부모다. 남들처럼 무난한 삶을 원한다. 이것이 진정 젊은이들에게는 꼰대의 근성으로밖에 치부할 수 없는 일인가.

03

책과
나

농민은 인류의 생명창고 열쇠를 잡고 있다

　　먹을거리와 농업기술의 역사가 숨쉬는 곳을 찾았다. 권선구 서둔동에 위치했던 농촌진흥청이 떠난 자리에 들어선 '농업기술역사관'. 서호 축만교에서 항미정을 두고 오른쪽으로 돌면 쉽게 찾을 수 있다. 입구는 국립식량 과학원 중부작물부이다. 어제 오후 서호를 걷다가 생각이 나서 들러 봤다. 220여 년 전 조선 정조正祖 임금이 혁신적인 농업 정책을 펼쳐 모범적인 이상 도시를 구현한 데 이어 1962년 농촌진흥청을 설립하였다. '농업기술역사관'은 입구에 들어서면 깨끗하고 조용하다. 한 발짝 들어서자 '생명의 쌀'이란 모형과 함께 허수아비의 웃는 얼굴이 반겼다. 정겹다. 안으로 들어가면서 우리 농업의 발달과정을 볼 수 있었다.

　　'농업기술역사관'은 수장고收藏庫를 포함해 4개의 전시 구역과 영상관으로 구성되었다. 사진, 실물, 모형, 영상 등을 이용해 우리나라의 농업 기술이 발전해 온 과정을 보았다. 그 외 농촌진흥청에서 연구한 도표, 책자들, 갖가지 농업에 관련된 자료로 전시실은 가득했다. '수원, 농업혁신의 뿌리' 코너에는 조선시대 농업과 농서로 시작해서 조선후기, 정조의 농업정책, 수원화성과 축만제, 첨단수리시

설 수갑전도 등이 농업의 발달사와 더불어 진흥청에 대한 이해를 돕고 있다. 또한 선사시대부터 조선시대까지 농업 기술·문화 연대기도 살펴볼 수 있다.

'농촌진흥청과 농업혁신의 맥을 이어가다'에는 1960년대에 들어서면서 진흥청의 개청과 더불어 시작한 국가 농업연구지도 체계를 도입하여, 품종개량 및 기반기술 도입으로 녹색혁명의 기틀을 마련한 도표들이 지난 시간을 돌아보게 했다. 그 안에는 어려웠고 힘들었던 농업의 발전과정이 있었다. 새마을 운동이 생각났다. 연대기를 따라가다 보니 농촌의 오늘이 있기까지 농토에 매달려 가난을 이기고자 애쓴 농민들의 거친 숨결이 되살아 났다.

영상관은 자동시스템이다. 씨앗 또는 알을 상징하는 타원형의 조형물에 영상을 비춰 농촌진흥청의 농업, 혁신, 활동 상황과 우리 삶의 변화를 볼 수 있도록 했다. 잠시 앉아 화면을 응시했다. 그것은 귀에 익은 소리와 모습이었다. '잘 살아보세'라며 희망을 실었던 간절한 바람의 소리들이 가슴으로 스며들었다.

'농업 기술의 열매'에서는 농촌진흥청 발족 이래 획기적으로 발전한 대한민국의 농업 기술 성과를 농업 기초기반, 식량, 원예, 축산 등 분야별로 확인할 수 있다. 농촌문화 보전, 농업생명공학, 기계화와 에너지 절감, 한식 세계화 등등. 쌀을 비롯하여 잡곡에 이르기까지 품질개량, 건강 기능성 신소재 개발까지. 원예특예작물, 축산물의 이용도와 장기개발계획까지 일목요연한 도표는 놀랍기만 했다. 농업이 첨단 과학기술을 만나 더욱 편리하게 발전해 온 미래 농업의 모습도 있다. 우리의 먹을거리가 본래의 모습을 떠나 어떠한 과정과 성질을 담고 태어나고 있는지를 보여준다.

'농업 생명기술의 미래'에는 우리 일상 속 식량 소비의 규모를 통해 농업과 우리 삶의 관계를 인지할 수 있도록 성인 한 명이 1년 한 해 동안 먹는 농축산물

모형을 상징 아트웍으로 연출했다. 어마어마한 양이었다. 저렇게 많은 양이 내 1년 양식이라고 생각하니 놀랍다. 물론 더 먹을지도 덜 먹을지도 모르지만 엄청났다. 먹기 위해 사는 것처럼 다양한 농축산물로 가득한 삼각형의 모형을 보며 입을 다물지 못했다.

농업은 신성한 것이다. 인간이 지구상에 뿌리를 내린 이후 먹을거리에 대해 연구는 계속되었다. 오늘날 농업과 접목된 다양한 융합기술은 우리를 놀라게 한다. 앞으로 어떤 미래의 청사진이 21세기의 먹을거리를 이끌 것인지. 미래 농업마을 엿보기는 마을에서 생산되는 다양한 바이오매스를 각종 에너지로 바꿔 다시 농업에 이용하는 '에너지 순환마을'도 소개한다. 이러한 모습을 보면서 농업이 융성해야함을 새삼 인식할 수 있는 계기를 보여준다. 농업의 발전이 선물하는 풍요롭고 행복한 미래를 향한 영상을 보며 생각해 보는 곳이다.

'농업기술역사관'은 농업과 농촌, 농민의 소중함과 인간의 삶을 알리는 공간이다. 먼 옛이야기 같은 우리의 과거는 힘들었고 가난했다. 감자의 가공된 모습에서 어린 시절의 내가 먹던 것이 영상처럼 지나갔다. 감자를 캘 때면 붉은 흙이 더덕더덕 붙어 험상궂지만 깨끗이 씻어 가마솥에 찌거나 숯불에 구어먹었던 그 구수하고 팍삭한 맛을 잊을 수 없다. 그 시절을 지나오며 농업은 오늘과 같이 발전했다. 아직도 농업은 고단한 직업이다. 하지만 버릴 수 없는 것 또한 미래의 삶이 있기 때문이다. 오래전에 적어두었던 윤봉길 의사 독본의 내용이 생각나서 옮긴다. '농민은 인류의 생명창고를 그 손에 잡고 있습니다. 우리나라가 돌연히 상공업 나라로 변하여 하루아침에 농업이 그 자취를 잃어버렸다하더라도 이 변치 못할 생명창고의 열쇠는 지구상 어느 나라의 농민이 잡고 있을 것입니다.'

조정래의 '아리랑' 문학관을 찾아서

　　2003년 5월에 개관한 아리랑문학관은 조정래의 소설 『아리랑』을 통해 김제의 역사까지 살펴볼 수 있는 곳이다. 1층은 작가가 4년이 넘게 집필한 아리랑의 육필 원고가 보는 사람의 키를 넘어 우뚝 서 있다. 그 원고가 2만 장에 가깝단다. 그 안에는 1904년부터 1945년 해방이 되기까지의 시간이 흐르고 있다. 원고 탑을 보고 감탄한다. 어떻게 저 많은 것을 썼을까? 팔은 아프지 않았을까. 엉덩이는 배기지 않았을까. 4년이란 시간을 하루도 빼놓지 않고 썼다는 원고 탑이다. 독자가 읽을 수 있는 글을 쓴다는 일은 참으로 어려운 일이다. 글을 생산하는 공장도 아닐 텐데, 사고의 능력을 저장한 머리는 어떠한 형태를 하고 있을까 궁금해진 순간이었다.

　　제2전시실에 전시된 작가의 취재 수첩은 남다르다. 그림으로 표현된 메모 방법이다. 사물을 유심히 들여다보면 내 것으로 만드는 기법이 생긴단다. 무심히 흘려버릴 것을 이미지화하여 그림 속에 넣으면 그것을 보면서 그 상황을 찾을 수 있다는 그림메모가 주는 심오한 정경. 작가는 그림을 통하여 이야기를 만드는 제2의 재능을 갖고 있다. 원래 그림을 그리고 싶었던 작가의 소질도 있었다고 하지만, 뛰어난 그의 재능에서 비롯된 취재 방법이다. 신영복 선생의 그림풀이를 들은 기억이 있다. 그가 감옥에서 그렸다는 그림은 생활과 생각을 정리한 메모장이었다. 작가는 이토록 그림과 함께한다는 동일점을 갖고 있다는 사실을 깨닫는다. 소품이지만 그 안에 서린 내용은 많은 사실을 담고 있었다.

작가가 집필을 하면서 사용한 세라믹 펜의 심이 진열되어 있는 것이 특이하다. 작가는 심을 버리는 것이 자신의 영혼의 일부를 버리는 것처럼 느껴져서 모아두었다고 한다. 그럴지도 모른다. 자신만이 사용하던 소중한 것이며, 그것이 글을 쓰게 했다. 어찌 내 분신처럼 생각되지 않을까. 하나가 둘이 되고 그것이 기하급수로 늘어나면서 원고 분량도 늘었을 것이다. 작가를 키운 것이고, 생각을 넓혀주는 지킴이가 아니었을까. 세상을 바라보는 눈을 주었고 역사를 읽는 힘을 주었을 든든한 동반자처럼 생각된다.

제3전시실은 작가가 아닌 인간 조정래의 면면들을 느낄 수 있는 곳이다. 아리랑문학관은 조정래의 작품 『아리랑』과 작가의 정신이 깃들어 있는 문화 공간이며, 민족의 숨결을 느낄 수 있는 교육의 장이다. 해설사의 안내를 받으며 돌아본 문학관은 세월을 거슬러 우리의 지난 역사를 돌아보는 기회를 제공한다. 그토록 힘들고 어려운 시대를 이긴 선조들의 정신과 민초들의 삶을 책으로 엮어 놓은 산실이다. 한줌의 쌀을 얻기 위해 몸부림쳤던 그날들, 민초들의 정신을 깨우기 위해 애썼던 선비들의 고귀한 정신도 함께 아리랑을 통하여 올라오는 문학관 정경이다.

아리랑 문학마을은 일제 강점기를 다루는 소설의 배경으로 지정된 곳이다. 수탈당한 땅과 뿌리 뽑힌 민초들의 가엾은 삶과 수난의 역사가 소설 『아리랑』에 들어 있음을 재현한 곳. 아리랑은 우리에게 잊히지 않는 수난의 역사도 지고 있지만, 깊은 한을 간직한 우리의 가사음악이다. 조정래 작가의 『아리랑』은 우리 민족의 얼과 한을 그린 대표적인 대하 장편소설로, 1904년부터 1945년까지의 시간이 흐른다. 빼앗긴 것에 한을 품고 되찾고자 했던 강렬한 깃발은, 농민들의 한을 불사르는 계기 되어 동학란으로 이어진다. 이러한 현장이 벽골제를 중심으로, 농민의 심중 속에 파고들어 독립으로 가는 길을 열었을 것이다.

작가의 섬세한 필치와 강렬한 열망으로 심혈을 기울인 『아리랑』이다. 생생한 현지 취재를 위하여 동남아 일대와 일본, 하와이, 러시아 등등을 샅샅이 누비며 다녔다 한다. 『아리랑』은 4부로 나뉘어 12권으로 편성되어 있다. 작가는 말한다. 죽어 버린 역사로 치부되고 있는 식민 치하의 민족사를 살아 있는 역사로 환치시키기 위한 노력이라고. 작가 조정래는 전남 승주군 선암사에서 출생했다. 아버지(조종현)는 시조시인이며 스님이셨다. 불교신문에 실린 조정래 작가의 인터뷰를 인용한다.

"사자나 호랑이처럼 가장 기운 세고 날쌘 동물들도 사냥을 할 때는 그 사냥감이 어떤 동물이든 간에 혼신의 힘을 다한다고 합니다. 작가에게 글 쓰는 일이란 바로 그 '영혼의 사냥' 아니겠습니까. 독자들의 영혼을 흔들어 깨우고, 그 영혼들이 감동에 사로잡히게 하려면 어떠해야 할까요. 거기엔 어떤 별난 요령도 특별한 방법도 없습니다. 가장 진지한 태도로 최선을 다하는 준비가 있을 뿐입니다. 미련하도록 많이 연습한 선수가 결국은 승리를 쟁취하듯 열심히 취재하고 많이 고민한 작가만이 남다른 작품을 써내게 됩니다. 그건 전혀 새로울 것 없는, 앞서간 수많은 예술가들이 감동적인 작품으로 그 사실을 입증해주고 있습니다."

"역사는 우리 인간의 삶 자체이며 생존의 의미입니다. 특히 우리처럼 작은 반도국가가 짊어진 역사에 대한 인식은 중대한 의미를 갖습니다.'역사를 기억하지 못하는 민족에게는 미래가 없다.' 또 이런 말도 있지요. '과거를 기억하지 못하는 사람은 또 그 과거를 되풀이한다.' 우리가 역사를 꼭 인식해야 할 이유입니다."

책은 사람이 사람답게 살기 위해 읽어야 한다고 말하는 조정래 작가다. "사람이 밥만 먹고 살 수 없듯이 사람답게 살려면 책을 읽어야 한다. 그러므로 책은 '영혼의 밥'이다. '책을 읽지 않는 시대', 그걸 단적으로 표현하면 '사람의 길을 포기한 시대'이다." 라고 작가는 말한다. 이번 문학관 탐방은 조정래 작가가 집필한『아리랑』을 통해 국민이 알아야 하는 역사 인식을 새롭게 했던 장소이다.

제암리 3·1운동 순국 기념관을 찾아서

아침 눈을 뜨면서 한 생각이다. 서둘러 아침을 먹고 발안 가는 버스를 탔다. 외국인 노동자들이 뒷좌석에서 떠드는 소리가 들리기에 앞에 앉았다. 화면에는 3·1절 기념식이 시작되고 있었다. 애국가가 잔잔하게 버스 안을 채웠다. 한 장의 태극기가 넓은 화면을 차지하고 펄럭인다. 오늘따라 태극기가 귀한 보물이다. 바로 뒤에서는 어르신들이 그 화면에 맞추어 그 당시의 상황을 어디서 들은 것인지 서로 보며 말씀을 이어가고 있었다. 끔찍한 사실이라면서 수없이 죽어간 사람들의 모습을 말하고 있었다. 질질 끌려 가면서도 아무 말도 못했던 그 서늘함을 어르신들은 본 듯이 이야기했다.

나는 뒤를 돌아보며 여쭈어 보았다. "그 상황을 직접 보신 것입니까?" "아녀요, 우리 엄니로부터 들었지라요. 고향이 수촌이라서 직접 당한 사람들이 있었지유." 그랬구나! 그런 사실로 인하여 일본 소리만 들어도 무섭다고 하신다. 그들은 팔탄 입구에서 내리고 버스는 막힘없는 길을 쏜살같이 달려갔다. 발안에서 제암리는 약 2km정도 되는 거리다. 한 정거장 가면 제암리 입구가 나왔다. 시골 길이라서 복잡하지는 않았다. 입구에서부터 태극기의 물결이 나부끼고 훤하게

3·1절 유적지의 모습이 드러났다. 차량으로 봐서 이곳을 찾은 사람들이 많은가 보다. 유적지에는 기념관과 화성시의 행사가 있을 때 문을 여는 제암리문화관이 있다. 해마다 문화관에서 3·1운동 기념행사를 했었는데 올해는 화성시청에서 기념식을 거행하고 추모행사는 4월 15일에 한다는 문구가 붙어 있다.

제암리 순국유적지는 경기도 화성시 향남읍 제암리에 위치해 있다. 숙연한 공간, 잔디 공원으로 조성된 유적지는 그날을 안고 조용하게 이 시대의 사람들을 만나고 있다. 제암리 학살사건의 진상 전시물을 살펴본다.

스코필드 선교사는 수원지역 감리사였던 노블 목사로부터 제암리 참상에 대한 소식을 들었다. 다리가 불편한 그는 홀로 제암리와 수촌리를 수차례 오가며 일제 만행의 모든 것을 조사하였다. 제암리 교회에서 희생당하신 선열들의 시신을 수습하여 도이리 공동묘지에 묻어주는 일도 했다. 또한 제암리 학살 사건을 내용으로 한 저서 『끌 수 없는 불꽃』을 지어 일제의 만행을 세계만방에 알린 분이다. 한국식 이름은 석호필이고 독립운동의 34번째 민족 대표라고 한다. 국립 현충원 애국지사 묘역에 묻힌 최초의 외국인이다. 그의 동상은 카메라를 들고 있었고, 자전거 한 대가 세워져 있다. 그는 자전거를 교통수단으로 삼아 살벌한 일제의 터널을 누비고 다녔다. 기사는 거짓이 없어야 하는 것이기에 현장을 보관하기 위하여 사진을 찍어 본국인 캐나다로 보내어 소식을 알려 주었던 것이 세계에 알려진 것이다.

제암리 학살 사건의 배경은 제1전시관에 사진으로 전시되어 있었다. 옛날에는 5일마다 발안 장터에 모여 많은 사람들이 물건을 사고팔고 정보를 교환했다. 그래서 만세운동을 하기에 가장 좋은 날이기도 했다. 1919년 3월 1일 이후 제암리 마을에는 밤마다 산에서 봉화가 올랐다. 장날마다 만세소리가 온 천지를 뒤

흔들었다. 만세운동의 앙갚음으로 일제는 마을을 불태우고 시위 주모자들을 검거하여 성인 남자들을 교회로 모이게 한 뒤 교회의 출입문에 못질을 한 후 사격을 가하고 불을 질러 남자 21명을 살해하고 밖에서 이를 항의하던 아낙네 2명을 죽이고 마을 전체에 불을 질렀다. 이들의 죽음을 기리기 위해 잔디밭에 순국선열 23인의 넋을 기리고 자주독립 의지를 계승하기 위한 추모 조형물을 세웠다.

순국기념관 뒷산 양지바른 언덕에는 이들의 합장묘가 안치되어 있다. 누구의 뼈인지도 모를 유해를 불탄 자리에서 골라 관에 넣으며 이들은 어떤 생각을 했을까. 너무나 몸서리쳐지는 행위가 아닐 수 없다. 국화 화환이 자리한 묘지, 그리고 묘비엔 이들의 이름과 3·1운동 순국 23인 이름이 묘비 뒷면에 새겨져 있다. 벌써 97주년을 맞는 3·1절이다. 항상 잊지 말아야 할 일이지만 이날만은 많은 사람들이 순국유적지를 찾아 참배하고 있는 모습을 보며 대한민국의 얼이 만세소리와 함께 살아있음을 보는 것 같았다. 누가 시켜서가 아니다. 스스로 머리가 조아려지고 내가 지금 살고 있음이 이 분들의 희생 위에 감사함을 전했다.

전시관에 사진들은 하나같이 그날의 참상과 일본의 만행을 고발하고 있다. 순박한 시골 마을에 천도교인들이 전교사로 활동하는 동안 벌어졌던 악랄한 행동들은 사람이 할 짓이 아니었다. 생화장했던 생생한 현장, 화성시의 염전에서 생산되는 소금과 질 좋은 목화, 이천의 쌀 등을 수탈하기 위해 수인선을 건설하고 노예처럼 부려먹었던 그 만행들, 어디 그뿐이랴 우리나라 전체를 삼키고도 민족까지 말살하려고 이름을 바꾸고 얼마저 불태워 잠재우려 했던 지구상에 둘도 없는 왜놈들이다. 지금까지 당하고만 사는 이유가 힘이 없기 때문이다. 힘을 기르는 일은 잘 사는 일이다. 그들보다 더 잘 살고 훌륭한 나라를 만들어야 한다.

17세 어린나이에 옥살이에 악형으로 간 유관순, 여성출신의 대표적인 3·1운 동가 김마리아, 한국 교회 자랑스러운 순국 순교자 신석구, 민족대표 33인 중의 한 사람 손병희. '독립은 민족의 자존심이다.' 외친 불교계의 거목 한용운, 전북 익산 사람으로 이리 만세시위 지도자였던 농민 대표 문용기 열사. 문용기 선생 은 선두에 선 학생들과 교회신도들이 일본군의 총칼에 의해 무참히 살해당하는 걸 보았다. 그는 태극기를 들고 군중들 앞으로 나가면서 만세를 외쳤다. 일본 헌 병이 이것을 보고 선생의 오른팔을 칼로 베었고, 떨어진 태극기를 하나 남은 왼 팔로 주워들고 만세를 불렀다. 왼팔마저 잘라낸 그들은 선생을 따라가 총검으 로 사정없이 선생의 온몸을 찌르고 난자하여 결국 처참하게 살해하였다. 피 묻 은 두루마기는 천안의 독립 기념관에 전시했다고 한다. 이승만 대통령이 그의 공적을 치하하여 비명碑銘을 썼다. 위의 사실들을 많은 학생들이 유적지를 찾아 와 해설자의 설명과 함께 듣고 새기는 계기가 되었음을 바람직하게 생각한다. 제암리 유적지를 돌아 나오면서 어려웠고 암울했던 현장이 마음은 아프지만 사 진으로나마 그 모습을 보게 되어 감사했다.

2천 5백만 년의 인연

　　이순원의 『은비령』은 우리의 인연이 2천 5백만 년의 질긴 끈으로 이어왔음을 생각해 보는 계기였다. 은비령의 별을 보는 천문학자에 대한 이야기에 따르면 행성이 자기가 지나간 자리를 다시 돌아오는 공전 주기를 가지고 있듯, 우리가 사는 세상일도 그런 질서와 정해진 공전 주기를 가지고 있다는 것이다. 이 세상의 일이 모두 2천 5백만 년을 한 주기로 되풀이해서 원상의 주기로 다시 돌아가는 것. 만약 그렇다면 지금 우리의 만남이 이와 같이 같은 자리에서 같은 사람이 만날 수 있다는 그 질서의 법칙이다. 사람은 윤회를 거듭하며 별을 헤던 그 밤을 다시 볼 수 있고, 그 사람과 만날 수 있다는 그날이 2천 5백만 년 후란 이야기다. 책은 독자로 하여금 현재와 과거를 이어주고 미래를 향한 발길로 빗장을 열어준다. 먼 날들이 이어온 사실이 실날같은 거미줄의 이슬처럼 빛난다.

　　만날 수 없는 인연이라 해도 희망을 가지는 별 이야기는 신비로웠다. 죽음은 죽음이 아니요, 새로움의 탄생이라는 신부님의 장례미사 때 듣는 말씀처럼 귀가 솔깃해진다. 아득한 시간 뒤의 만남이지만 그래도 같은 장소에서 같은 사람을 만날 수 있다는 기대는 꿈을 꾸게 한다. 영원한 이별이 아니요, 언젠가는 멀지만 만날 수 있다는 기대가 가슴 한쪽에 기다리고 있다. 이 얼마나 살맛나는 이야기인가. 우리가 책을 읽지 않을 수 없는 목적이 뚜렷한 것이다. 2천 5백만 년이 지나면 만날 수 있기에.

강원도 횡성의 둔내 별장에서 은비령 서평회가 열렸다. 참석 인원은 13명. 날씨도 궂고 안개로 가시거리도 불편한 가운데 많은 분들의 열의가 가을로 가는 길을 비추었다. 시야는 침침해도 계절은 어느 새 옷깃을 여미고 기후에 순응한다. 거실 한 쪽엔 장작난로가 입을 벌리고 있다. 어느 때라도 연료만 넣으면 활활 탈 기세로 등등하다. 마치 서평동아리의 열기처럼. 강원도의 특별한 성찬 앞에서 깊은 감사의 기도를 올렸다. 사람이 살아간다는 것, 우선은 먹어야 산다는 것을 새삼 느끼는 시간이다. 밥상 앞에서 우리 입에 들어오기까지 수고한 농부와 주부의 손길을 생각지 않을 수 없다. 입만 벌리고 생각만 하는 것으로 우리의 위는 채워지지 않는다. 사람이란 이런 동물이다. 먹어야 움직이고 먹어야 다음 생을 약속할 수 있기 때문이다. 금수강산도 식후경이란 말처럼. 2천 5백만 년 후에 다시 만날 인연으로 남기 위해서는 속이 든든해야 한다.

자연식이란 어느 때부터인가 우리 인류가 생겨나면서 스스로 위를 채웠던 방식이다. 아무것도 가미되지 않은 천연의 맛. 하느님이 주신 그대로의 맛을 내는 요리법은 얼마나 원천의 맛을 내느냐에 달려있다. 점심을 먹으면서 감자와 배추가 만든 식탁의 전경은 감개무량이다. 은비령을 찾아왔다가 만난 특혜이다. 작가가 만든 은비팔경은 풍경이 만든 극치였다면 동아리는 식탁에 차려진 소박한 둔내팔경을 소개해야 할 의무가 있다. 은비팔경 중에는 제7경에 소속된 '장작으로 밥을 지을 때 안개처럼 낮게 피어올라 바깥마당을 매콤하게 감싸는 우리 공부집의 저녁연기로 은자당취연'을 꼽았다. 작가가 이 책을 지은지가 몇 십 년이 지났지만 지금까지 식지 않는 열기는 아마도 은자당취연의 매콤한 연기가 아닐까. 이로 인해 2천 5백만 년의 후에 우리는 또 이렇게 독서 동아리를 통하여 만날 별이 될 것이다.

둔내팔경 제1경은 산골마을 바위를 등지고 오뚝이처럼 솟아난 별장이요, 제2경은 가족사진 속에 옥수수 알처럼 당당한 가장의 모습이다. 벌어진 틈도 없이 매끄러운 옥수수알처럼 칠십 년이 넘도록 이어온 한마음의 수칙이다. 제3경은 동아리 앞에서 서슴없이 차려낸 자연식과 정지영의 향수로 가슴을 훈훈하게 한 원목님의 꾸밈없는 자태. 제4경은 은비령을 찾아온 동아리의 정성으로 예산에서 불원천리 멀다않고 달려온 그 정성, 간호해야 할 아이를 안고도 와야만 했던 굳은 의지, 비는 후줄근하게 내려도 내색하지 않고 달린 씩씩한 기사정신. 함께한 자리에서 축배를 드는 동아리다. 제5경은 막걸리에 매운 고추도 은비령의 순수한 맛이라며 얼큰하게 취한 얼굴들. 제6경은 고랭지 가을감자 밭이다. 감자와 배추가 나란히 심어진 곳, 하지 무렵에 캐어낼 감자가 그대로 땅 속에서 씨앗을 기르는 사이, 배추는 세상맛을 보려고 얼굴을 내밀었다. 이삭 줍는 동아리의 손길이 제7경이다. 그대로 썩어지거나 말라버릴 것들을 주워보는 재미는 쏠쏠하다. 값의 고하를 막론하고 싱싱한 한 포기의 배춧잎에서 내 삶이 이처럼 푸릇하게 돋아나는 힘을 얻는다. 땅속에 숨겨진 한 알의 감자를 맨손으로 캐어내면서 농부보다 더 환하던 얼굴. 마지막 제8경은 이 감자가 감자전으로 식탁에서 푸짐한 모습을 꼽는다. 입안에서 스르르 녹던 그 맛을 우리 동아리가 아니면 맛볼 수 없는 감자전. 이러니 우린 2천 5백만 년 후에 다시 만나도 섭섭지 않을 인연이다.

『은비령』을 읽고 이렇게 토론했다. 내용은 밋밋하지만 그 안에 숨겨진 작가가 말하는 일상적인 이야기를 평범하지 않게 구상한 상상력이 돋보이는 작품이다. 서평에서 몇 점의 평점을 주느냐도 중요하지만 현실에 맞는 서평도 한 번은 주목할 만하다. 물론 높은 점수를 받은 것은 사실이다. 은비령을 모두의 가슴에 새롭게 새기는 계기였다. 특별한 인연이 아니더라도 2천 5백만 년 후, 강원도 둔내 별장에서 함께 했던 우리가 다시 만나면, 그날의 은비령을 웃으며 넘을 것이다.

신영복 교수와 만난 귀한 시간

경기교육청에서는 신영복 교수를 모시고 『담론』에 얽힌 옥중체험을 듣는 독자와의 만남의 장이 열렸다. 익히 그의 책과 만났지만 현장에서 육성을 통하여 고귀한 말씀을 듣게 돼 가슴이 떨렸다. 이름만 들어도 가슴 아픈 역사를 안고 있는 체험의 말씀이다. 주차장은 만원이고 오월의 햇살도 한몫 교수님의 열강을 기다리고 있다는 듯이 뜨겁다. 일찍 도착했으므로 신영복 교수님을 뵙고 친필 사인도 받는 영광을 얻었다. 자상한 인품이 배어 있는 첫 대면은 감사했다. 사인 받은 책을 신주단지를 모시 듯 안고 제자리로 돌아왔다. 벅찬 기쁨으로 함께 나누는 관계의 신호였다.

출감 후 성공회대학에서부터 시작된 강의가 26년을 이어왔다는 교육감님의 소개로 뜨거운 박수를 받으며 신영복 교수님은 정중히 인사했다. 『담론』겉표지에는 '신영복의 마지막 강의'라는 글이 눈에 들어왔다. 우리 삶에 어느 날 갑자기 마지막이란 단어를 생각하게 될 날이 있을 것이다. 그 순간 어떤 마음일까. 내 마지막 시간 나는 무엇부터 할 것인가. 물론 교수님은 병환 중이다. 그러기에 마지막 강의라는 문구가 더 가슴을 아프게 했다. 다시는 육성을 들을 수 없다는 사실을 증명하는 문구이기 때문이다. 한순간도 소홀히 할 수 없는 소중한 기회였다.

신영복 교수의 『담론』은 그냥 담론이 아니라, 마음의 좌표라고 소개한다. 묵직함이 들어있다. 그의 20년 수감생활이 들어있는 책. 책과 강의를 통하여 귀를 열고 가슴으로 느끼면서 강사와의 만남은 막을 열었다. '공부란 무엇인가'로부터 첫마디가 열렸다. 우리가 살아가는 것이 모두 공부 아닌 것이 없다. 하늘과 땅을 통합하는 것이 공부이고, 세계와 인간을 이어주는 것 또한 공부의 시작이다. 하늘의 天은 진리를 말하고 땅의 地는 선하고 아름다움을 말한다. 그러므로 하늘 아래 진선미가 탄생하는 것이라고. 살아 있는 모든 사람은 세상의 존재하는 방법을 고전에서부터 시작한다. 인간의 지적 유산을 바탕으로 오래된 미래를 만들어 가야 하는 것이 진정한 공부라는 것이다.

강의는 자신의 생각을 전하고 몸소 체험한 감방에서 만난 사람들의 사연을 계기로 이어졌다. 강의에서 특이할 만한 것은 작은 그림 한 카트씩 영상으로 보여주었다. 그림 안에 있는 상황을 읽는 것이다. 자신이 그린 그림 위에는 독자가 직감할 수 있는 상황도 있지만 대부분은 작가 자신의 소개를 통하여 더욱 세밀하고 정겹게 들어온다. 공부란 것 역시 장인(工)과 지아비(夫)로서 工夫의 한어漢語로 나타난다. 이러한 그림들은 그의 생각들을 그 안에 넣었고, 언제든 꺼내면 긴 이야기가 되어 청중들에게 들려주는 것이다. 한편 이야기만 계속되면 지루할 수도 있지만, 영상이 바뀌고 그림이 달라지면 호기심이 발동한다. 저 그림 속엔 무엇이 들었을까? 의구심을 안고 눈과 귀를 모은다. 청중을 압도하는 관계의 개선이며 함께 이끌어가는 소통으로 가는 길임을 알려준다.

많은 그림을 보았다. 그중에서 〈푸른 보리밭〉과 〈엄마와 아들〉이란 그림이 짜안하다. 푸른 보리밭은 감방에서 목욕탕을 가는 날 볼 수 있는 길. 외진 주벽에

딸린 쪽문을 통해서 일렬로 늘어서서 맨발로 목욕장으로 향한다. 쪽문을 나서면 시야가 멀리 열리면서 푸른 보리밭이 무한정 넓게 펼쳐진다. 그 보리밭은 잊을 수 없는 사형수를 생각하는 장소라고 했다. 보리밭을 보면서 사형수인 그 사람이 강사의 허리를 꽉 껴안고 살고 싶다고 몸부림쳤던 기억은 지금도 눈에 생생하다고. 그곳은 생명의 벌판이고 삶의 현장이었다는 것이다.

많은 그림 속에서 숱한 사연들과 만났다. 가슴이 아프기도 하고 그 속에서 살아나온 그 힘이 과연 어디서 나왔을까. 그는 손수 그림을 그리고 그 안에 사연을 앉혀 놓았다. 작은 그림이 주는 메시지는 그의 인생관이며, 그가 살아온 20년의 뼈아픈 고통이고, 다시 살게 하는 힘이었다. 막힘없는 강의는 2시간 반이란 긴 줄을 끌고 경기교육청의 다산관을 메웠다. 숙연한 가운데 그의 조용한 소리가 튼튼한 밧줄이 되어 청중의 마음을 한 줄로 이어주었다.

완고한 틀을 허물고 자유스러운 가운데 공부라는 것을 생각해 보자고 한다. 문사철(文史哲: 문文-어문학, 사史-역사학, 철哲-철학)의 틀에 얽매이지 않고, 인식의 틀을 확장하면 세상이 주는 아름다운 시어를 만날 수 있다고 문자가 주는 신비한 묘약이다. 안도현의 「너에게 묻는다」의 '연탄재 함부로 발로 차지 마라'든가, 「스미는 것」이 주는 묘한 감정은 가슴을 뭉클하게 한다. '저녁이야/ 불끄고 잘 시간이야' 살아있는 게에게 간장을 부어 삭히는 일이다. 살이 살아있어야 하니까. 이 시를 읽으면 천진한 아이를 안고 있는 엄마의 안타까움이 보인다. 시인은 이토록 감성의 끈적함을 통해서 독자와 관계를 맺고 있다. 조곤조곤 이어가는 강의는 이렇게 물같이 우리 가슴으로 흘러들었다.

'엄마! 오늘 뭐 했어?'

　　이번 연휴에 읽은 책이 있다. 재미있고 쉬운 책이었는데, 그 안에서 나를 제일 사랑했던 엄마를 보았다. 고혜정의 『친정엄마』다. 딸이면 누구나 겪고 당해 본 이야기들을 아무런 구애없이 편하게 엮었다. 그런 친정엄마에 대한 애절한 작가의 단백한 마음이 깃들어 있어 참 좋았다. 가끔은 우리 엄마 같다는 생각도 했다. 책을 읽으면서 나 살기에 바빠 엄마와의 생활을 제대로 즐기지 못했던 것이 후회스러웠다. 술술 읽히는 책은 자식과 부모를 연결하는 하나의 고리였다. 누구나 쉽게 읽히면서도 가슴으로 스며드는 사랑이 있고, 엄마라는 언어가 주는 끈끈한 책이었다.

　　엄마와 생활하면서 겪는 애환과 일상의 작은 일들에서부터 딸의 입장에서 바라본 엄마를 그리고 있다. 작가는 혼자된 엄마에게 '허리가 굽었어도 좋고 흰머리가 반밖에 없는 할아버지여도 좋으니, 건강하게 같이 손잡고 등산하고 얘기 친구 할 수 있는 남자 친구 만들어주기. 빳빳한 새 돈을 은행에서 찾아서 엄마 손에 착 쥐어주기. 만날 집에서 먹는 밥이 제일 맛있다는 엄마에게 유명한 맛집으로 모시고 다니며 맛있는 것 먹어보기. 엄마 생일날 돈 봉투를 내밀며 생색내기보다 내 손으로 끓인 미역국으로 생일상 차려주기. 날 낳아주어서 고맙다고 말하기.' 등등 많은 이야기로 엄마를 기쁘게 하고 싶은 작가의 마음을 적었다.

작가가 엄마에게 해주고 싶은 것 중에 나는 해 본 것이라고는 성당에 몇 번 찾아가 같이 기도한 일 밖엔 없다. 물론 엄마가 가신지 20년도 넘었지만, 그 안에서 엄마에게 별로 해드린 일이 없어 안타깝고 죄스럽다. 살기 팍팍해서 빈손으로 갔고 어쩌다 친정에 가면 아이들 때문에 남편 때문에 하룻밤도 잘 수가 없었다. 그것이 제일 속상하다. 결혼 후 친정집에서 엄마랑 자면서 이런저런 이야기를 나눌 수 있었으면 정말 좋았을 것을…. 오랜 동안 홀로 우리 8남매 키우며 농사일에 매달리셨지만, 할아버지 친구 만들어 드리는 일은 생각도 못 해 봤다. 지금 생각하니 어리석은 딸이었지 싶다.

하나 더 있다. 가장 마음 쓰이는 것이 함께 여행을 못한 일이다. 언젠가 남동생이 결혼하고 함께한 신혼여행 길에 어머님을 모시고 갔던 생각이 났다. 그때는 참 잘 했다고 칭찬만 했지, 훗날 함께 해보지 못한 것이 두고두고 후회스러웠다. 이제와 생각하니 정말 나 위주로 살아온 지난 삶이 부끄럽고 죄스럽기만 하다. '효를 하고 싶어도 부모가 계시지 않아 할 수 없다.'는 명언이 틀린 말이 아니다. '좀 더 잘 살면 해야지, 좀 더 있으면 용돈도 푹푹 드려야지.' 하며 산 어제가 후회 되어 책장을 적셨다.

'친정엄마' 말만 들어도 가슴을 적시는 언어다. 새해가 되면 빈손으로라도 갈 곳이 있어 좋았다. 대문턱을 넘어서면서 불러보는 '엄마!' 소리에 버선발로 댓돌을 짚고 나오셨던 엄마가 보고 싶다. '추운데 어떻게 왔어?' 하시곤 글썽거리던 눈망울이 선명하게 보이는 날이다. 언니들보다 엄마 속을 많이 아프게 해서 엄마에 대한 애틋함이 더 소중한지 모른다. 지지리도 약해서 한 해도 넘기지 못할

229

까 봐 전전긍긍하며 키운 막내딸. 일 년이 넘어 남자 이름으로 지어주시며 건강해라 하셨다. 나이 들어 몸져누워 보낸 세월 동안 엄마의 마음은 얼마나 쓰렸을까. 생각만 해도 가슴이 미어진다. 게다가 간신히 건강을 되찾고 뭔가 해 보려고 했을 때, 결혼을 강요하신 어머니다. 그냥 엄마랑 살고 싶다는 딸에게 시집을 안 보내면 저승길이 막힌다며 밤낮없이 기도하신 어머님! 나를 두고 그냥 가면 지옥에서도 울고불고할 것이란다. 이런 엄마의 성화는 『친정엄마』에 등장하는 엄마와 별반 다르지 않다. 우리네 엄마는 다 이렇다.

엄마와 안 해본 일이 너무 많다. 우리 세대는 저 살기에 바빴기 때문이다. 어렵게 살았고 고달픈 현실에 발목을 잡혔던 옛날이란 단어는 핑계처럼 들릴지도 모른다. 아무리 물은 아래로만 흘러간다 해도 물길을 거슬러 부모에 대한 사랑에 조금이라도 관심을 갖게 하는 책이었다. 엄마와 딸의 생활 이야기를 맛깔스럽게 적어가고 있다. 이 책을 보면서 시시콜콜한 일상사지만 엄마와 나를 엮어가는 매개체로 동질성을 끌고 왔다. 딸이기에 엄마이기에 갖는 공통점이 있다. 물론 많은 이야기들이 있지만 나는 언제나 엄마의 마음을 아프게 해드렸기에 가슴 짜안함이 앙금처럼 남아있다. 살아 계시다면 하는 아쉬움으로 불러본다. "엄마! 정말 죄송해요. 그리고 오늘은 뭐 했어?" 라고 전화하고 싶다.

추사 김정희 기념관

시서화詩書畵로 유명한 추사 김정희 기념관은 예산군 신안면에 자리하고 있다. 이곳은 추사의 고향이다. 추사가 머물던 고택은 안채와 사랑채로 나누어져 있다. 그 옆 울타리밖엔 추사의 묘소가 있다. 드넓은 언덕과 정원은 추사의 명성만큼이나 높고도 준엄하였다. 가지를 늘어트린 소나무도 그의 지명도를 힘입어 푸르고 싱싱했다. 언제까지나 그 빛으로 우리의 마음자리를 밝힐 것이다.

정민 교수의 『삶을 바꾼 만남』은 강진으로 유배온 정약용과 황상이 18년간 스승으로 모시고 글을 배우며 지냈던 이야기를 모은 책이다. 책 속에는 추사 김정희와 치원 황상의 만남도 쓰여 있었다. 기념관에 비치된 선생의 유물에서 우리가 읽었던 『치원시고』(치원이 쓴 책)를 보았다. 반가웠다. 아전의 아들로서 양반들과 만날 수 있었던 유일한 끈은 시를 잘 지었기 때문이다. 치원이란 다산이 유배시절 치자를 좋아하던 황상에게 지어 준 호다. 호를 지어주며 시를 가르쳤던 다산 선생도 대단한 분이지만, 시호를 받을 만큼 마음에 들었던 황상도 보통 인물이 아니다.

황상은 다산의 정신과 행동을 본받으며 열심히 도를 닦듯이 글을 닦은 제자였다. 추사 선생이 그의 시를 알아보고 그와 글을 짓고 시간을 보내는 데 주저하지 않았다고 전한다. 황상은 전남 강진에서 추사의 부름을 받고 남태령 고개를 넘어 과천에 당도했다. 몇 날을 걸었을까. 그의 입성이 헐어 너덜거렸고 짚신은 바닥이 들어났다고 전하는 글에서 황상이 추사를 만나고자한 염원을 읽을 수 있다. 그만한 열성인데 추사선생이 그 마음을 모를 리 있을까. 오죽이나 추사의 마음을 울렸으면 기념관에 그의 글을 남겨놓았을까. 추사뿐 아니라 그는 사람을 만남에 늘 진정에서 우러나오는 행동과 언행으로 감동시켰던 사람이다. 다산이 그를 좋아했고 믿음이 있었기에 황상은 충성으로서 한 몸 바친 마음자리를 읽는다.

지체 높은 영의정을 지낸 권돈인 대감이 어느 날인가 재야에 묻혀 사는 정약용의 아들인 정학연을 찾아온 일이 있었다. 한나라의 영의정을 지낸 어른이 가마도 아닌 늙은 소를 타고 선비집을 찾아간 것으로 전해졌다. 황상은 그 일을 적어 「권상공기우행」을 지었다. 이 시를 추사가 보고 '즉시 내 글씨로 써서 상공에게 바쳐야겠다'며 기뻐했다고 한다. '지금 세상에 이런 작품은 없다.' 며 연신 치켜세웠다는 것이다. 권돈인이 가마를 타지 않고 늙은 소를 탄 이유는 가마가 사람 등에 올라타는 것과 같다는 애민정신에서였다고 전한다. (황상과 추사의 관계를 설명하기 위해 책의 내용을 인용했음)

사람이 어떻게 사느냐가 중요함을 추사기념관을 통하여 보았다. 아전의 아들인 황상이 사람답게 살았던 삶의 모습을『치원시고』를 봄으로써 새삼 깨닫는다. 작은 글씨를 읽어보려고 한참을 들여다보았다. 책을 보면서도 그 마음과 행동에서 많은 감명을 받았다. 그러했기에 漢字까지 나열된 그의 시와 함께 통째로 필사했다. 독서동아리는 내게 있어 글을 쓰게 했고 열심히 사는 사람들의 이야기를 전해주는 공동체였다. 추사기념관은 『치원시고』의 인연으로 다시 한번 돌아보는 계기였다. 다산과 황상의 삶을 다시 읽고 싶도록 기억에 남는 기념관이다.

〈세한도歲寒圖〉는 추사가 1840년(헌종6년)에 윤상도의 투옥 사건과 관련되어 제주도에서 귀양살이를 하던 59세 때(1844년)의 작품이다. 당시 청의 연경에서 유학하고 있던 제자 이상적에게 그려 보냈다. 이상적이 권세를 따르는 세속과는 달리 의리를 중히 여기는 것에 감동한 추사다. 세한歲寒이란 겨울에 홀로 푸른 소나무를 비유한 것. 이 그림으로 이상적의 사람 됨됨이와 곧은 의리를 칭송했다고 전한다. 조선왕조 500년의 걸작으로 꼽힐 만한 작품이다. 국보 180호이고 국립중앙박물관에서 소장하고 있다.

한쪽 벽면을 차지한 글이 발걸음을 잡았다. '내 글씨는 비록 말할 것도 못되지만, 나는 70평생 벼루 열 개를 밑창 냈고 붓 1천 자루를 몽당붓으로 만들었다.' 이 글 위엔 갈 연(硏)자가 선생의 얼굴이 되어 바라보는 것 같았다. '가슴속에 5천자의 문자가 있어야만 붓을 들 수 있다.' 라는 글이 있었다. 이런 글을 보면서 무조건 쓰기만 하면 되는 줄 알고 자판을 두드린 나 자신이 부끄러웠다. 제대로 된 한 줄의 글을 짓기 위한 그 노력을 제대로 알지 못했다. 5천자의 문자를 알아야 글을 쓸 수 있다는 말. 새삼 돌아보는 내게 얼마나 알고 글쓰기를 시작했나 묻지 않을 수 없다. 갈고 닦은 선비 정신은 붓과 벼루에만 달린 것은 아니다. 그 길을 향한 믿음과 지혜를 터득하려는 노력 또한 얼마일까. 한 인간으로 거듭 태어나려는 정신적인 영혼의 움직임만이 그에게 힘을 주었을 것이다. 바른 한 획을 긋기 위한 꾸준한 인내가 이룩한 업적 앞에 우린 고갤 숙였다.

사람은 죽어 이름을 남긴다는 말처럼 추사기념관은 육체를 떠난 추사의 혼신들로 채워져 있었다. 시로 남았고 인품으로 그를 말하는 추사기념관이었다. 세월은 갔어도 그의 정신은 꿋꿋하게 살아서 오늘의 우리에게 말한다. 사람의 부활은 썩어 없어지는 육체에 있는 것이 아니다. 그 시대를 살았던 흔적들로 채워진 기념관에서 그가 살았던 평생의 업적들과 수많은 낙관과 인장들이 그를 말하고 있다. 기념관을 돌아 나오면서 사람답게 살다간 추사의 넓은 들녘엔 그 인품만큼이나 가득한 봄볕이 내려와 있었다.

〈내 생애 가장 기억에 남을〉 산행과 여행

감사하는 마음으로 시작하는 아침이었다. 성모님을 향한 기도로서 편안한 하루를 비는 마음들이 모여 산의 문을 열었다. 힘들고 무더운 날도, 춥고 가슴 쓰린 날도 있었다. 허한 가슴 안으로 자신을 토해내는 바보의 손짓도 있었다. 나보다 회원의 안녕을 우선으로 하는 회장님 이하 임원들의 애씀도 한 몫한 산행이었다. 한마음으로 같은 길을 걷는 회원들이 건강한 하루이기를 배려했다. 한 발짝이라도 산을 닮은 사람이 되고픈 우리들의 모습이 배어있는 흔적이었다. 심신이 건강한 것을 감사하며, 정상에서 스틱을 짚고 내려다 본 산하가 늘 아름다웠다. 눈 설지 않은 내 나라 내 땅이고, 자주 만나는 기쁨과 서로를 알아가는 지름길이었다. 한 길을 걸으며 힘듦을 나누고 즐기던 모습들이 책을 펴면 보였다. 오솔길도 신작로도 그 길은 우리들의 눈길에 선명하게 나타났다.

『내 생애 가장 기억에 남을』 이 책을 발간하면서 산악회원들을 생각했다. 많은 이야기들로 어우러진 산행이었다. 덕유산에서의 고행은 죽음을 감수했고, 비 오는 날 산행을 감행했던 연인산에서 길을 잃고 헤매느라 정신이 없었다. 그런가 하면 가슴 아픈 산행도 있었다. 눈 속에 빠지고 엎어지면서 정상에 올랐을 때, 산악훈련을 하던 중 군인들의 사고로 아픔을 안고 내려가야 했던 가슴 저린 추억의 산, 민주지산. 속리산을 오르며 젊은 날을 생각하고 회한에 젖어도 보고, 지리산 천왕봉에서 바라본 산하는 내가 제일이었다. 아무리 생각해도 그보다 더 신나고 힘이 났던 일은 없었으니까. 죽을 고비로 눈보라를 맞고 올랐다는 그 기대 하나로도 보상받았던 산행이었다. 청태산에서 비보는 다시는 뵈올 수 없는 어머님을 잃었던 아픈 기억도 쫓아왔다. 65편의 글 속에는 많은 이야기들이 들어있다. 『내 생애 가장 기억에 남을』 가끔 생각나면 들여다본다. '그랬었어.' 하고 맞장구를 칠 수 있는 또 하나의 나를 만들었다.

여행을 하면서 겪었던 일들이 책을 펴면 어설픈 모습으로 혹은 즐거운 발길로 낯선 땅을 누볐다. 미 서부를 갔을 때 장시간 비행기에서 피곤했던 일들을 그랜드 캐니언에서 잊었다. 인디언들의 무지하지만 정직한 삶에서 그들의 참마음을 읽었던 기억은 지금 생각하면 아름다움으로 남는다. 나직이 들려주던 가이드의 이야기에서 우린 여행이 주는 행복에 피곤함을 날려 보내고 그곳 풍경에 젖어들었다. 이런 날들이 모이고 감동어린 이야기들을 한 묶음으로 엮어 『내 생애 가장 기억에 남을』에 담았다.

강원도의 산골마을 마당에 심어진 소나무를 보며 시집와서 어머니가 보고 싶었던 이야기. 만 원으로 얻었던 기막힌 행복도 만났다. 천 년의 세월 속에 잠긴 경주에서 초등학생인 내가 에밀레 종소리를 듣고자 했던 기억을 떠올렸다. 아들과 함께한 제주에서 아버지의 부재에 가슴 먹먹함도 읽었다. 산청에서는 돌무덤의 주인인 가락국의 마지막 왕인 구형왕의 꿈도 만났다. 꿈이라는 주머니에 담긴 이야기를 열면 아마 나도 할 수 있다는 희망을 담을 수 있을 것이다.

별것 아닌 이야기 같지만 한 사람이 살아온 경로이다. 그냥 스쳐 가면 아무것도 아니지만 기록하고 모아보면 자신의 둘도 없는 친구가 된다. 힘들었던 순간, 배꼽 빠지게 웃기던 이야기들이 모여서 세워 준 기둥이며 소중한 재산이다. 어느 누가 만들어 줄 수 없는 나만의 추억과 경험이 살아있다. 글로 남긴다는 것은 영원한 재산인 동시에 어느 때고 유용하게 사용할 수 있는 잔고가 들어있는 통장이다. 뿌듯하게 가슴을 채워주고 먹지 않아도 배부른 통장, 자신만이 만들수 있다.

존 윌리암스의 장편소설 『스토너』의 마지막 장면에서 그는 책을 어루만지면서 죽는다. 그의 삶이 저물어가고 있을 때, '넌 무엇을 기대했나?' 말기 암 판정을 받고 진통제를 한 움큼씩 먹으며 죽음이 서서이 다가옴을 느끼면서 그는 말한다. '봐! 나는 살아 있어.'라고. 죽음 앞에서 핏줄이 멎어가지만 그는 책을 손에서 놓을 수 없었다. 열정을 갖고 썼기 때문이다. 이처럼 작가는 책을 사랑한다.

방화수류정의 멋과
화홍문에 숨어 있는 비밀

추석 연휴 시간을 내어 찾아본 성곽 길에서 좋은 분을 만나 성곽, 화성의 건축물에 대해 자세한 이야기를 들었다. 조선조 22대 정조대왕이 아버지(사도세자)의 묘를 수원화산으로 옮기며 축조된 화성이며, 왕권을 세우기 위해 만든 도시 수원이다. 화성은 과학기술로 만들어진 정확한 설계와 공정으로 심혈을 기울인 작품이다. 지금도 그 설계도인 화성성역의궤에 의거해 보수 신축을 한다는 것. 정확한 설계가 있고 거기에 걸 맞는 인재와 재료가 바탕이 되어 만들어졌기에 지금까지도 보는 사람들로 하여금 찬사를 자아낸다. 세계문화유산 화성성곽은 수원의 자랑인 동시에 대한민국의 보고이다.

외적을 견지하는 방어책과 남북을 흐르는 수원천의 범람을 막기 위해 설계된 화홍문 앞에서 한동안 바라봤다. 그냥 다리로서의 기능과 사람의 통행만을 원하지 않았다. 힘든 군사들이나 백성들이 드나들며 봇짐을 내려놓고 쉴 수 있는 누마루도 있다. 분수가 솟구치는 곳으로 무지개가 피어올랐다. 오후 한낮의 기온은 따가웠다. 그늘에 서서 멋진 모습에 취하면서 셔터를 눌렀다. 많은 사람들이 모여들었고 "어머나!" 하는 환호성이 들렸다. 화홍문 안을 지나가는 한 무리의 사람들, 방화수류정의 정자 안에도 사람들의 머리만이 보였다.

화홍문은 크게 세 구역으로 나눌 수 있다. 먼저 다리로서의 기능인 일곱 칸의 문, 그리고 광교산이 시원스레 바라보이는 누마루 구역이다. 또 누마루 아래 전투용 진지를 들 수 있다. 화성의 모든 시설물이 마찬가지지만, 기능에 충실하면서도 눈에 띄는 아름다움을 보여주는 것이 특히 화홍문이다.

일곱 칸의 돌 무지개 문은 얼핏 똑같은 크기로 이루어진 듯이 보이지만, 자세히 보면 가운데 문이 크고 양쪽의 문들이 작다. 화성성역의궤에도 가운데 수문이 넓이가 9척, 높이 8.3척인데 비해 양쪽의 여섯 수문은 넓이 8척, 높이 7.8척이라 기록했다. 그러니까 가운데 수문이 나머지 수문들보다 넓이가 한자가 더 넓고, 높이가 반자나 더 높다. 가운데 문의 크기를 달리 했던 이유가 있을 것 같다. 이는 화홍문의 건축이 만드는 입장에서가 아니라, 보는 사람, 이용하는 사람의 입장에서 조성됐다는 것이다. 7개의 수문이 똑같은 크기로 늘어서 있으면, 제아무리 밝은 눈이라 하더라도 착각현상을 일으키게 한다. 양쪽 끝의 두 수문은 처져보여서 아주 작게 보이게 된다. 이에 시정을 위해서 끝으로 갈 수록 표가 나지 않게 문을 키워 일곱 개의 수문이 모두 똑같은 크기로 보이게 했던 것이다.

무지개 모양 수문 안쪽을 보면 천정의 모양도 무지개처럼 아치를 그리고 있다. 이 또한 홍수가 났을 때, 물살의 흐름을 최대한 거스르지 않게 하기 위한 장치라 하겠다. 그리고 수문 바깥쪽 상류 쪽에는 쇠살문을 설치했다. 수문을 통해 드나들지도 모르는 적군을 막기 위해서였다. 그러나 갑자기 홍수가 나면 쇠살문에 나뭇가지 등이 끼이게 되고, 그러다 보면 문 자체에 심한 압력이 가해지기 때문에 비상사태, 혹은 쇠살문의 여닫는 편리를 위해 원격조정 장치를 구비했다. 다리 위에서 쇠살문과 연결된 쇠사슬로 문을 여닫을 수 있게 했던 것이다.

새삼 옛사람들의 지혜에 놀랐다.

한동안 신고 있던 운동화를 벗고 계단을 올랐다. 중심을 지나 용연이란 연못이 보이는 난간에 앉았다. 광교산이 한눈에 들어온다. 광교산 지맥이 남쪽으로 뻗어 내려와 멈춘 곳이란다. 용이 서리고 호랑이가 웅크리고 앉은 것 같은 이곳은, 용의 머리에 멋들어진 집을, 그것도 절벽 위에 지형 조건을 최대한 살려서 지었다. 방화수류정의 아름다움은 북쪽의 용연과 서쪽의 화홍문, 그리고 동쪽의 북암문이 어우러져서 빚어낸다. 어느 방향에서 보든지 방화수류정의 자태에 아름다운 것은 조화의 아름다움이 더 작용한 탓이다. 마루에 앉아 사방의 경치를 둘러보고 내려갔다. 새롭게 다가오는 성곽의 역사를 짚어가며 들여다보니 발길이 떨어지지 않았다. 어딘가 또 빠트리고 그냥 지나쳐가는 곳은 없는지 살피게 했다.

방화수류정은 군사 시설과 휴식시설의 절묘한 만남을 구현했다. 마루 밑에 감춰진 비밀이 군사시설로 지어졌음을 나타낸다면, 바깥에서 보는 형태는 고급의 휴식 시설로 손색이 없다. 마루 밑에 감춰진 총구와 포구는 군사적 긴장을 말해주고 있다. 게다가 구들을 놓은 숙직방까지 갖추었으니 휴식시설을 빙자한 군사시설이라 하겠다. 이렇게 깊이 있는 해설과 보이지 않는 곳까지 알게 되어 너무 고마웠다. 나뿐 아니라 모여 앉아 있던 관람객 모두 귀를 세우며 들었다.

서쪽 벽은 높은 자리에 앉은 품새 때문에 화홍문 쪽에서 잘 올려다 보인다. 방화수류정의 건축가는 이를 놓치지 않았다. 여기에 고급의 꽃담을 설치한 것이다. 열십자 문양을 교차시켜 검은 벽돌과 회백색의 조화를 이끌어냈다. 꽃이 활짝 핀 듯한 모습이다. 옛날 포졸차림을 한 분은 십자가를 의미하는 것으로 서쪽에서 신이 온다는 뜻도 의미한다고 했다. 또한 정약용이 천주교 신자로서 정자를 지으며 평화와 안녕을 빌었을 것으로 추정되는 십자가의 형상이 서쪽 마루 천정으로 보였다.

방화수류정의 평면은 복잡하다. 동서 방향은 세 칸인데 가운데 칸에 구들을 놓은 방이 있고, 방에서 북으로 한 칸을 붙이고, 남쪽으로 반 칸을 물렸다. 그리고 서쪽에 길게 두 칸을 끌어내었다. 이렇게 복잡하다보니 지붕도 복잡해진다. 팔짝 지붕이 모여서 열십자 형태가 되면서, 모임지붕처럼 절병통(궁전이나 육모정자 팔모정자 따위의 지붕마루 가운데 세우는 탑모양의 장식)을 얹어 장식했고, 서쪽에 길게 내려간 지붕은 팔짝 지붕으로 마감했다. 설명만 들어서는 이해가 되지 않았다. 이것저것 짚어가며 일러주었기에 조금은 이해할 수 있었다. 순간 내가 너무 무식하다는 생각과 더불어 한국말을 하는데 이해 할 수 없었던 것은 역사와 건축에 대해 문외한이었음을 실감했다.

복잡한 지붕을 구성하기 위해서는 숙련된 목공 기술이 요구된다. 멋들어진 처마곡선을 표현하면서 구조적으로 든든한 집을 지어야 하는 것이다. 기둥은 물론이고 서까래가 튼튼하게 받치고 있어야 하는데, 각진 부분이 많다보니 보통 어려운 일이 아니다. 서까래를 놓되 잘 가공해서 놓아야만 처마 곡선을 살리고 힘도 받을 수 있다. 각진 부분에서 구석진 곳으로 서까래를 모아들이기 위해서는 밖은 둥그렇고 안은 뾰족한 서까래로 깎아야 한다. 이런 서까래들이 합쳐져서 부채를 활짝 편 듯한 모습을 나타낸다. 이런 부챗살 서까래가 170여 개가 들어 있다. 방화수류정 천정을 올려다보면 부챗살이 여러 개 보인다. 보기만 해도 시원한 정자다.

방화수류정과 화홍문의 대하여 공부한 시간이었다. 더 듣고 싶었지만 그분은 바쁘다면서 훌쩍 일어났다. 몇 번을 감사하다는 인사로 대신했다. 방화수류정에 들렸다가 우연찮게 좋은 분을 만나서 자세한 수원 성곽의 역사를 들었다. 가을의 정취와 주변 환경과 어우러진 하늘빛이 고운 날이었다.

진실한 사진은
언젠가는 말을 한다

      어제 오후 화성박물관을 찾았다. 마침 사진 기획전이 열렸다. 수원시와 카톡친구를 맺으면 입장료를 대신할 수 있었다. 조용하고 아늑한 공간을 지난 사진들이 채워주었다. 따뜻하다는 느낌을 받았다. 한 장 한 장에서 그 사람들의 체온이 느껴지는 진실한 사진들이었다.

  우리에게 수원화성이 존재한다는 것은 자랑스러운 일이다. 지금 '이방인이 본 옛 수원 화성'을 주제로 전시회를 개최하고 있다. '조선 후기 축성된 화성은 220여 년 동안 그 모습을 유지하고 있다. 대표적인 성곽유산은 1997년 세계문화유산으로 등재되었다. 이를 기념하고 1950에서 1960년대까지 이방인이 찍은 사진을 통하여 수원화성의 역사와 가치를 재조명해보고자 이 특별기획전을 마련하였다.'고 한다. 한국전쟁 당시 오산 비행장에 근무했던 미군들이 남긴 사진 자료들. 수원을 방문하는 내외국인에게 세계의 문화재인 수원화성의 옛 모습을 알릴 수 있는 기회이다. 사진은 화성과 수원사람들의 모습을 고스란히 보여준다. 가감 없이 있는 그대로의 모습에서 그 시대 상황을 들여다볼 수 있다. 어려웠기에 꾀죄죄한 아이들, 흰두루마기를 입고 거리를 활보하는 사람들, 허물어진 성곽의 모습이 짠하다. 지난 사진 한 장이 주는 감상이다.

사진을 찍은 외국인들은 전쟁으로 폐허가 된 삶의 현장을 보며 사진으로 우리의 과거를 남겨주었다. 그 현장에서 살고자 농사를 짓고 가족의 생계를 위하여 열심히 살아가는 사람들의 모습도 보았을 것이다. 그들이 남긴 사진은 전쟁 직후였다. 흑백사진 속의 얼굴들, 우리의 산하가 황량한 것 역시 전쟁이 준 상처이다. 한 장의 사진마다 이야기를 담고 있었다. 농부의 마음을 담은 사진, 추운 겨울 냇가에서 빨래하는 사진, 동생을 업어주는 형의 힘들어하는 얼굴…. 어른에서 아이에 이르기까지 어두운 얼굴들이었다. 지게에 얹은 무거운 나뭇짐, 농토에 듬성듬성 심어진 농산물들, 전쟁이 휩쓸고 간 들판의 모습이다. 전쟁은 참혹한 현실로 남았다. 그들이 담아 놓은 사진들 위에서 나는 그날들의 아픔과 전쟁이 안겨준 백성의 아픔과 만났다. 그냥 가슴이 아려왔다. 우리도 이런 현실을 딛고 오늘에 서 있음이 한편은 감사한 마음으로. 그들은 한국전쟁에 참전한 군인이다. 쉬는 날을 택해 오산에서 수원을 돌면서 남긴 사진. 허물어진 화성의 성벽을 그들이 담고 있다. 가슴이 아프다. 하지만 기록으로 남은 화성성역의궤가 있었기에 온전하게 옛 모습으로 복원할 수 있음이 고마웠다.

지금 내가 바라보는 성곽은 세계에 내놓아도 손색없는 명물이다. 세계가 인정하는 문화유산으로 수원을 상징하고 있다. 사진들을 둘러보면서 수원에 살아서 매일 바라볼 수 있는 화성을 자랑한다. 예나 지금이나 당파싸움으로 내편 네편을 가르며 싸운 정치가들이다. 군주다운 군주를 만나 화성을 축성한 일은 오늘에 이르러 귀한 보물이 되었다. 그 보물이 전쟁에서 허물어지고 폐허가 됐다. 외국인은 안타까워하며 이 사진을 찍었을 것이다. 어느 날일까 복구되는 모습을 바라는 마음으로 자료로 남기기 위해 찍었으리라 믿는다. '진실한 사진은 언젠가는 말을 한다.'고 헝가리 작가는 말했다. 이 말을 되새겨 보면서 전시회장을 돌았다. 미국인 진굴드는 사진을 찍어서 그림으로 그렸다. 실물과 닮게 그린 그 얼굴에서 금방 입을 열어 말을 할 것처럼 보였다. 전에는 팔달문 밖이 논과 밭으로 이루어져 있었다. 사람들이 농사를 짓는 모습도 보였다. 우시장 풍경과 소를 끌고 가는 농부의 몸짓도 순박하다. 방화수류정에 피난민 촌을 이룬 모습은 사진이 아니었다면 상상이나 할 수 있었을까. 오죽하면 그곳에 움막을 짓고 가족들이 모여 살았을까.

'사진은 세계 어디서나 통용되는 유일한 언어이다.' 독일의 사진역사학자가 한 말이다. 사진을 보면서 소리를 듣고 감정을 읽는다. 누가 찍은 것이 문제가 아니다. 그 사진이 주는 메시지를 생각할 수 있다. 그러니 사진은 세계인 모두에게 통용되는 언어라는 말을 새삼 되새겨 본다. 러일전쟁 후의 한국 상황을 조사하러 왔던 독일장교 헤르만 산더는 여러 장의 옛 수원화성 사진을 남겼다. 또한 일본인 학자들은 일제 강점기 조선 고적조사 사업을 통해 조선의 문화재와 민속을 조사하고 촬영한 사진을 남겼다. 1907년 헤르만 산더가 수원화성을 방문하여 찍은 15컷의 사진은 옛 수원화성을 보여주는 소중한 것이었다. 그 외 많은 외국인들이 남긴 사진으로 우리는 지금 그날을 보고 있다.

과거를 짚고 우린 오늘에 이르렀다. 어두운 밤을 지나왔기에 새벽이 찬란함을 볼 수 있다. 사건이 아무리 크고 소란해도 지난 일은 묻히고 덮이며 흘러간다. 언제나 현실은 중요하다. 그 사진들 위에서 과거를 보았듯이 우린 후손들에게 우리가 겪은 오늘을 남겨놓을 것이다.

아버지의 멍에

　　화서2동 서호 꽃뫼공원 내 야외무대에서는 감나무동산 영화제가 열렸다. 주민이 함께 만들어가는 화서2동의 여름밤 축제다. 우리 동네 8개 단체 및 주민센터의 후원으로 이루어진 영화제에 많은 주민들이 참석하여 자리를 함께 했다. 식전행사로 기타동아리 연주가 있었다. 〈그대 먼 곳에〉의 은은한 음률은 가슴을 타고 흐른다. 어수선했던 자리가 여린 선을 타는 신묘한 감정에 휩싸이면서 적요한 분위기로 이끌어가는 무대였다. 스포츠댄스 팀의 열정어린 무대는 흥겨웠다. 즐겁게 사는 사람들이 사는 동네다. 앙코르까지 받으며 열정으로 불렀던 언더가수 장정철이 〈나는 행복한 사람〉을 시작으로 몇 곡을 더 불러 분위기를 잡았다.

　시간을 내어 기꺼이 주민과 함께한 출연진에게 감사의 박수를 보냈다. 어울림의 무대였다. 노래와 함께 손뼉을 치며 분위기를 맞추어 가는 주민의 성의도 대단했다. 그보다 한자리에서 무대를 지켜보는 문화적인 주민의 매너도 칭찬할 만했다. 자주 갖는 주민과의 대화, 놀이문화, 그리고 오늘처럼 영화제를 통하여 한마음으로 묶는 수원시의 시정행정에 감사하는 마음이다.

팔달구청장은 영화 〈국제시장〉의 무대를 예를 들어 다문화에 초점을 두는 수원시가 되도록 노력하겠다는 취지, 수원시에 외국인 이주민이 40%를 차지하는 현황을 말했다. 〈국제시장〉에 외국인 이주 장면이 나온다. '한때는 이들처럼 살기 위해 독일의 광부로, 간호사로, 베트남의 전선에서 생사를 겨루며 싸운 우리나라 국민들이다. 그러니 애국가와 태극기 앞에서 경배하지 않을 수 없다.'는 말은 가슴을 찌르고 갔다. 사람살이가 하루아침에 이룬 한강의 기적은 없다. 빠른 시일에 이룩한 우리의 역사이기에 조금 굽이를 겪는 것일 게다. 어디에 가도 우리나라 위상은 옛날과는 다르다. 그런 점 역시 한없이 가꾸고 시정해 가는 정부 방침도 있지만, 시민들의 한 차원 높은 의식에 있지 싶다. 열린 마음으로 바라보는 깊은 통찰, 함께 잘살고자 노력한 보람이 오늘을 맞았다.

비가 와도 안전하게 대피할 수 있도록 비닐 천막을 쳤다. 간이 의자와 편안히 앉아 관람할 수 있는 자리는 여름밤의 분위기를 상승시켰다. 집안의 찜통더위를 피해 나온 동민들. 저녁바람이 스쳐 가는 공원에서 영화 관람은 여름밤을 즐겁게 지낼 수 있는 여유다. 오늘을 위하여 애쓰고 많은 관심과 열정을 보여준 관계자 덕분으로 〈국제시장〉은 막을 열었다. 1950년 6·25가 발발하면서 살아야 하는 많은 사람들의 피난행렬로 이어지는 무대. 함경남도 홍남부두의 썰렁하고 눈보라가 휘날리는 장면이다. 그 많은 사람들을 어디서 몰고 왔을까 궁금했다.

첫 장면부터 아버지의 위력은 영화를 끌고 간다. 가장으로서 가지는 무거운 짐. 아무것도 가진 것이 없다. 가족이란 이름으로 자식을 부양하고 잘 키워내는 것, 더구나 전쟁 중에 잃지 않고 살아남아야 하는 생의 끈질긴 위압감만이 있다. 홍남부두에서 딸을 잃고 난 후 아버지는 자식을 찾아야 한다는 의지로 간신히 탔던 배에서 내린다. 딸을 찾고자 아우성치는 무리들 속에서 배는 출발한다. 참

247

으로 안타까운 생사의 갈림길이 언제 어디서 만날 수 있을지도 모르는 운명을 가르고 말았다.

　부산 꽃분이네에서 시작되는 피난살이는 주인공 덕수를 구두닦이로 내몰고 있다. 가장은 가족을 위해 희생해야 한다며 자신의 겉옷을 걸쳐 주신 아버지, 그 마지막 말씀. 열심히 사는 덕수의 삶은 그 시대의 표상이었다. 암흑 같은 독일 광부의 삶과 간호사의 삶 등은 우리나라가 잘 살게 된 동기인 동시에 잊을 수 없는 사실로 각인되고 있다. 그 시대 젊은이들이 모두 이런 삶을 거쳐 여기까지 오게 된 것은 아니겠지만, 영화를 통하여 어려웠던 시절을 보며 깨닫는 시민의식을 고무하도록 하는 의도도 있다. 그러므로 〈국제시장〉이 대인기 속에 상영되었으리라.

　한편으로는 가족을 위해 살았던 마지막 모습이 애처롭기도 하다. 하나 당당한 노년의 모습 또한 기막히게 멋지다는 생각으로 영화를 보았다. 한 가닥 가슴에 남는다면 우리 아버지 어머니의 삶처럼 안타깝다. 오로지 가족이란 끈끈한 정이 무대가 되어 인생을 한마음으로 살았기 때문이다. 오늘날 이런 젊은이가 있을까 갸웃거려 진다.

　영화도 끝나고 돌아가는 시간이다. 흐뭇한 마음으로 발길을 돌리는데 참고 있던 비가 내린다. 큰 우산을 쓰고 시장님이 출현했다. 돌아가다가 반가워 인사를 했다. 악수를 청하며 "영화 재미있었나요?" 너무 재미있게 잘 봤다고 하자. "울지는 않았고?"하는 시장님의 말씀이 이웃 같은 친근감으로 다가왔다. 울컥 영화의 잔영이 남았을까. 코끝이 찡해 온다. 따뜻한 손을 놓으며 오래도록 그 기운이 가슴을 감싸 안는 시간이었다. 영화제를 통하여 윗분들을 만날 수 있는 기회다. 일부러 시청까지 찾아가 만날 일도 없는데 자연스럽게 얼굴을 보면서 잘

248

공석남 수필집 | 엄마 오늘 뭐 했어?

살고 있음을 확인하는 자리가 너무 좋았다. 우산을 쓰고 그 밤에 찾아주신 시장님을 보며 덕수의 삶과 무엇이 다를까 생각했다. 가장의 무게, 시장의 멍에가 오늘 이 밤을 편한 가정으로 돌아가지 못하고 이곳으로 향한 그 마음의 발길을 덤으로 받아 안는다.

아! 과인은 사도세자의 아들이다

　　공자가 삼계도에 이르기를, '일생의 계획은 어릴 때에 있고, 일 년의 계획은 봄에 있고, 하루의 계획은 새벽에 있다. 어려서 배우지 않으면 늙어 아는 것이 없고, 봄에 밭 갈지 않으면 가을에 바랄 것이 없으며, 새벽에 일어나지 않으면 그날의 할 일이 없다.' 라고 했다. 새삼 이 말이 이덕일의 〈칼날 위의 역사〉를 읽으며 그것도 정조대왕의 하루 기록을 보면서 떠올랐다.

　　초인적 의지로 국정을 수행하던 정조이다. 새벽에 못 일어날까봐 침실 근처에 횃대를 설치하고 장닭을 길렀다. 조강, 주강, 석강에 사강射講(활쏘기)까지 받고 밤 11시 정도에 임금의 일이 끝나면 을람乙覽(왕의 독서)을 했다. 그러다 보면 새벽에 잠을 청하게 되어 조강에 늦을까 봐 걱정이 되었던 것이다. 정조는 요순 같은 임금이 되길 바랐다.

　　2016년 수원화성 방문의 해를 맞아 지난 여름 융건릉의 사진들을 다시 보면서 푸른 잔디를 손끝으로 어루만졌다. 어딘가 정조의 손길이 머물렀던 것임을 느끼게 한다. 조선시대 왕다운 왕을 꼽으라면 태종과 정조이다. 역사를 거슬러 보면서 왕다운 왕이 되기 위해 세자가 되면서부터 받는 교육은 준비된 왕을 만들기 위한 호된 절차였다. 얼마나 힘든 삶을 살았을까 되짚어보는 실록을 통한 기록이었다. 만약 이조실록이 없었다면 어떻게 왕들의 자취를 알 수 있었을까. 그 귀한 실록이 유네스코 세계문화유산으로 지정 되었음을 새삼 확인하는 시간 여행이었다.

'칼날 위의 역사' 제목을 접하면서 표지 그림을 보며 아찔하다. 정치라는 것, 이렇게 칼날처럼 휘둘러 파리 목숨처럼 인간의 생명줄이 순간의 이슬로 사라질 수 있다는 사실에 소름이 돋았다. 권력을 위하여 그 힘이 부여하는 자신의 영달을 꿈꾸며 아들도 죽이고, 조카, 동생, 형 그리고 고관들의 목숨을 하나의 벌레처럼 쓸어버리는 그 자리. 그러한 사실들이 확연하게 실록으로 존재한다는 데 의의가 있다. 모르고 지나갔을 작은 행적, 말의 실수들까지 실록은 말하고 있다.

사관이나 승지들은 언제나 임금 옆에서 그와 같은 사건들과 언행들을 낱낱이 적어 남겨놓았으니 어찌 귀한 보물이 아닐까. 누구보다 일찍 출근하고 늦게 퇴근하는 사관이나 승지들은 일거수일투족을 왕과 함께 했으면서도 일언반구 자신의 불만을 토로하지 않았다고 한다. 작가는 말한다. 그들에게는 나름 왕을 가까이 모시고 있는 프라이버시가 있었을 것이라고. 그들의 붓끝으로 왕의 모습들이 되살아나고 그 시대가 열리고 있는 그 실록, 놀랍지 않을 수 없다. 왕이 말을 할 때 손놀림이라든가, 언성의 높낮이까지 그리고 깊이는 그 마음까지도 꿰뚫어보는 안목을 지닌 사관이었다는 점이다. 안과 밖의 일을 기록하는 분이 나누어 있어 발길의 행보, 눈길의 지향까지도 일일이 빼놓지 않았기에 세계는 그 실록을 세계문화유산으로 지정했을 것이다.

조선시대는 실록이 있으므로 거울처럼 그 시대를 볼 수 있다. 조선의 실록은 왕도 볼 수 없었다. 그렇기에 지금까지 소중하게 남아 후세에 역사를 되돌아보며 현재의 정치인들은 회초리를 맞는지도 모른다.

마지막 장에 '아! 과인은 사도세자의 아들이다.'란 소제목에 붙여 정조의 아버지에 대한 효심을 그리고 있다. 『정조실록』은 그 실상을 적어놓았다.

'현릉원에 참배가서 사도세자의 위패 앞에서 향을 피우기 위해 엎드렸다가 일어나지 못하고 목메어 울었다. 또한 제단 앞에 설치된 사도세자의 진영(초상화)을 보자 다시 몸을 땅바닥에 던지고 통곡했다. 손톱이 상할 정도로 잔디와 흙을 움켜쥐고 뜯던 정조는 이내 정신을 잃고 말았다.'

당파싸움이 낳은 권력 쟁탈전으로 영조는 자식을 죽이고 손자인 정조에게 한을 심어주었다. 그러나 정조는 원활한 국정운영을 위해 쉽게 노론파를 처단할 수 없었다. 천심은 기울어 사도세자 살해사건에 가담했으며 병권을 손에 쥔 구선복을 처형하면서 정조는 심경을 토로한다. 정조실록(16년 윤4월 27일)은 '역적 구선복으로 말하면 홍인환보다 더 심하여 손으로 찢어 죽이고 입으로 그 살점을 씹어 먹는다는 것도 오히려 헐후한 말에 속한다.'고 표현하고 있다.

정조는 만 열 살의 어린 나이로 14년 동안 대리청정하던 아버지가 한여름 뒤주 속에 갇혀 여드레 동안 물 한 모금 마시지 못한 채 살해당하는 것을 목격했다. 부친을 죽인 노론 벽파는 죄인의 아들은 왕이 될 수 없다는 왕위계승거부가 혼란스럽게 정국을 흔들었다. 노론벽파는 '罪人之子 不爲君王' 8자흉언을 유포시키며 세손 제거를 당론으로 결정했다. 정조는 부친 제거에 손잡았던 조부 영조와 외조부 홍봉한의 신임을 얻기 위해 필사적으로 매달렸다. 영조는 세손의 호적을 이미 죽은 이복형인 효장세자에게 입적시켰다. 사도세자가 죽은 지 14년 만에 1776년 영조의 뒤를 이어 즉위한다. 정조가 즉위 일성으로 '아! 과인은 사도세자의 아들이다.' 라고 말했다.

정조는 미래 지향의 정치로 조선을 이끌었기에 좀 더 살았으면 하는 아쉬움이 남는다. 정조는 재위 28년이 되는 갑자년에 왕위를 아들(순조)에게 물려주려는 구상을 갖고 있었다. 이해는 사도세자가 칠순이 되는 해이다. 아들에게 왕위를 물려주고 사도세자를 국왕으로 추승하는 작업을 주도하고, 자신은 화성으로 이주해 상왕 자격으로 대대적인 정치 개혁을 실시하려는 구상이었다. 그러나 그 4년 전인 24년 독살설 끝에 세상을 떠났다.

작가는 아쉬워한다. '만약 순조가 정순왕후의 수렴청정을 받지 않고 이가환, 정약용, 같은 신하들의 보좌를 받으면서 정조의 개혁정치를 이어갔다면 조선은 망하지 않을 가능성이 크다.' 조선 실록을 통하여 우린 그 시대를 들여다본다. 실록은 태조부터 철종까지 470여 년의 시간을 담고 있다. 실록은 공정하게 기록한 사관들로 인하여 지금까지 조선의 역사는 세계 문화유산이 되었다. 더불어 우리는 그 역사를 통하여 문화적인 자긍심도 갖는다. 실록이 있었기에 조선의 역사를 말하고 추측할 수 있음에 또한 감사한다.

물안개가 내려앉는 고향

정지아 단편소설 「목욕 가는 날」

1965년 전남 구례 출생이다. 중앙대 문예창작과 졸업. 1990년 「빨치산의 딸」로 등단. 조선일보 신춘문예 「고욤나무」가 당선 되었다. 소설집은 『행복』 『봄빛』 등이 있다. 이효석 문학상, 한무숙문학상, 오늘의 소설상을 수상하고, 이상 문학상 우수작으로 「목욕 가는 날」이 선정되었다.

세 모녀가 전라도 사투리를 섞어가며 목욕탕 안에서 이야기는 시작된다. 서울에 살아도 고향을 찾으면 자연스럽게 흘러나오는 말은 뿌리를 말한다. 긴 세월을 살아온 고향이라는 곳, 이토록 가슴저리도록 사무치는 말도 없다. 자신도 모르게 흘러나오는 소리는 흙내음을 품고 살았던 나무뿌리처럼 저절로 그렇게 돋아나와 안기는 고향이었다. 그 어떤 것도 이만한 것은 없으리라. 목소리만 들어도 그것이 고향의 소리인지를 알아차리는 언어라는 것. 친근한 억양이 육화되어 혈관으로 숨어든다. 그 언제부터인가 들었던 말들이 순진한 몸을 통하여 행동으로 옮겨진다. 그리고 그들은 한 덩어리가 되었다.

몸에 덮개처럼 붙어있던 때라는 것들이 목욕탕이란 언어 속으로 녹아들었다. 거기에 고향과 함께 스스로 풀어놓는 목욕탕은 물을 만난 물고기의 놀이터만큼이나 활기찬 관계의 숲이었다. 막혔던 혈관이 서서히 뚫어지면서 소통으로 가는 길에 웃음으로 환한 세모녀의 모습은 부러움 그 자체였다. 행복하다는 말은 순간이 주는 기쁨이다. 이럴 때 어찌 엄마 마음과 딸들 마음이 행복하지 않을까. 동생은 엄마의 등을 밀고 언니는 동생의 등을 밀어주면서 시작되는 사투리가 주는 언어의 유희는 이런 것이다. 유년시절 시새움에 싸우며 지내온 시간들이 불어터져 스스로 밀려나오는 때처럼 훌훌 허물을 벗고 있었다. 「목욕 가는 날」은 해묵은 때를 벗김으로서 그동안 소홀했던 인간관계의 끈을 이어가는 장소였다. 거기엔 살아온 날들, 더불어 살아갈 날들의 푸른 청사진도 펼쳐지고 있었다.

사랑은 물안개가 되어 탕 안에 자욱하게 내려앉았다. 세 모녀의 정다운 사투리만이 따끈한 물처럼 피부를 파고들었다. 겨울이 이보다 더 좋을 수가 없다. 밖이 아무리 추워도 그 안에는 여름날의 열기와 사랑의 포근함으로 덮혀지고 있었다. 그 풍경은 정감이 넘쳤다. 겨울날 목욕탕 안 가본 사람은 없다. 평범한 일상이 주는 가운데 작가는 질편한 목욕탕 풍경으로 우리네 삶을 끌어왔다.

'엄마도 그요, 좀 도와 달라고 할 것이제. 때도 밀기 전에 옷 벗다 진 다 빠지겠소.' '내가 얼둥애기냐. 옷도 못 벗게.' '쫌 땀좀 보시오.' 탕에 들어가기 전 탈의실에서 벌어지는 광경이다. 나이 들면 혼자서 옷을 벗는 일도 힘들다. 노인들은 옷을 한두 겹이 아니라 몇 개를 입는지 모른다. 벗어도 벗어도 또 벗을 것이 있다. 그러니 옷을 벗는 데도 시간이 많이 걸린다. 엄마의 얼굴에 땀으로 얼룩진 모습을 딸은 팔소매로 닦아주면서 구시렁거린다. 엄마와 딸의 목욕 가는 날의 정경이 정겹게 그려진다. 막내딸은 마주 보고 엄마 몸의 때를 밀면서 탱탱하던 피부가 축 늘어진 것, 뱃가죽이 늘어져 때 수건이 움직일 때마다 달려오는 엄마의 가죽에 연민을 느낀다. 자신을 갖고 열 달을 품었을 그 뱃가죽이다. 봉긋한 젖가

숨이 축 늘어진 것을 보면서 아버지 일찍 가시고 홀로 사신 외로움을 생각한다. 때늦은 후회로 울컥 올라오는 목울대를 살며시 누르며 농담으로 마무리 하는 딸들의 사랑이 곱다.

언니가 동생의 등을 밀면서 하는 말이 재미있다. '워매! 가시내야. 니는 때도 안 밀고 사나? 무슨 놈의 때가 국수 가닥도 아니고 우동 면발이네 그랴.' '그만, 그만하소. 아파죽겠네.' 언니가 동생의 등짝을 착 소리 나게 후려쳤다. 말솜씨도 그만하면 되었다. 너무 재미있어서 책을 보다 웃었다. 재미있는 목욕탕의 풍경이 그지없이 즐겁다. 한때는 이랬지 하면서 읽을 수 있는 책이었다. 목욕탕은 누구나 똑같은 사람살이의 풍경이다. 그곳엔 부자도 가난도 없다. 권력도 노동자도 없다. 아귀다툼의 성난 얼굴도 없다. 모두 해탈되어 내려놓으려는 그 마음자락이 때가 되어 바닥을 흘렀다.

게시판에 붙어 있는 금연 안내문

'담배연기로 인한 불편한 민원이 계속되고 있습니다. 베란다, 계단, 화장실 등에서 피운 담배연기가 위층 세대의 환풍기로 유입되어 세대내 노인과 어린이가 간접흡연에 노출되고 있습니다. 담배연기는 흡연으로도 각종 질병의 원인이 되며 이웃에게 심각한 불편함을 초래하고 있습니다. 이웃을 배려하는 공동생활질서를 당부드립니다.'

애연가들이 설 자리가 좁아지고 있다. 담배는 하루아침에 끊을 수 없는 친구 같다. 속상해도 한 개피 물고, 기분 좋아도 한 번 빨아들인다. 고민스런 일을 접했을 때 해결책이 되는지 담배부터 찾는 사람을 보았다. 그러면 막혔던 생각들이 연기와 더불어 풀어지는지도 모르겠다. 일이 잘 안 풀려서 고민스럽게 앉아 있다가 담배 한 대 느긋하니 태우고 나면 기분이 가라앉는 모양이다. 또 이야기를 나누다가 말이 막혔다 싶으면 자리를 피해 한 대 피우고 나타나서는 천상유수 같이 쏟아 놓던 말의 홍수를 보았다. 어떤 힘인지 알 수 없다.

아파트 앞이나 정자에서 담배를 피우는 사람들을 본다. 조석으로 그곳에 나와 서성이면서 흡연하고 있는 사람은 분명 아파트 사람이다. 할아버지 한 분은 골초란 말이 어울릴 만큼 애연가다. 한 자리에 앉아 몇 개피를 거듭 태우고는 느릿한 걸음으로 집으로 들어간다. 배가 부른 것도 아니다. 멋스런 모습도 아니다. 담배를 피워보지 못했기에 그 사람들의 마음을 잘 모른다. 깡통에 담배꽁초만 가득하다. 그 옆으로 지나가면 할아버지의 흡연하던 모습과 더불어 배어있는 그 냄새를 만난다. 버릇처럼 되어버린 흡연을 금연으로 바꾸고 주위 사람들 눈치 보지 말고 살면 어떨까.

전에 우리 집 사랑방은 담배 연기로 자욱했다. 담배를 남자들은 거의 다 피운 것 같았다. 사랑방에 모이는 분들은 40대가 넘었다. 궐련은 비싸니까 대부분 풍년초를 신문에 둘둘 말아 피웠다. 아버지도 일군들도 담배쌈지가 따로 있었다. 담배와 함께 차곡차곡 신문지를 잘라 넣어둔 쌈지다. 담배를 손가락으로 집어 신문지 위에 놓고 둘둘 만 다음 혀로 신문 끝을 한번 죽 훑고 난 다음 성냥불을 붙였다. 마른 담배는 신문이 타면서 불이 붙었다. 화덕처럼 연기가 코로 나왔다. 어렸을 때는 담배 연기와 함께 살아서인지 그 향기가 그리 나쁜 줄 몰랐다. 방안에 가득 연기로 채워져도 싫지 않았다. 그런 시절을 겪었다.

이젠 담배와의 전쟁에 나섰다. 관리실에서도 가끔 담배연기로 인한 민원이 많다면서 방송을 하곤 했다. 게시판에는 큼직한 글씨로 '협조문'이라고 인쇄된 종이가 붙어 있다. 중고등학교 시절 소풍을 갔다 오는 길이면 아버지 담배를 선물로 사왔을 만큼 담배는 선물 중에도 아주 귀한 것이었다. 그때 필터가 달린 것으로 아리랑과 신탄진이라는 담배가 있었다. 다른 것은 생각이 나지 않는다. 건강에 해로운지 이로운지를 따지지 않았다. 담배 인심 역시 후했다. 어디서든지 한 대만 하면 누구나 말없이 건넸다. 용돈을 아껴가면서 사다드린 담배를 아버지는 한 번 피워보라며 이웃에게 건네곤 했다. 나는 솔직히 아까운 마음이 들기도 했었다. 담배는 이렇게 인심 좋은 물건이었다. 그런 인심이 건강이라는 단어 앞에서 천대 받는 것으로 전락해 버렸다.

아침 시간 정자나 화단 앞 벤치에서 줄담배를 태우는 노인을 보면서 아버지의 누렇게 된 이가 생각났다. 노인도 앞니가 누렇게 변했다. 이가 변질이 되었다면 속인들 변하지 말란 법이 없다. 아버지의 손가락 끝이 누렇게 되었던 것은 매번 담배를 말아서 피웠기에 생담배물이 들었던 것이다.

니코틴은 신경 세포들 간의 정보 전달을 방해한다고 한다. 마치 마약같이 담배를 끊기 어려운 것도 바로 이 니코틴 때문이다. 담배를 많이 피우면 폐암에 걸릴 위험이 크고 다른 질병도 우려된다는 것이다. 해로운줄 알면서도 금연 할 수 없는 사연은 무엇일까? 우리 아버지도 60세에 폐암으로 돌아가셨다. 술은 입에 대지도 않았지만 담배가 원인이 되었을 것이다. 암은 가족력이 있다고 한다. 현대인은 건강에 대해 특별한 관심을 갖고 있다. 담배가 건강에 해로운 물건이라는데 구태여 피울 필요가 있을까. 죄 지은 것도 없이 눈치 보면서 담배를 피우는 사람들이 불쌍하다.

2016년 12월 23일부터는 담뱃갑에 경고그림을 부착한 담배를 판매할 것이란다. 1천890명을 대상으로 설문조사를 해서 최종 결정된 그림을 넣는다는 것이다. 담뱃갑의 상단에 흡연자들에게 경고하는 그림과 글을 넣을 것이다. 담배로 인해 입는 피해가 하루아침에 나타나지 않기에 위험성을 느끼지 않을 수도 있다. 그러기에 보건복지부의 경고그림을 부착해 흡연자들에게 경고메시지를 보내는 것일 게다. 다시 한 번 게시판을 바라보며 2층 노인의 얼굴을 떠올린다.

세계에 빛나는 한글 창제

독서모임에서는 한글날을 뜻있게 보내고자 경기도 여주군 세종 대왕릉에 다녀왔다. 여주까지 가는 길도 이름 있는 날이라서인지 자동차의 물결로 차도가 꽉 막혔다. 인산인해다. 날씨는 좋아서 마음만은 상쾌했다. 다양한 행사가 있는 모양이다. 한복차림과 예스러운 차림을 한 사람들이 입구로 분주하게 들어간다. '훈민정음 반포 569돌 기념 한글날 경축행사'란 플랜카드가 걸려있다. 여주농고 추타대가 입구에서 행렬을 멈추고 한차례 축하식의 서막을 열었다. 고전악기가 들려주는 옛 소리는 힘찬 울림으로 들렸다. 대왕을 기쁘게 하고자 부르는 소리, 앳된 얼굴 위에서 그 시대를 그려낸 작은 울림은 기특하고 대견한 학생들이다.

입구에 영릉의 패가 두 이름으로 적혀있다. 한글은 같지만 한자는 다르다. 알고 보니, 英陵은 세종대왕이고, 또 다른 寧陵은 효종대왕이다. 세종대왕릉을 왼쪽으로 올라 둘러보고 오른쪽으로 내려가는데 영릉이란 표지판이 보였다. 그곳이 효종대왕릉인 寧陵이다. 잠깐 효종대왕이 누구인지 알고 넘어가야 할 것 같다. 효종은 인조의 둘째 아들 봉림대군이다. 병자호란 당시 청나라에 볼모로 잡혀가 소현세자와 함께 8년 만에 돌아온 봉림대군. 소현세자는 3개월 만에 죽고 난 후, 인조 다음으로 왕위에 오른 봉림대군이 효종이다. 그가 지금 세종대왕영릉에서 오른쪽으로 난 길을 따라가면 寧陵에 자리 잡고 있다. 표지석에는 두 영릉을 표시하고 있었다.

입구에서부터 세종대왕을 기리는 발명품으로 전시되어 있는 잔디 공원. 한눈에 들어오는 과학기기들이 대왕의 업적을 말해주는 듯이 가을 햇살 아래 빛나고 있다. 해시계, 천체 위치 측정기인 혼천의 등이 넓은 공간에 관람하기 좋도록 배치되어 있었다. 아이들을 데리고 와서 설명을 하고 있는 젊은 엄마들, 그 앞에서 셔터를 누르는 모습이 보기 좋다. 한글날을 말로만 이야기해주기보다는 실제로 찾아와 그 시대의 물건들 앞에서 부모와 함께하는 모습은 이 나라의 인재를 바로 길러주려는 기본적인 자세 같아 보였다.

우리는 세종전에 들려 사진과 글로 만든 역사의 한 페이지에 눈도장을 찍었다. 집현전 학자들의 연구에 몰두하는 모습, 그 시대에 만든 악기, 그 유명한 『월인석보』 등등. 세조의 편찬동기는 죽은 부모와 일찍 죽은 아들을 위한다고 되어 있지만, 어린 조카 단종을 몰아내 죽이고 왕위에 올라 사육신 등 많은 신하를 죽인 끝에 당하는 정신적인 고통, 회한과 무상無常의 깊은 수렁에서 벗어나 구원을 얻기 위하여 추진된 것으로 보인다고 전한다. 『월인석보』는 한글 창제 직후에 간행된 산문 자료로서 국어국문학 연구에 귀중한 자료이다. 특히, 1권 앞에 『훈민정음』 언해본諺解本이 실려 있어서 그 가치가 더욱 크다고 한다.

이곳을 둘러 나오면서 사람은 바르게 살아야 함을 느꼈다. 권력을 등에 지고 힘없는 조카를 죽인 세조가 어찌 잘 되길 바랄 수 있을까. 바른 정치를 하겠다고 뒤엎은 정치가 국민의 눈에 사악하고 자신의 영달만을 위한 왕으로 후에 남았다. 바른 삶은 언제 어디서나 자신의 행동을 돌이켜 보게 한다. 거리낌 없는 발길처럼 마음가짐도 그렇게 막힘이 없어야 할 것 같다. 아무리 훌륭한 업적으로 그 시대 사람들에게 많은 공을 세웠다고는 해도, 그런 내면에 세상이 다 아는 실수는 자신뿐 아니라 주변 인물들도 마음 편한 일은 아니었을 게다. 왕으로서의 회한이 서린 사과문, 혹은 씻을 수 없는 과오가 빚은 얼룩의 가슴앓이가 아니었을까. 우리의 한글이 있었기에 그 시대의 아픔의 역사가 남았다.

세종전시실을 나오면서 우린 조선왕조실록을 생각했다. 1997년 유네스코 세계기록유산으로 등재된 유일한 조선실록이다. 국보 제151호이고, 태조부터 철종에 이르기까지 기록된 역사서이다. 실록 안에는 세종실록이 있다. 현명한 왕들의 업적을 이렇게 기리어 역사에 남겨놓았으니, 후손으로 하여금 그 시대를 정확하게 알 수 있는 소중한 자료이다. 만약 사관들이 역사를 왜곡하였다면 오늘날에 우리가 어찌 470여 년이 지난 역사를 짐작이나 할 수 있을까. 이 실록이 있었기에 세종대왕이 한글 창제에 심혈을 기울여 백성을 귀히 여김을 알 수 있다.

입구에서 오른쪽으로 난 길을 따라가면 세종대왕상이 있다. 거대한 입체상 앞에서 우린 기념촬영을 했다. 크기와 준엄한 상 앞에서 옛 대왕의 위엄을 본다. 조선의 제4대 왕(1418~1450). 재위기간 동안 유교정치의 기틀을 확립하고, 공법을 시행하는 등 각종 제도를 정비해 조선왕조의 기반을 굳건히 했다. 또한 한글의 창제를 비롯하여 조선시대 문화의 융성에 이바지하고 과학기술을 크게 발전시키고 축적된 국력을 바탕으로 국토를 넓혔다. 이름은 도, 자는 원정, 태종(방원)의 셋째 아들이다.

옆으로 난 잔디밭에 '대왕사랑'이라고 붓글씨로 쓴 대형 화선지가 펼쳐있다.

그 안에는 한글날을 맞아 한글사랑으로 펼쳐지는 기예자랑의 한 마당. 먹향이 스며드는 곳이다. 아늑한 향기가 붓끝을 따라가게 한다. 갖가지 서체가 붓끝에서 솜씨를 내었다. 정자에서 흘림체로 그리고 전서에 이르기까지 '아름다운 한글 먹빛 누리전'에 어우러지는 글씨들이 가지런히 공간을 차지하고 한글의 우수성을 자랑한다.

한국예총 여주지회장 이상국님은 '세종대왕에 관한 모든 것을 얼마든지 자랑하고 뽐내고 숭배해도 지나치지 않습니다. 한글을 만드신 천재성이나 무지한 백성을 일깨우고자 애쓰신 애민정신은 세계 어느 제왕도 따르지 못합니다.' 라고 축사를 적었다. 그렇다. 어느 나라가 이처럼 멋있는 글을 만들었는가. 내 생각을 내 마음 가는 대로 적을 수 있는 아름다움이다. 그래서인지 글의 내용은 모두 훈민정음서문, 세종대왕어록 중에서 골라낸 내용이었다. 잠깐 내용을 보면 '하늘이 만물을 기를 제 크고 작음을 가리지 아니하고, 임금이 백성을 사랑할 제 이것과 저것의 차이가 없다.' / '내가 꿈꾸는 태평성대는 백성이 하려고 하는 일을 원만하게 하는 세상이다.' 여러 가지 서체를 통하여 한글의 아름다움과 우수함을 기리 알리고 있음에 반갑고도 볼만한 축제의 한 장면이었다.

홍살문을 지나 정자각을 지나쳐 우린 영릉에 올라 세종대왕을 만났다. 그 기상이 말해주듯이 대왕의 무덤은 말 그대로 동산만했다. 영릉은 조선 제4대 임금 세종과 비 소헌왕후의 합장릉이다. 조선왕릉 중 최초로 한 봉우리에 다른 방을 갖춘 합장릉이며, 무덤배치는 국조오례의에 따라 만든 것으로 조선 전기 왕릉 배치의 기본이 되었다 한다. 왕은 살아서도 죽어서도 왕으로서의 면모를 갖춘다.

가족을 그리는 상념들,
돋보이는 화폭

　　태초에 인간은 옷을 입고 태어나지 않았다. 깨끗한 본성으로 세상에 나왔다. 실오라기 하나 걸치지 않았고 고고한 첫 울음으로 빛보다 소리로 알렸다. 어미의 탯줄을 끊고 독립된 인간으로 떨어지면서 사람이란 이름을 달았다. 그랬기에 사람은 귀한 것이고 저마다 가진 특별한 재능으로 세상을 놀라게 한다. 이중섭 화백, 그 역시 알몸으로 태어난 인간이다. 어려운 시대적 환경 속에서 대한민국의 미술가로서의 위상을 세운 사람. '이중섭의 애상'이 애경갤러리 6층에서 전시되고 있다.

　　구한말에서 한국전쟁의 혼란기를 살아온 화가다. 소박하고 직관적인 표현으로 사랑받는 이중섭(1916-1956) 작고 60년, 탄생 100주년이 되는 해를 기념하여 이중섭 애상을 전시하게 되었단다. 이중섭은 소를 주제로 민족의 애환과 저항정신을 표현한 작가다. 짧은 생애 중 가족과의 행복한 순간들을 추억하는 작품으로 우리에게 깊은 인상으로 남기를 바란다며 전시회 배경을 적어 놓았다.

　　이중섭의 애상은 단어에서 풍기듯이 그리움을 담고 있다. 미술전시회에서 이토록 자세하게 설명을 달아놓은 곳은 처음이다. 어떤 작품은 아무리 봐도 알 수 없는 것도 있다. 그런데 관람자들에게 화가와 더불어 미술의 이해를 돕기 위해 상세하게 안내해 준 것은 작품을 이해하는 데 도움이 되었다.

이중섭은 평안남도 평원군에서 2남 1녀 중 막내로 태어났다. 5세 때 사과를 먹기 전에 그림부터 그린 천재 화가였다. 8세에는 고구려 벽화가 그려져 있는 무덤 안에서 잠을 자기도 하고 놀기도 했단다. 그처럼 그림에 몰두한 유년이 있었기에 그의 재능은 시간이 흐름에 따라 자신의 앞날을 내다봤을 것 같다. 외길 인생으로 그림과 살아온 이중섭 화백의 삶으로 들어가 본다.

오산보통고등학교 시절엔 우리말 말살 정책에 반발하여 한글 자모로 된 그림을 그렸고, 그림에 한글로 서명하는 일에 실천한 사람이다. 21세에 동경제국미술학교에 입학하여 흰소를 그렸다. 소는 한민족을 상징한다. 그 시절 일본 여인 야마모토 마사코와 사랑에 빠졌다. 원산에서 해방되던 해 결혼을 했고 부인은 우리 이름인 이만덕으로 개명했다. 한국전쟁이 발발하면서 제주도로 건너갔다. 그 후 부인과 아들들을 일본으로 보냈다. 그랬으니 그의 삶이 그리움 덩어리가 되어 엉겨있었던 것은 아닌지.

그림은 모두 옷을 걸치지 않았다. 아이와 어른이 한 덩어리가 되어 있는 그대로의 삶을 솔직하게 표현하였다. 살아 있으면서도 함께하지 못했기에 그림 위에서라도 함께하고자 〈가족〉이란 그림 안에는 헤어지지 않고 한자리에서 맨살을 비벼대는 모습으로 모여 살기를 원한 그림이다. 아버지이며 남편으로서 자신의 모습을 강조한 가족의 애틋한 사랑이 따뜻하게 묘사되어 있다.

〈닭과 가족〉에서도 아들이 보고 싶은 작가의 심정을 재미있게 표현했다. 설명에 의하면 광주리에 병아리들을 담아가지고 아이들은 놀고 작가는 장난기 있는 모습으로 화덕 앞에서 수탉의 항문에 바람을 불어넣는 그림이다. 재미있고 풍자적인 면도 엿볼 수 있다. 어떻게 그런 상상력으로 색과 선을 이용한 스케치에 사람의 감정을 이입할 수 있었을까. 그래서 화가인지 모르지만 기발한 착상이기에 그 옛날의 작품이 지금까지도 남아 빛으로 닿지 싶다.

전쟁, 가난, 이별 등의 애환을 오늘날 위대한 유산으로 남겨놓은 작가다. 그가 남긴 작품을 통해 우리는 그의 시대적 변화를 같이 읽게 되었다. 특별한 사람은 아무리 어렵고 고통스러워도, 오로지 의지로서 이겨낸 삶의 흔적들임을 보았다. 작가의 작품 앞에 모든 소재가 가족과의 사랑에 중점을 맞추고 있다. 훌륭한 사람은 정신부터 무장된 한 그루의 과묵한 나무였다.

'이중섭의 애상' 전시에서 공간의 따뜻함과 그 안에 내재된 화가의 가족 사랑을 느꼈다. 애상은 이 시대를 살아가는 사람들에게 또 다른 이미지로 다가올 것이다. 볼수록 정감이 가는 작품들이었다. 그림뿐 아니라 문화 예술의 가치를 논하기에는 부족한 나지만 일반인들도 특별한 문화를 백화점의 한 공간에서 부담없이 만날 수 있음에 감사했다. 발길이 무심코 만난 특별한 전시회. 모르고 지나쳐 갈 수도 있지만 눈에 보이도록 전시한 면이 마음에 들고 고마웠다. 게다가 자세한 설명 역시 모두를 위한 배려였다. 한걸음 문화 속으로 걸어간 본 기회였다.

아저씨

서호 산책길에서 무심코 들리는 큰 소리에 돌아보았다. 아주머니와 아저씨의 말씨름이었다. 가던 길을 멈추고 그 자리에 섰다. 아주머니는 강아지와 함께 산책을 나온 것 같다. 여기까지는 흔히 있을 수 있는 일이다. 그런데 아주머니는 강아지가 길에 실수한 것을 휴지에 싸서 울타리 너머로 던져 버렸던 것이다. 이것은 아주머니의 양심을 휴지에 싸서 버린 것이나 다름없었다. 그것을 철봉에 매달려 있던 아저씨가 보았다. 운동하다 말고 내려와 저만큼 강아지를 끌고 가는 아주머니를 불러 세우게 된 경로였다.

"저것 얼른 챙겨가세요. 저기에 버리면 안 되는 것 인줄은 아실 텐데." "이따 돌아올 때 가져갈 거에요." 하면서 아주머니는 그냥 강아지를 끌고 가려고 했다. 이따 가져갈 것을 왜 지금은 못 가져갈까. 그녀가 방금 한 말은 거짓말임이 들통이 났다. 좀 전에 휴지에 싸서 버릴 때부터 그건 가져갈 물건이 아니었다. "그냥 갈 것이 분명합니다. 지금 가져가세요." 그러자 신경질적인 눈길로 아저씨를 쳐다보았다. 아마 노려보았다는 표현이 나을 듯싶다. '아침부터 뭐 저런 인간이 다 있어 내 발길을 잡아' 하는 식으로. 그러면서도 쭈뼛거리는 모습이 영락없이 죄 지은 사람의 모습이었다. "봉투를 안 가져왔는데…" 이런 그녀의 모습에서 돌아오는 길은 봉투를 어디서 가져올 것인지, 아리송한 그 대답에 몰려 있던 사람들은 그녀를 바라보면서 비웃음을 보냈다. 우물우물 그냥 넘어가려는 말투가 역력히 묻어나는 언사였다. 그렇다고 물러날 아저씨는 더더욱 아니었다. 말씨에 조금씩 핏기가 서리기 시작했다. "그럼 강아지를 데리고 다니지 말아야지요." 언성이 높아졌다. 그러자 당신이 뭔데 이래라 저래라 훈계냐고 따지기 시작했다. 적반하장도 유분수라는 말이 이런 때 쓰는 말인가 보다.

참으로 기막힌 현장을 아침에 보고나니 입맛이 씁쓸했다. 이런 상식쯤 모르는 아주머니도 아니었다. 공원엔 현수막까지 걸려있다. 이런 몰염치한 사람들이 있기에 경고하는 것이다. 현수막은 입구를 치장하기 위해 설치한 것은 분명 아니다. 서로서로 편의를 봐가며 깨끗하고 쾌적한 공원 환경 조성을 위한 지킴이 역할을 해야 한다. 그것이 나를 위한 일이고 나아가 수원시민의 건강을 위한 일이다. 내 집 환경은 깨끗해야 하고, 공원은 강아지의 똥까지 휴지에 싸서 버려도 괜찮다고 생각하는 그 정신을 청소해야 한다. 말하는 사람을 책하기 전에 자신의 행동을 돌아보았더라면 하는 아쉬움이 남는 시간이었다.

어느 때나 애완견을 데리고 나오는 사람들은 많다. 오늘처럼 강아지를 데리고 다니다 보면 어쩌다 한 번은 실수로 지나칠 적도 있을 것이다. 아주머니는 투덜거리며 울타리 너머로 들어가 그것을 주웠다. "나만 이러는 것 아니라고요." 퉁명스러운 말투에서 재수 없게 걸렸다는 표현처럼 험악한 그 소리는 아저씨뿐 아니라 지켜보는 사람들에게 하는 소리였다. 왠지 그 말을 들으며 한없이 불쌍한 분이란 생각이 들었다. 처음부터 '죄송합니다. 다음부턴 조심할게요.' 라든가 말없이 그냥 그 휴지를 주웠으면 서로가 웃으며 아침을 보낼 수 있었을 것이다.

아니 그보다는 울타리 너머로 던져버리는 양심을 지켰어야 옳았다.

　가슴에 손을 얹고 나는 한 번도 양심의 가책 받을 일을 한 적이 없는가. 짚어 본다. 은연중에 한 행동이 남에게 피해는 주지 않았지만 나 스스로 양심의 가책을 느낀 적도 있었으리라. 살다보면 실수도 하고 살아가는 것이 사람이다. 어떻게 대처해야 할지에 따라 사람이 가진 양심을 지키는 일은 다양하다.

　강아지를 데리고 나온 아주머니는 그 일로 인하여 아침부터 마음이 상했을 줄 안다. 애완견과 함께하는 산책도 좋지만 그에 따르는 예의도 지켜주었으면 오늘 같은 일은 겪지 않았을 것이다. 보고도 못 본 체 할 일을 아저씨는 용감하게 나섰다. 얼굴을 찡그리며 혀끝을 차는 일은 나도 할 줄 안다. 그러나 당당하게 맞서는 일에 인색한 나다. 그 아저씨에게 잘하셨다고 힘찬 박수를 보낸다. 한마디 말이 이토록 당당한 아주머니의 콧대를 꺾어놓았다. 잘못을 인정하기 때문이다. 만약 그 아주머니가 남도 다 하는 일인데 하며 그냥 돌아갔다고 하면 아저씨는 강아지 줄을 잡고 안 놔주었을 것 같은 강한 인상이었다. 힘차게 밀어붙이는 그 담력이 마음에 들었다.

　사람마다 모두 아저씨 같을 수는 없지만 불의를 보고 테크를 걸어 시정하는 일은 올바른 시민 정신이다. 오래전 보았던 〈아저씨〉란 영화가 생각난다. 불의에 항거하여 어린생명을 장기판매에서 건져내는 훌륭한 아저씨의 당당한 행동과 의리에 찬 얼굴이 오늘 아침 아저씨를 보며 맞물려 떠오른다.

마라톤을 상징하는 대왕참나무

　　화서동에서 화산교를 건너면 서둔동으로 이어지고 여기산이 있다. 체육센터가 있는 공원길이 걸을만하다. 그 공원길에 겨울 가로수가 눈길을 끈다. 다른 나무는 모두 이파리를 떨어뜨리고 마른 가지만을 앙상하니 서 있는데 반해, 이 나무만은 가을의 잎들을 모두 달고 있다. 원래 이 나무는 이렇게 생긴 종이구나! 할 수도 있다. 하지만 무슨 이유에서 퇴색된 잎을 달고 있는지 궁금하다. 무슨 사연일까? 나무에게 물어볼 수도 없다. 가만히 올려다본다. 꼬불거리는 이파리가 모두 한결같다. 물기를 머금었을 때는 쫙 펴졌겠지만 겨울삭풍에 말라서 끝이 오그라들었다. 그런데 왜 떨어내지 못한 걸까. 바라보는 마음 또한 애처롭다.

　　추위를 감싸기라도 할라치면 이파리가 치마처럼 넓기라도 해야지. 오그라든 이파리는 감싸긴 고사하고 바람에 시달릴 나무에게 제 새끼가 떠는 소리로 들릴 성싶다. 아이구, 이 추위를 어찌할꼬! 안타까워 더 위축되는 나무처럼 말없이 서 있다. 아주 오래전부터 나무는 자신의 생명을 받을 때, 이렇게 겨울도 네 분신을 모두 달고 있어라 명을 받았을까. 북미가 원산이라고 이름표를 달고 있다.

혹은 다른 종이 변이를 통하여 오늘 이 모습으로 진화 과정을 거친 것일까. 각종 나무들 사이에서 유독 겨울을 으스스하게 나는 것 같아서 사람 마음이 자꾸만 눈길이 간다.

대왕참나무는 1936년 베를린 올림픽에서 손기정 선수가 마라톤에서 우승하고 월계관에 꽂음으로써 알려지게 되었다. 마라톤 우승자에게 씌워주는 월계관은 보통 월계수 잎이나 도금양 잎으로 만들었지만, 당시에는 미국 수종인 대왕참나무 잎으로 만들었다. 실은 독일에서 월계수 나무가 자라지 않는 종이었다. 손기정이 우승 당시 화분을 들고 있었는데, 이는 아돌프 히틀러 총통으로부터 받은 대왕참나무화분이었다. 이를 기념하기 위해 서울시는 양정고 교정에 이 나무를 심었다. 이 대왕참나무가 우리나라에 있는 대왕참나무 중에서 제일 오래된 나무이다. 양정고가 1991년 목동으로 이전 한 후 손기정 공원을 조성하였다. 서울시는 이 나무를 1982년 11월 13일 〈손기정 월계관 기념수〉라 명명하고 기념물 제5호로 지정 관리하고 있다.

나무는 40m까지 자란다. 꽃은 노란색으로 5~6월에 피고 열매도 오래된 나무에서는 도토리가 열린다. 여기산 자락에 있는 대왕참나무는 오래된 것은 아닌 모양이다. 도토리 껍질도 구경을 못했으니. 참나무과에 속한다고 적혀있었지만 이런 도토리나무도 있으리라고는 생각지 못했다. 도토리나무가 이파리는 달고 있었지만 이토록 모두 달고 있는 것은 드물었다. 다만 특징은 잎이 깊게 패였다는 것이다. 물론 참나무는 '참 좋은 나무'라는 말도 있다. 실은 '참고 살아가는 나무'라고도 한다. 그래서일까 나는 자꾸만 그 많은 이파리를 달고 겨울을 나는 대왕참나무를 '참고 살아가는 나무답다.'라고 생각한다. 나무의 설명으로 이곳저곳 찾아보았지만 별다른 이유로 납득이 가는 내용을 찾지 못했다.

참고 살아가는 나무가 참나무라 하니 이 역시 월계관을 대신하던 나무인지라 참을 인과 관련이 있지 싶다. 하루아침에 42.195km를 달리기는 어렵다. 무수한 날을 달리고 달려서 얻은 우승이다. 무엇보다 끈기와 인내가 빚어내는 경기다. 땀으로 얻은 우승과 대왕참나무 화분은 그 시대의 마라톤의 표상이다. 참고 살아가는 나무답게 오글오글 말라가는 나뭇잎들을 매달고 겨울 햇살에 몸을 내밀었다. 잎은 퇴색되어 가을빛은 사라졌어도 대왕참나무의 본질은 그대로 하늘 향해 부끄럼 없이 당당히 서 있다. 마라톤에서 우승을 하고 돌아온 손기정 선수처럼 옹골찬 모습이다. 이제 나무를 제대로 본다. 그런 사연을 담고 있었던 나무이다. 물 건너오느라 힘들었음을 참고 있는 나무의 삶. 제 집을 벗어난 아련한 아픔을 안고 터전을 마련하기 위해 안간힘을 썼을 마음 자리를 읽는다. 그 본심을 저버리지 않고 견딘 인내를 마라톤이라 명명한다. 오그라든 나뭇잎에서 새롭게 마라톤의 황제 손기정 선수를 만난다.

기념물로 명명된 나무답게 손기정의 월계관을 생각하면 대왕참나무가 잎을 떨어뜨리지 못하는 이유를 조금은 이해가 간다. 얼마나 힘들게 얻은 월계관인가. 일제하에서 기도 못 펴고 살던 우리가 나라의 위신을 떨친 그 기상의 순간을 어찌 잊을 수 있을까. 아마도 나무는 마라톤 선수의 끈질긴 인내력을 간직하고 있기에 함부로 제 몸의 분신들을 버릴 수 없었을 것이리라. 대왕참나무를 월계관으로 쓰고 돌아온 손기정 선수. 그 땀과 열정과 인내의 본심을 알기에 지난 가을의 물듦을 대견하게 생각했으리라. 어찌 마음대로 한 잎인들 떨어뜨릴 수 있을까.

내일로 가는 인류의 사고능력

　　『사피엔스의 미래』는 캐나다의 토론토에서 러드어드 그리피스의 사회로 이루어진 네 명의 대담자. 알랭 드 보통, 말콤 글래드웰, 스티븐 핑커, 매트 리들 리가 엮어간 대담 내용을 책으로 엮었다. 이 대담은 1시간 30분 동안에 찬반 팀이 이야기를 전개하고 있다. 연 2회 개최되는 이 토론은 캐나다와 세계가 당면한 주요 공공 정책 쟁점들을 논의할 수 있는 세계적 포럼을 주요 논객들에게 제공하고 있다. 이번 토론은 2015년 가을 시즌에 토론 주제를 철학적인 방향으로 잡았다. 10년 가까이 토론회를 개최했으면서도 지정학적, 사회적, 기술적인 쟁점에 초점을 맞춰왔다는 것이다. 이번 토론의 쟁점은 인류가 하나의 종으로서 진보하고 있는 것인지를 두고 고민할 수밖에 없는 인간이 처한 영원한 곤경에서 비롯한다는 것이다.

　　『사피엔스의 미래』를 읽고 독서 동아리의 서평토론회를 가졌다. 모든 면에서 풍부한 지식과 영향력이 있어야 세상을 살아간다는 것은 아니다. 누구라도 인간이라는 면에서 논할 수 있는 문제였고 함께 생각해 본 토론이었다. 신년 들어 처음으로 발제를 맡은 사노라면 님의 당당한 모습은 사피엔스의 미래를 논할 만하다고 생각했다. 책 읽는 일보다 우리의 서평토론이 어떤 면에서는 더 실감 나게 느껴졌다. 어쩌면 이 모임에 애착을 가진 분들이 모였기 때문이다. '인류는 어디로 가고 있는가? 어디로 가야하는가?' 이 타이틀을 전제로 펼쳐낸 토론은 진지했다.

'인류의 진보란 무엇인가?' 첫째로 질문을 던지면서 폭포처럼 쏟아지는 말말 말. 물론 낙관론자의 입장에서 바라본 우린 진보했다. 삶의 질, 수명, 병과의 전쟁, 과학기술, 생명공학, 인공지능의 발전 등 여러 가지 면에서 진보한 것은 사실이다. 이렇게 인류는 발전을 거듭하면서 진보의 길을 걸어왔다. 진보란 사람으로서 사람다운 생활을 영위함을 말할 것이다. 그러나 어떤 형태로 여기까지 걸어왔는가. 또 앞으로 어떤 양상을 띠며 인류는 진보의 길을 갈 것인가. 하는 의문을 안고 책을 읽었고 토론의 자리에 우린 앉았다.

'사피엔스의 미래'를 펼친 대단한 석학들의 발언이 아니다. 그 책을 읽고 난 후 가지는 각 개인의 소감이다. 누구를 거론하여 토론의 형식에 취해 이름을 명기하지 않았다. 주제를 놓고 토론은 하였지만 단지 내용만을 간추려 기록할 뿐이다. 그러고 보면 '삶바모'의 토론 형식도 많이 변모했다. 누구든 맡겨지면 자기 책임에 군말없이 임하는 자세로 변모한 우리가 당당하고 대견하다. 더불어 감사하다는 말씀을 전할 수 있어 너무 좋다. 이 역시 진보로 가는 길이다.

세상이 변함은 그만한 대가를 가진다. 바라만 보고 있다고 생각대로 변하지도 이루어지지도 않는다. 그만한 대가를 지불해야 한다. 누군가 리더가 있어 연구를 지속하고 능력을 발휘하기 때문에 진보는 가능하다. 세상은 새로움을 창조한다. 자고 나면 변한다는 말 틀리지 않는다. 지금 우린 어떤 시대에 살고 있는가. 전기도 없던 시절에 살았던 그 옛날을 거쳤다. 지금 스마트폰이 나와 우리의 삶이 거기에 매달려 살게 할 줄은 몰랐다. 손편지를 쓰던 시대를 거쳐 카톡으로 새해 인사를 주고받는 초고속의 시대에 우린 살고 있다. 이런 세상이 하루아침 물벼락처럼 쏟아진 것은 아니다. 많은 인내와 고통과 싸웠고 지혜를 겨룬 인간의 노력이 만든 삶의 향상이다. 수치로 통계자료를 통한 사람살이보다는 삶의 진정한 질에서 진보한 우리이기에 오늘날 이런 토론이 열릴 것이다.

밥을 굶기보다는 정신적인 면에서 진보하길 바라는 사피엔스다. 초보적인 단계는 지나갔다. 제3세계의 눈으로 본 세상은 또 어떤 양상으로 우릴 놀라게 할지 모른다. 그 진보가 가는 방향에 항상 좋은 일만이 기다리고 있는 것은 아니다. 진보가 낳은 불행이 복병처럼 숨어 있다는 사실을 생각지 않을 수 없다. 추수감사절의 칠면조처럼 자신의 앞날을 점칠 수 없다는 사실이 가슴 아픈 현실이다. 어느 날 갑자기 내리는 소낙비처럼 위험은 그렇게 시커먼 손길로 닥친다는 사실. 그것이 세상의 변수이다. 눈부신 과학발전은 양면성을 지니고 있다. 그것이 무기가 될 때 전 세계는 아수라장이 된다는 사실이 우리를 놀라게 한다. 유한의 인간이 무한한 세상을 꿈꿀 수 있을까 두렵다. 그러나 사피엔스는 신이 되고자 한다는 번역가의 말처럼 끝없는 세상을 향해 미래를 바라본다. 그래서 사피엔스는 위대한 동물이다.

인류는 진보했는가? 묻는다면 우리는 확실히 진보했다. 책을 읽고 서평토론회를 가진 것만으로도 정신적으로도 진보라는 말을 할만하다. 인류가 살아있는 동안은 진보란 진행형이다. 자연이 스스로 진보하고 퇴화하면서 맑은 숲을 이루듯이 인류 역시 더 나은 세상을 향한 발돋움은 끝없이 이어질 것이다. 미래를 예측하기 어렵지만 인간은 미래를 위해 설계한다. 생각지 못한 위험이 도사리고 있다고 하더라도 인류는 미래의 진보를 향해 끊임없이 노력할 것이다.

『사피엔스의 미래』는 대단한 석학들이 모여 토론한 자리다. 굉장한 발상을 내놓을 줄 알았던 기대가 어긋난 점도 있었다. 그로 인해 우린 그들의 토론의 쟁점이 세상을 향한 발돋움을 알기에 낙관론자들의 기대에 부응한다. 그것은 우리의 삶이 편안하기를 빌고, 회의론자들의 위기일발의 위험성을 우려하기 때문일 것이다. 될수록 평화가 공존하기를 바라는 인간이다. 사고의 막대한 자본을 가진 사피엔스의 위대한 승리에 힘이 되길 바란다. 김정은이 핵무기로 무장하고 우릴 노리고 있다고 해도 그날이 두렵기는 하지만 삶은 유지되고 있다. 일본은 지진으로 인한 심각한 피해를 감안하면서도 그들은 그것에 맞춰 생활을 영위하고 있다. 가깝게 멀게 느껴지는 세상살이는 사피엔스의 고민이며 앞날일 것이다.

수없이 많은 잠재적인 위험요소가 적재적소에 산재해 있다 해도, 로봇이 인간을 점령하는 날이 올지라도, 사피엔스 외에 또 다른 종이 우릴 괴롭힐지라도 그건 미래 어느 날의 예상일뿐이다. 제3차 전쟁이 몰려 온다 하더라도 살았다는 것에 자부심을 갖고 유한의 인간으로서의 길을 헤쳐가리라 믿는다. 사고하는 사피엔스이기에 보이지 않는 미래에 대한 대책을 논의한 것은 아닐런지. 생명이 있는 한은 세상을 공유하는 사고의 능력 속에서 사피엔스는 무한한 은혜에 감사해야 한다.

작품해설

진솔한 마음 밭에
돋아 올려진
사유의 세계

지연희(한국수필가협회 이사장)

진솔한 마음 밭에 돋아 올려진 사유의 세계

지연희(한국수필가협회 이사장)

수필문학은 저자의 심오한 정서의 색감으로 구술 되어지는 이야기 문학이다. 진솔한 마음 밭에 돋아 올려진 사유의 세계이며 저 가늠할 수 없는 해저의 수심 속 생존의 의미와 마주 서는 인생이야기의 만물상이다. 끊임없이 피어나고 저무는 낮과 밤의 시간으로 버무린 아프고 슬픈, 기쁘고 행복한 존재의 가닥을 깁는 바느질이 아닌가 싶다. 구수한 된장찌개의 훈훈한 인정을 만나고, 예지 넘치는 지성적 필치의 중수필을 만나기도 한다. 더불어 수필문학의 갈래를 짚다 보면 사람 사는 만사의 흔적들 모두 다 삶의 스승이 아닐 수 없다는 사실을 깨닫게 된다. 수필은 인생철학이며 내일이라는 길의 나침판이다.

공석남 수필가는 작가의 소임을 다하는 부지런한 문필가이다. 그녀가 만나는 대상은 모두가 소재가 되고 어디서나 소재를 만드는 세밀한 탐구심을 발휘한다. 2013년 10월 『내 생애 가장 기억에 남을』의 명패를 단 첫 수필집을 출간하고 오늘 그 두 번째 맞이하는 분신 『엄마 오늘 뭐 했어?』는 보다 성숙한 삶의 의미를 땅속 깊은 감로수로 천착해 내는 감동을 만나게 된다. '지상에서 가장 높은 세상과 낮은 세상의 말 잇기'로 길어낸 첫 번째의 조심스러운 세상 엿보기는 다소 자신감 넘치는 발걸음으로 전진하는 행보를 보이고 있다. 나아가 유려한 여유의 문장들은 익은 봄 라일락 꽃잎의 향기마저 흐르게 한다.

몇 년 전에 왔을 때는 시름시름 하던 마당 끝 소나무 한 그루가 낮에 보니 완전히 자리를 잡았나 보다. 기골이 왕성하다. 우뚝 서 있는 마을의 수문장 같다. 그때는 새로 이사 온 터전이 마음에 안 들어 애타던 모습을 보았다. 잠 안 오던 캄캄한 밤이었다. 보이는 것은 찬 이슬 맞고 떨고 섰는 외로운 소나무 하나, 그건 오래전 시집와서 어머니 보고 싶어 했던 내 눈길을 닮았었다. 창문을 열고 바라보았던 그날이 왜 생각날까. 막걸리 한 모금은 어둑한 그날을 불러왔다.

별이 많다. 까만 하늘도 무색할 만큼 점점 빛나는 별들의 잔치마당이다. 서늘한 냉기가 지면으로 내려와 스민다. 낮에 활짝 피었던 감자꽃이 어둠 속으로 희미한 자리만을 남겼다. 장승처럼 서 있는 소나무도 우리들의 수다를 듣고 웃었을까? 잔잔한 기타 소리가 엷게 고막을 스쳐 간다. 도시에서 느끼지 못한 한가로움이 젖은 밤을 포근히 감싼다. 메르스도 아이들도, 두려움도, 날아가 버린 이 밤이여! 달콤한 막걸리 잔에서 오래전에 맡았던 어머니의 술 빚는 향기에 젖는다.

　　　- 수필 「수다는 막걸리 잔에서 풀리고 밤은 취기에 빗겨간다」 중에서

7월, 무더위를 가르는 비가 내렸다. 빗속을 뚫고 우리는 아산의 영인산을 향해 출발했다. 지나는 길에 공세리 성당에 들렀다. 비가 억수로 쏟아졌는데, 다행스럽게도 영인산 입구에 내리자 소강상태로 접어들었다. 가끔 국지성호우로 쏟아붓기도 했다. 비가 오면 빗속을 걸었다. 도란거리는 소리가 영인산에 메아리가 되어 울렸다. 수목원이라서 산은 갖가지 나무와 숲으로 어우러져 있었다. 도시에서 접하지 못한 색다른 나무들의 너울거림은 옅은 물안개로 감싸 안고 있었다. 나무 이름을 물어가며 걸었다. 혼자가 아니고 우리란 점이 좋았다. 함께하는 걸음마다 나무들은 이름을

달고 우리들의 입을 통하여 하나의 단어가 되었다.

후드득거리는 빗발 속으로 나뭇잎이 흔들리는 숲길이다. 갖가지 꽃들로 장식된 길섶, 시인들의 시비가 군데군데 세워져 심심한 발길을 쉬어가게 했다. 도종환의 「흔들리지 않고 피는 꽃이 어디 있으랴」 정연복의 「꽃에게 배우다」 나태주의 「풀」 반칠환의 「노랑제비꽃」. '제비꽃 하나 피우기 위해 지구가 통째로 화분'이라는 이 구절을 읽으며 절감한다. 맞다. 영인산 전체가 화분이 되어 제비꽃을 키웠고, 내 한목숨 키우기 위해 이 지구가 통째로 화분이 되었음을 확인하며 걸었다. 환경을 가꾸는 일은 지구를 살리는 일이고, 나를 살리는 일이다. 빗발은 후드득 우산을 때려도 음악 소리처럼 들리는 이유는 마음이 평화롭기 때문이다. 시어를 읊조리는 소리 따라 영인산의 나무들은 또 다른 숨소리를 들을 것이다.

– 수필 「비 오는 날의 수채화」 중에서

수필 「수다는 막걸리 잔에서 풀리고-」는 예고 없이 함께한 친구 셋의 하룻밤 이야기이다. 강원도에 사는 친구의 전화 한 통화로 그녀의 집에 모인 세 여자의 이야기는 막걸리 잔으로 깊어가고 종내는 평범한 일상이 어느 삶의 형태로도 따라올 수 없는 소중한 가치가 되어 기억 속의 추억을 짓게 된다. '한 병 남은 막걸리를 안주 삼아 풀어놓는 수다는 밤을 끌고 간다. 막걸리엔 철학이 있다는 막내의 수다는 정말 일장연설이다. -중략- 산골의 밤은 이렇게 깊어간다. 톡 쏘는 맛도 아니고 투명하고 거품도 없는 그저 뿌옇게 젖은 듯한 액체가 묘하게 가슴을 파고든다'는 이야기는 허심탄회한 우정의 깊이를 가늠케 한다. 청정한 공기를 호흡하며 칠흑의 어둠 속 하늘의 별을 세며 마시는 막걸리가 술이 아닐 것이라는 생각 또한 부정할 수 없다. 은은한 기타 선율이 흐르는 풍류의 밤이 아니겠는가 싶고 공연히 시원한 막걸리 한 잔을 그립게 하는 낭만인 수필이다.

수필 「비 오는 날의 수채화」는 그 제목만으로 아름다운 파스텔 톤의 그림을 연상하게 한다. 아산 영인산 수목원 숲길의 물안개를 만나 함께 공존하며 생명을 키우는 생명들의 다양한 숨소리를 이 수필은 전하고 있다. 공석남 수필가는 매주 주말이면 지인들과 함께하는 산행으로 온갖 자연의 아름다움과 조우하고 있다. 나무와 산짐승과 꽃들과 하나가 되어 그들의 삶 속에 숨 쉬는 소중한 생명의 가치를 짚어내고 있다. 첫 수필집의 대부분을 기행수필로 조각한 까닭도 대자연의 존재 이유는 한갓 사람의 생존배경과 비견할 수 없는 크나큰 울림을 주는 까닭이라고 믿는다. '많은 나무들, 숲이 우거진 골짜기마다 생물이 산다. 그 생물을 키우기 위해 지구는 통째로 화분이 되었다. 나 또한 더불어 살아가고 있다.'는 공석남의 수필은 세상에 존재하는 모든 사물은 결국 서로 다름이 아닌 물아일체의 공존체라는 것을 직시해 내고 있는 것이다.

경기도 용인시 모현면의 정광산 정상에서 장비를 갖추고 첫 비행을 시작했다. 하나, 둘, 셋 소리와 함께 뛰어가며 발을 굴렀다 싶었는데, 몸은 벌써 날아가고 있었다. 생각했던 것보다 편안하다. 교관이 등 뒤에서 어떠냐고 묻는다. 말로는 형언키 어려운 뿌듯함이 풍선처럼 가슴을 부풀리는 시간이다. 시야엔 저물어가는 태양이 붉게 서쪽 하늘을 물들이며 나를 향해 돌진하는 것처럼 보인다. 나는 좀 더 가까이 다가가고 싶은 아이들처럼 그쪽으로 눈길을 주었다. 그리고 발을 한 번 흔들어도 보았다. 내 몸이 환상이 아닌 하늘을 붕붕 떠가는 모양을 신기해하며 주위를 바라본다. 나도 날개를 달았다고 크게 소리쳤다. 어디까지 내 목소리가 날아갈지 모르지만, 그 순간만은 비행기의 조종사도 나비의 날개도 부럽지 않았다.

나는 교관의 지시와 동작 속으로 빨려들어 가며 갖가지 묘기 안에서 비행의 기쁨과 멋을 느꼈다. 옆으로 날아가고, 한 바퀴 돌기도 한다. 거꾸로 돌 때 떨어지는 줄 알았는데 어느새 제자리였다. 참으로 신기한 체험이었다. 무엇을 얻는다기보다 체험을 통해서 잠시나마 날개를 달고 하늘을 날 수 있었다는 것은 나를 시험하는 또 하나의 무대였다. 내가 얼마나 공중에서 버티어내는가를 스스로 느낄 수 있는 순간이었다. 평화가 깃드는 저녁노을처럼 나는 스스로 물들어가고 있었다. 내 눈높이에서 볼 수 없는 풍경들이 조용하게 멀어졌다 가까워지면서 내가 처한 위치에 절로 취한 시간이었다. 아주 작은 발밑 세상을 내려다보면서 이만큼의 높이가 주는 황홀감에 취해보았다.

- 수필 「내 몸의 날개」 중에서

이삿짐을 정리하면서 색 바랜 일기장을 찾았다. 7~80년대, 90년대 어려웠던 시절. 가슴 저 밑바닥에 숨겨두고 싶었던 아릿함이 종이 속으로 얼비친다. 누렇게 뜬 향기와 번져버린 잉크, 얇은 종이 결에 핏줄처럼 돋아 오른 글자들이 애처롭다. 결혼 초에는 그래도 행복했었는지 짤막하게 펼쳐진 날짜들이 드문드문 보인다. 80년대는 아이들 학교 가고 나면 안달거리며 부업을 했었다. 몇 줄의 문장 끝에 시간이 없다는 말로 마무리를 지었다. 90년대는 남편의 병고로 고달픈 심정을 털어놓느라 사연이 제법 길다. 남의 이야기를 읽어가는 것 같은 심정으로 몇 줄 읽었다. 목이 메었다. 멍청하고 바보스러운 내가 거기 있었다. 가슴에 안고 사는 일은 우울하다. 털어놓고 의논할 대상이 필요했다. 삶을 끌고 갈 명에는 힘겨웠다. 누군가 함께했다면 짐을 나누었을 게다.

'넌 아니? 삶이 이렇게 힘들고 외롭다는 것을.'로 시작되는 그날의 일은 너라는 대상을 통하여 심정을 토로한다. 지난 삶의 자국들이 너를 붙잡고 밤새워 호소하는 그 심정 이해할 것 같기도 하다. 도와달라기보다는 잠시라도 숨통을 트고 싶은 심정으로 매달렸으리라. 말 없는 네게 하소연하며 애원하듯 털어놓는 말들에 눈물이 핑 돈다. 그렇게 힘들었던 날들을 새삼스럽다는 듯이 가슴에 안는다. 자식들은 공부하느라 바빴고, 일가친척도 모두 살기에 바빴다. 털어놓고 싶은 어머님은 연로하시다. 마음만 상하실 것 같다고 한다. 아들이 아프다는 말에 어머님이 어찌 맘 편히 식사를 하시며 잠인들 잘 수 있을까. 그러니 말 없는 너에게 털어놓을 수밖에 없었나 보다.

– 수필 「아내의 일기」 중에서

누구나 사람들은 할 수 없는 일에 대한 꿈을 꾸게 된다. 예컨대 하늘을 나는 새가 되고 싶다거나 저 깊은 해저를 헤엄쳐 나가는 물고기가 되고 싶다는 욕망을 지녀왔다. 그 같은 갈망이 창공을 유감없이 날아오르는 비행기를 만들고, 행글라이더를 만들어 새처럼 나는 자유를 경험하게 했다. 바닷물 밑을 유유히 유영하는 잠수함이나 잠수부들이 때로는 물고기가 되고 싶은 사람들의 욕망이 이룩한 꿈의 실현이지 싶다. 언젠가부터 공석남 작가는 나비나 새가 되고 싶었다고 한다. 그 꿈을 실현하는 날이 찾아온 것이다. 수필 「내 몸의 날개」를 감상하고 나면 새의 비상을 실현하는 공석남 작가의 환희에 찬 모습을 만나게 된다. 하늘 높이 날아오르는 한 마리 새의 꿈, 그 꿈으로 빚은 날개는 문학이라는 성과였다. 어느 날도 글을 쓰지 않고서는 견딜 수 없는 욕망이었다. '일어서라. 그리고 실행하라. 나의 십 분 비행을 이야기하며 이 말을 하고 싶다. 내가 하는 일이 대단하지는 않지만, 어느 날 한 편의 수필을 완성하고 날개를 단 것처럼 기쁠 때가 있었다. 한 편의 수필을 완성하는 일은 나에게 주어진 책임이 아니라 하고 싶은 욕구가 빚은 꿈의 날개이기 때문이다.' 라고 한다.

수필 「아내의 일기」는 병수발에 전념하던 공석남 수필가 자신이 써 놓은 일 기장의 사연을 말한다. 이삿짐을 정리하면서 색 바랜 일기장을 찾아 7~80년 대, 90년대 힘겹게 살았던 삶의 이야기가 적혀진 사연을 마치 남의 일기를 펼 쳐보듯 담담하게, 혹은 감동적으로 읽어내고 있는 수필이다. 조혈모세포 이식 을 해야 할 남편을 무균실에서 간호하며 안타까워했던 마음고생을 편편히 읽 어내고 있다. '가슴 저 밑바닥에 숨겨두고 싶었던 아릿함이 종이 속으로 얼비 친다. 누렇게 뜬 향기와 번져버린 잉크, 얇은 종이 결에 핏줄처럼 돋아 오른 글 자들이 애처롭다.'는 이야기는 1990년대 남편을 간병하며 겪었던 사연들을 아 내의 이름으로 감당해야 할 순애보가 아닌가 생각된다. 누구도 덜어내 주지 못 하는 역경을 홀로 감당하던 일들을 사진처럼 접사해 내는 외롭고 슬픈 일기이 다. '많은 날들을 단 몇 시간 안에 훑어볼 수 없음이 조금은 안타까웠다. 한 권 두 권 경중거리며 몇 줄씩 읽어가노라니 누구의 인생인지 너무 불쌍하다는 생 각이 들었다. 어떻게 살았을까.'로 이어지는 스스로의 지난 삶에 등 도닥이는 위로자가 되어 '생이 끝나는 날까지 바라볼 너'와의 약속은 어쩌면 '그녀'라는 질곡의 강을 건너온 대견스런 자신에 보내는 장엄한 기도라는 생각이다.

그 사람의 인생이 들어 있는 손. 희망을 안고 살았던 그림자들이 휘익 휘익 스쳐 간다. 몇 고개를 넘어왔는지 모르게 돋아 오른 손등으로 확연 하게 혈맥이 지나온 시간의 지도를 그렸다. 순간 내 손 위로 엄마의 손이 스쳐 갔다. 엄마의 쭈글쭈글한 손등을 만져보면서 왜 이렇게 되었느냐며 안타까워했던 젊은 날의 내 손은 어디로 갔을까. 지금은 엄마의 그 손이 내 손등이다. 엄마 손등에서, 지문도 없이 닳아버린 손바닥에서 엄마의 힘듦을 생각했다. 오로지 자식만 생각하며 사신 엄마의 손이었다.
'대성당'이란 타이틀이 붙은 오귀스트 로댕의 작품은 김찬호의 『모멸감』을 읽다가 본 손이다. 이상한 손의 모습은 언뜻 한 사람의 손처럼 보이지만, 실제로는 두 사람의 손이다. 성별이 불분명한 오른손이 서로 마주하고 있다. 보는 이에 따라 사랑하는 연인들의 손일 수도 있고, 예수와 성직자의 손일 수도 있다. 아버지와 아들이거나 어머니와 아들일 수도, 로댕 자신의 손일 수도 있다. 이토록 〈대성당〉의 두 손은 보는 사람에 따라 손의 주인공이 얼마든지 바뀔 수 있는 익명의 손이다. 그 손은 혼자서는 할 수 없는 일을 둘이서 맞잡으면 이룰 수 있음을 보여준다. 사랑으로 이루어내는 일이기에 대성당이란 제목이 아닐까 생각해 봤다.

- 수필 「손」 중에서

엄마 손을 잡고 외갓집 가던 날의 그림처럼, 하얀 종이 위에 삶의 잔가지들이 하나씩 묵은 가지가 되어 퇴색되어 갔다. 멀게 느껴지는 과거는 한없이 긴 길이 되어 이어지고, 앞으로 나아갈 길은 연막 속으로 숨어든다. 나는 추억을 먹고 사는 것처럼 '나 어려서는…' 하면서 곧잘 이야기한다. 살아온 깊이만큼 파놓은 구덩이는 많은 사연들로 웅성거리는 과거라는 그릇이다. 살 날에 희망과 기대를 갖고 내일은 하면서 욕심도 내 본다. 허나 과거는 한 사람이 살아온 소중한 그릇이다. 퍼내도 다시 고여 드는 샘물처럼 오늘의 일들이 그 안으로 끌려들어 가고 있다.

오늘처럼 비가 내리는 날, 창문을 통해 빗발의 성김 속으로 영락없이 그날을 담은 그리움들이 몰려든다. 기쁨이 있고 아련하게 비치는 그림들이 가슴에 안긴다. 따끈한 차 한잔 앞으로 언니의 카랑한 소리가 유리창을 때린다. 언니 뒤를 잘 따라 다녔다. 혼자 가고 싶었을 언니인데 나 때문에 속상하다며 늘 하던 말이다. 따라오지 말라고 뒤돌아보며 손짓하던 그 몸짓들이 어제같이 동공에 머무는 시간이다. 입안을 감도는 한 모금의 차 맛보다 더 진한 액체가 되어 혈관을 흐느적거리며 흘러간다.

- 수필 「그리움의 뜰」 중에서

사람의 인체 중에서 어느 부위 하나 소중하지 않은 부분은 없다. 각기 주어진 소임에 따라 쓰임이 되고 삶을 지탱하게 하는 동력이 된다. 수필「손」은 손의 존재에 대한 의미찾기이다. '인간의 손은 모든 창조물을 만드는 도구이며, 인간생활에 필요한 모든 사물은 손에 의해서 만들어지고 완성된다.'고 한다. 그 때문인지 오귀스트 로댕의 '대성당'이라는 조각작품은 바라보는 시선에 따라 손의 주인이 오묘한 형태로 바뀌는 예술작품이다. 하여 이 작품은 서로 다른 두 손이 하나로 만나 의미를 창조하는 기독교 정신의 사랑을 바탕에 두고 있다. 공석남 수필은 바로 로댕의 '대성당'으로부터 늙어 초췌한 어머니의 손, 부지런한 언니의 손, 이제 주름진 어머니의 손을 닮아 볼품없는 나의 손을 들여다보게 한다. '인간의 손은 모든 창조물을 만드는 도구'라는 언급처럼 손은 마치 어머니의 존재처럼 누군가를 위한 헌신의 도구가 된다. '아침이면 마디마다 수북하게 부어올라 잘 굽어지지 않아도 자식 위해서라면 주방으로 달려가 밥상을 차리는 엄마라는 이름, 여인으로 살아온 삶의 전부가 거친 손등 위에 고스란히 지도를 그린다'는 그 손의 가치를 엄중하게 짚고 있다.

수필「그리움의 뜰」은 추억이라는 희미한 통로에 횃불을 밝혀 기억의 문을 여는 아름다운 시간으로의 회귀를 그려내고 있다. 고향 집이 보이고 그 집 대문을 열고 들어서는 평생 땅에 기대어 사시던 아버지가 숨을 쉰다. 이른 겨울이면 감나무 가지에 가득했던 감을 따서 오지항아리에 짚을 깔고 홍시를 만들어 자식들의 간식을 준비하시던 어머니의 모습이 확연하다. 비가 내리는 날은 어레미 하나 빈 깡통을 들고 논의 물꼬를 찾아다녔던 어린 시절의 나는 도랑물에 튀어 오르는 은빛 붕어들의 모습에 신이 났었다. 그 모습을 보고 언니는 물귀신이 씌었다고 소리를 지르곤 한다. 추억은 제아무리 가난하여 불편한 것이었어도 아름다운 것이다. 한 사람의 삶 속에 간직되어진 지난 삶의 흔적들은 그가 사는 오늘을 지탱하는 자산이다. 오늘은 과거를 딛고 일어선 축적물인 까닭이다. 공석남 수필문학의 바탕도 그 아련한 '그리움의 뜰'에서 출발하고 있다.

옛날 수탉은 먼동이 트기 전에 울었다. 산등성이를 넘어오는 태양보다 먼저 눈을 뜨고 세상이 밝았음을 알렸다. 수탉 울음을 제일 싫어했던 사람은 남편이었다. 봄이면 일거리가 많아 야근까지 하고 돌아왔다. 그리고 늦잠에 취한 시간, 영락없이 수탉은 그를 깨웠다. 뒤란에 수탉의 울음소리는 온 집안을 울릴 만큼 쩌렁쩌렁했다. '내 저놈의 수탁을 잡아먹어야지' 하던 짜증난 신음소리가 산책로를 걸으며 먼저 들렸다. 참으로 오랜 시간이 흐른 뒤였는데, 잠재의식 속에 아직도 그 소리가 때를 기다리고 있었다. 신기한 일이다. 그때만큼 실감 난 수탁 울음소리가 발길을 묶어 놓았다.

기어코 가던 길을 멈추고 수탉과 암탉들이 모이를 쪼고 있는 평화로운 우리를 보았다. 비록 얼기설기 얽혀진 좁은 우리였지만 그곳에서 나는 먼 날처럼 느껴지는 내 일상을 끌어왔다. 도심에서 쉽게 접할 수 없는 닭장이다. 게다가 수탉이 홰를 치며 울음 우는 곳, 교회의 뒤꼍이다. 그곳이 개인집과 인접한 곳이었다면 아마도 닭들은 이렇게 맘 놓고 울 수 없었을 게다. 애완견의 짖는 소리도 민감하여 성대수술을 한다는데 새벽 닭 울음소리 그리 반갑지 않다. 좁은 우리에서 저토록 실하게 자라난 수탉과 그 성대가 제 기능을 유감없이 발휘하고 있는 것에 신기했다. 먼 그날을 끌어온 수탉의 울음은 고향이었고, 돌아가신 어머님의 모습을 잠시 만나는 아침이었다.

- 수필 「수탉 울음 소리」 중에서

첫 장면부터 아버지의 위력은 영화를 끌고 간다. 가장으로서 가지는 무거운 짐. 아무것도 가진 것이 없다. 가족이란 이름으로 자식을 부양하고 잘 키워내는 것, 더구나 전쟁 중에 잃지 않고 살아남아야 하는 생의 끈질긴 위압감만이 있다. 흥남부두에서 딸을 잃고 난 후 아버지는 자식을 찾아야 한다는 의지로 간신히 탔던 배에서 내린다. 딸을 찾고자 아우성치는 무리들 속에서 배는 출발한다. 참으로 안타까운 생사의 갈림길이 언제 어디서 만날 수 있을지도 모르는 운명을 가르고 말았다.

부산 꽃분이네에서 시작되는 피난살이는 주인공 덕수를 구두닦이로 내몰고 있다. 가장은 가족을 위해 희생해야 한다며 자신의 겉옷을 걸쳐주신 아버지, 그 마지막 말씀. 열심히 사는 덕수의 삶은 그 시대의 표상이었다. 암흑 같은 독일 광부의 삶과 간호사의 삶 등은 우리나라가 잘 살게 된 동기인 동시에 잊을 수 없는 사실로 각인되고 있다. 그 시대 젊은이들이 모두 이런 삶을 거쳐 여기까지 오게 된 것은 아니겠지만, 영화를 통하여 어려웠던 시절을 보며 깨닫는 시민의식을 고무하도록 하는 의도도 있다. 그러므로 〈국제시장〉이 대인기 속에 상영되었으리라.

- 수필 「아버지의 멍에」 중에서

공석남 수필가는 매우 활동적인 사람이다. 오랫동안 주말이면 정기적인 산행을 이어오고 있는 모습과 어떤 일에서나 탐구심이 있어 다가서서 확인하는 모양새다. 수필 「수탉 울음소리」를 감상하는데 첫 문장부터 작가의 발걸음을 따라가지 않을 수 없는 호기심을 버릴 수 없었다. 수탉 울음소리를 듣고 싶어 산책길 한가한 교회건물을 한 바퀴 돌아 정문을 들어서는 자신을 확인하면서도 정원 속으로 걷고 있는 자신을 생각하게 한다. 싸리비 쓰는 소리가 들리고 마당을 쓰는 사람에게 닭장을 안내받는다. 안내자의 뒤를 따라가면서도 스스로에게 '왜 나는 수탉을 보아야 할까' 어이없는 웃음을 흘리며 말끔하게 비질 된 마당을 가로질러 걸어간다. 결국 그녀가 찾는 수탉의 모습과 수탉의 울음소리에 대한 이끌림은 바로 먼 기억 속 함께 살았던 고향의 집이었고, 돌아가신 어머님의 모습을 만나기 위한 아련한 그리움이었다.

수필 「아버지의 멍에」는 한 가정의 아내와 자식을 이끌고 살아내야 할 가장의 삶의 무게를 영화 '국제시장'을 통하여 들려주고 있다. 1950년 6월 25일 한반도 전체는 동족상잔의 참화로 핏빛 혈전을 보여주었다. 그리고 생사람이 목숨을 잃는 일뿐 아니라 생이별의 아픔으로 이산가족의 그리움을 멍에로 지고 살아야 했다. 영화 국제시장은 피난길 흥남부두에서 딸을 잃은 가장은 슬픔을 안고 낯선 부산에 정착해 사는 기구한 역사를 보여준다. 시대의 아버지는 가장이라는 쇠뭉치를 어깨에 짊어지고 파란만장한 한국의 역사를 쓰고 있다. 가난하고 피폐된 전쟁의 역사가 남긴 가슴앓이는 아직도 남북을 가른 체 철조망에 매어 이산가족의 역사를 남겼다. 이 시대적 불행을 온몸으로 감당해 온 아버지의 멍에를 공석남 수필은 눈물로 확인하고 있다.

수필문학은 시대적 역사를 어느 문학장르보다도 면밀히 반영시킨다. 구체적이며 사실적으로 증언하는 문학이다. 공석남 수필문학의 두 번째 수필집 『엄마 오늘 뭐 했어?』의 수필은 보다 뛰어난 문장력과 사물을 바라보는 시선이 바닷물처럼 깊다. 심도 깊은 바다의 온갖 존재들에 대한 세밀한 탐구심과 천착의 정도가 남다르다. 무엇보다 쓰고자 하는 열정이 커서 시간의 두께가 쌓일수록 그 역량이 넓혀지리라는 생각이다. 어느 날 우뚝 솟아오른 나무처럼 한 문장

한 문장에 기울인 시선에서 언어의 아름다운 예술미학을 감지할 수 있었다. 이제 앞으로 더 높은 비상과 깊은 사유의 그늘 속에 동거해 주시기를 빌며 작품 읽기를 마무리한다.

엄마

오늘

뭐

했어

?

엄마 오늘 뭐 했어?